Liebe auf Rezept

von

Christine Ferdinand

Herstellung und Verlag:
BoD- Books on Demand, Norderstedt
ISBN: 9783752861808

Kapitel 1

Mein Magen zog sich bereits zusammen, als ich aus dem Aufzug in den fünften Stock stieg. Wie in Trance lief ich den langen schlauchartigen Gang entlang. Die Wände waren weiß, wirkten in meinen Augen jedoch fast grau. Das unnatürlich grelle Licht, welches von der Decke schien, ließ den Flur hier auch nicht heller erscheinen. Wie ein Stein, der sich auf meine Brust legte, war die Stimmung wie immer erdrückend. Auch wenn ich diesen Weg schon sehr oft entlanggegangen war, erfüllte es mich innerlich von einem Unwohlsein, wie man es kaum beschreiben konnte. Dieses Gefühl war für mich mittlerweile zum Alltag geworden.

„Guten Morgen Amanda", sagte die kurz gewachsene Krankenschwester. Sie saß in ihrem kleinen Glaskasten und schaute freundlich über ihre Lesebrille hinweg zu mir auf. Ihr leichtes Lächeln wirkte warm und fürsorglich. Ähnlich wie bei einer gutherzigen Großmutter.

„Guten Morgen Rose. Wie war die Nacht?", fragte ich mit zittriger Stimme nach. Trotz großer Sorge und Angst im Herzen, diese Worte überhaupt auszusprechen, wagte ich es dennoch zu fragen. Kaum ausgesprochen, ergriff meine rechte Hand automatisch den Kragen meiner dicken Jacke und zog ihn eng vor meiner Brust zusammen.

„Ruhig", antwortete Rose darauf kurz und knapp. Gleichzeitig versetzte sie ihrem warmen Lächeln mehr Nachdruck.

Ich strich mir erleichtert eine dunkle lange Haarlocke hinters Ohr, wohl konzentriert damit nicht noch mehr die Fassung zu verlieren. Rose stand auf, kam aus ihrem abgeschirmten Bereich heraus, legte tröstend kurz ihre Hand auf meinen Oberarm und verschwand. Zu Anfang sagte sie noch so etwas wie: ‚Das wird schon wieder' oder ‚Besser es passiert nichts, als das etwas Schlechtes passiert'. Nach jedoch mittlerweile über fünf Wochen dieses Zustands, wusste selbst sie als Krankenschwester mit über dreißig Jahren Erfahrung, nicht mehr was sie noch sagen sollte. Auch ich wusste nicht, wieso ich jeden Tag der Hoffnung eine neue Chance gab. In mir herrschte schon länger ein innerlicher Kampf. Ich wusste nicht, was besser wäre. Ich konnte und wollte mich einfach nicht für eine Seite entscheiden. An weniger guten Tagen wollte ich, dass die Hoffnung erlosch und ich endlich mit der ganzen Sache abschließen konnte. Doch dann erhob sich irgendwo in mir wieder der Funken, dass solange keine Verschlechterungen eintraten, alles wieder gut werden würde. Was war allerdings heute für ein Tag? Ich wusste nicht, wohin mich meine Gefühle trieben. Wie zwischen zwei Welten riss es mich bitterlich hin und her. Immer wieder mit der Mühe nicht zerrissen zu werden.

Einen Moment lang, nachdem Rose schon lange weg war, stand ich einfach noch so da. Ein kalter Schauer legte sich über meinen gesamten Körper und rüttelte mich wach. Ich bündelte meine restlichen Kräfte. Langsam hob ich meinen Kopf ein wenig an. Wie jeden Morgen vor der Arbeit bestritt ich auch heute das letzte Stück von diesem grausamen Weg. Ohne es zu fühlen, trugen mich meine Beine weiter durch diesen kalten grauen Gang.

„Drei gelbe Tulpen", nuschelte ich.

Eins, zwei, drei, vier Schritte.

„Acht orangefarbene Rosen", formten meine Lippen.

Eins, zwei, drei, vier, fünf Schritte.

„Ein verwischter Busch Lavendel."

Dort blieb ich kurz stehen. Ein kleines Stück weiter um die Ecke, dann wäre ich an meinem quälenden Ziel angekommen.

„Vier, fünf, sechs", sagte ich noch immer leise zu mir selbst und ging um die Ecke herum.

Eine große graue Tür stoppte mich. Es war mehr eine Schleuse. Sie versperrte mir den Weg. Wie gewohnt drückte ich die Klingel und wurde eingelassen. Automatisch desinfizierte ich mir die Hände, nahm ein Gummiband aus meiner Tasche und knotete mir meine Haare zu einem festen Zopf nach hinten. Mit Kittel und Mundschutz ging es durch die nächste Tür. Was dann passierte, realisierte ich meistens erst, wenn ich wieder draußen war.

In einem kühlen Raum, ohne jeglichen Charme, lag er vor mir.

Mein Vater. Er war an diversen Geräten angeschlossen. Ein Schlauch im Rachen zwang ihn dazu weiter zu atmen. Seine Haut aschfahl und blass wie gepudert. Die braunen, leicht grau melierten Haare, waren ein Stück länger als er sie sonst getragen hatte. Sie waren ordentlich zurechtgelegt. Ruhig lag er da und bewegte sich nicht. Und das seit über fünf Wochen. Damals hatte mein Dad einen schweren Autounfall und lag seither im Koma. Seine Hirnfunktionen hatten noch nicht aufgehört, deswegen gaben ihn die Ärzte natürlich nicht auf. Doch ich wusste, das mein Vater dies so nicht gewollte hätte. Er wollte nicht wie ein Stück menschliches Fleisch am Leben erhalten werden. Das waren immer seine Worte, wenn es mal zwischen uns zu diesem Thema kam. Mit seinen neunundvierzig Jahren jedoch, hatte er nie darüber nachgedacht ein Testament oder eine Patientenverfügung zu unterschreiben.

Bei dem Gedanken wie offen, ehrlich und herzlich mein Dad und ich immer miteinander waren, wurde mir abermals bitterkalt. Auch das ich meine Jacke ablegen musste trug natürlich dazu bei. Ich schlug die Hände vor dem Körper zusammen, um mich irgendwie ein wenig zu wärmen. Zeitgleich drehte sich mir der Magen. Der Geruch hier drin war selbst durch den Mundschutz für mich nur schwer zu ertragen. Zwar kannte ich mich mit Desinfektionsmittel aus, schließlich benötigte ich in meinem Beruf als Physiotherapeutin auch solche Materialien, war das hier anders. Es war nicht nur desinfiziert, sondern steril und klinisch rein. War dieser Zustand für diese Station hier allerdings normal, konnte ich nicht anders als mir das würgen zu unterdrücken.

Schnell sah ich auf meine silberne Armbanduhr. Es war schon zwanzig nach neun. Ich musste los, wenn ich noch pünktlich auf der Arbeit sein wollte.

Bevor ich den Raum verließ, streckte ich meine Finger aus und strich vorsichtig über den Handrücken meines Vaters. Er fühlte sich warm und weich an. Fast als würde ich lediglich im Schlaf seine Hand halten. Das Gefühl der Übelkeit verstärkte sich. Schnell drehte ich mich um und verließ das Zimmer ohne auch nur ein Wort gesagt zu haben. Schuldbewusst stellte ich fest, dass ich, genau das die ganzen Wochen noch nicht gekonnt hatte. Mit meinem Dad sprechen. Doch was sollte ich ihm sagen? Er konnte doch nicht antworten. Und die Fragen, welche offen im Raum standen, würden sowieso nicht beantwortet werden. Wobei es genau das war, was ich wissen wollte. Wie war das alles passiert? Warum war er die Nebenstraße gefahren, anstatt wie gewohnt die Schnellstraße zu benutzten? Ich brauchte Antworten, die mir einfach keiner geben konnte. Deswegen sprach ich auch nicht darüber. Kein Wort, mit niemanden und vor allem nicht mit meinem Dad. Die Schwestern sagten immer wieder, er würde mich schon hören, egal worüber ich sprach. Doch an so etwas konnte ich persönlich nicht glauben. Ich rätselte, ob die Einstellung und Erziehung von meinem Vater mich so hat denken lassen. Schließlich war er der einzige für mich. Meine Mutter starb, als ich noch ein Baby war. Mir war es nicht möglich sich an sie zu erinnern. Auch wenn ich wollte, schenkten mir die Fotos von ihr keine Erinnerungen. Geschwister hatte ich ebenfalls nicht. Mein Dad war einfach alles, was ich hatte. Was würde nur aus mir werden, wenn er mir auch noch genommen würde?

Ich stand bereits wieder in meiner Daunenjacke verpackt vor der Schleuse. Oft erwischte ich mich, wie automatisiert das alles hier für mich bereits ablief. Mir fehlten manchmal die Erinnerung an den Momenten, in denen ich mich zum Beispiel wieder umgezogen hatte. Doch damit befasste ich mich nicht länger und schob auch das zur Seite. Es gab wichtigeres über das ich mir Gedanken machen musste. Bewusst hob ich den Kopf, zog tief die mir bekannte Luft ein. Zwar auch reinlich, aber nicht so ekelerregend steril. Ein weiterer schneller Blick auf die Uhr zeigte mir, dass es bereits fünf nach halb zehn war. Jetzt musste ich mich wirklich ranhalten. Denn bevor ich die Arbeit aufsuchte, gab es eine Art Ritual. Dieses Ritual gab mir die Möglichkeit wenigstens für ein paar Minuten frei zu sein. Frei von den zerreißenden Gedanken um meinen Vater oder was wirklich wäre, wenn er nicht mehr da sei. Vierundzwanzig Jahre war allein er für mich da. Situationen wie meine schwere Teenagerzeit, die Kindheit, die erste zerbrochene Liebe und all diese Abschnitte meines Lebens, hatte er mit mir durchgestanden. Das sollte jetzt das Ende sein? Nur wegen solch einem Vollidioten, der betrunken über die Straße lief? Mein Vater musste ausweichen und war gegen einen Baum gefahren. So schnell sollte tatsächlich alles vorbei sein?

Mir fielen die Augen zu. Den anstehenden Tränen wollte ich nicht die kleinste Chance geben heraus zu laufen. Ich schluckte den Schmerz herunter. Mit einem rutsch zog ich mir das Gummi aus den Haaren. Die schweren Locken vielen mir über die Schulter und umhüllten mich wie eine Art Schutz. So schnell es daraufhin ging, sauste ich um die Ecke. Plötzlich wurde ich unangenehm von etwas gestoppt. Das letzte was ich sah, war ein weißer Kittel, den ich mit so viel Wucht anrempelte, dass ich rücklings auf dem Hintern landete. Noch von den Gefühlen von eben übermannt, hätte ich wie ein kleines Kind losweinen können. Der Mann, mit dem ich zusammen gestoßen war reagierte sofort.

„Oh Verzeihung. Das tut mir leid. Ist ihnen was passiert?", fragte er fürsorglich nach. Er beugte sich zu mir herunter. Ich saß noch immer benommen vor ihm auf dem Boden.

„N-nein", stotterte ich und sortierte die Strähnen, welche mir ins Gesicht ragten. Erst als ich wenig später wieder alles klar erkennen konnte und auch die kindlichen Tränen beiseitegeschoben hatte, betrachtete ich den Mann vor mir. Er trug einen weißen Kittel. Wahrscheinlich war er einer der Ärzte.

Seine dunkelblonden Haare waren etwas länger und saßen absolut akkurat. Leichte Wellen und tolles Volumen zeichnete sich ab. Es war schlichtweg: Perfekt. Keine Ahnung wieso mir das gerade jetzt so genau auffiel. Auf mehr konnte ich mich im Augenblick jedoch nicht konzentrieren. Denn ich saß immer noch direkt vor ihm auf dem Boden. Sein Blick wirkte besorgt und voller Schuldgefühle. Was allerdings noch deutlicher hervorstach, war das klare Blau seiner Augen. Als hätte jemand mit einem Pinsel dieses wunderschöne Blau in die Augen dieses Mannes gemalt.

„Wirklich alles okay?", fragte er mit dunkler Stimme erneut nach und holte mich ins hier und jetzt zurück. Der klang seiner Stimme, hallte tief in meinem Bauch nach. Ich beendete den Blickkontakt und bemerkte, peinlich berührt, dass ich noch immer auf dem Boden vor ihm saß. Mir schlug das Herz bis zum Hals und wurde immer schneller. Sofort rappelte ich mich auf. Der Mann streckte mir eine Hand entgegen, die ich aber zu spät wahrnahm. Er stütze mich helfend am Ellbogen, was ich durch meine dicke Jacke nicht wirklich spürte.

„Geht es ihnen gut?", bohrte er ein letztes Mal nach. Auch wenn ich diesen Mann vor mir erst wenige Bruchteile kannte, sah ich ihm an, das dieses hier eine rein professionelle Frage war. Der Arzt in ihm war immer auf das Wohl der anderen bedacht.

„Ja", sagte ich kaum hörbar. Meine Beine setzten sich in Bewegung. Zügig huschte ich an ihm vorbei, ohne auch nur einen Blick zurückzuwerfen.

Hastig, fast rennend, durchquerte ich die Flure und langen Gänge. Ein erneuter Blick auf die Uhr verriet mir, dass es jetzt für irgendwelche anderen Aufenthalte auf jeden Fall zu spät war. Ich musste direkt zur Arbeit. Die Praxis, in der ich arbeitete, befand sich im anderen Gebäudeflügel von diesem Krankenhaus. Umgehend machte ich mich direkt auf den Weg dorthin.

Kapitel 2

Leicht außer Atem betrat ich die Praxis. Ein kontrollierter Blick auf die Uhr zeigte, dass ich auf die Minute genau pünktlich war. Ich lief weiter.

„Hallo Amy", strahlte Angela mir entgegen. Sie saß mit einem Becher Kaffee in der Hand in dem kleinen Aufenthaltsraum der Praxis. Ihr kurzes dunkles Haar stand zu allen Seiten hin ab. Sie war vielleicht Mitte / Ende dreißig, benahm sich aber gerne wie eine anfangs-zwanzig jährige. Zwar war sie immer nett, liebte sie es jedoch über alles und jeden zu Tratschen, was mir persönlich gar nicht so stand. Die Neugier war ihr bereits wieder ins Gesicht geschrieben. Ihre kleine spitze Nase ragte dann immer ein wenig mehr in die Luft als es normalerweise der Fall war.

„Morgen", flüsterte ich lediglich kurz und zog mir schnell das weiße Praxishemd über.

„Und?", war die nächste kurze Frage. Ihre Stimme war leiser als sonst. Auch bei unangenehmen Themen wollte sie sofort alles wissen. Genau wie in diesem Fall fragte sie regelmäßig nach dem Zustand meines Vaters. Ob das jetzt wirklich nur die Neugier war oder sie es einfach nur nett meinte, konnte ich kaum unterscheiden. Vom Prinzip her war es mir sogar egal.

Ich zuckte nur mit den Schultern. Wie seit fast fünf Wochen schon jeden Morgen.

„Er wird schon wieder Amy", waren die regelmäßigen Worte, die sie sprach, um mich aufzubauen. Ich wollte fest daran glauben, dass sie es nur gut meinte, ignorierte diese Antwort jedoch. Nicht erneut wollte ich wieder in den Strudel der Schmerzen heruntergezogen werden.

Ganz in Gedanken ging auf einmal die Tür auf und unser Chef Mr. Carlson kam herein. Mr. Carlson trug keinen Kittel, dafür eine weiße Hose und ein weißes Hemd mit seinen Initialen eingestickt. Sein Bauch hatte schon den Ansatz einer kleinen Kugel, doch er war zu eitel dieses zuzugeben. Mr. Carlson hatte keine Haare mehr auf dem Kopf, dafür einen buschigen Bart. Wenn er nicht mein Chef wäre, könnte ich glatt über ihn lachen.

„Guten Morgen die Damen", sagte er mit tiefer brummiger Stimme.

„Guten Morgen", sagten Angela und ich fast im Chor.

„Heute sind die jährlichen Blutspendeaktionen vom Krankenhaus dran. Ich hoffe sie haben beide heute Morgen gut gefrühstückt?", lachte mein Chef auf und rieb sich leicht die Hände. Sein Blick wanderte von Angela zu mir und wieder zurück.

Geschickt und mit dem Bewusstsein, das ich noch nichts zu mir genommen hatte, lächelte ich verlegen. Natürlich war das von meinem Chef nur eine rhetorische Frage, denn es war ihm egal, wie es uns ging. Hauptsache wir kamen pünktlich zur Arbeit und taten das, was er wollte. Das zeigte mir deutlich die Situation mit meinem Vater. Mr. Carlson konnte mir keinen Urlaub oder unbezahlt freigeben, weil wir hemmungslos unterbesetzt waren. Persönlich konnte er meine Situation natürlich durchaus verstehen, aber auch ich musste ihn verstehen, denn schließlich hing seine Existenz und die von Angela und mir mit dran. Gewiss war dies emotionale Manipulation, doch er hatte recht. Wir waren alle auf den Job angewiesen, deswegen konnte ich nicht so einfach fehlen. Und was würde es meinem Vater bringen, wenn ich zu Hause sitzen würde und mir meinen Kopf über ihn zerbrach? Die Arbeit lenkte mich einfach noch ein Stück weit ab und hält mich weites gehend in der Realität. „Dann wollen wir mal los", ermutigte uns Mr. Carlson und klatschte motivierend die Handflächen aneinander.

Angela, Mr. Carlson und ich liefen bestimmt zehn Minuten durch Gänge, die aussahen wie ein Ei dem anderen. Überall war es weiß, grau sowie hier und da ein bisschen Orange zu sehen. Das war die offizielle Farbe des Krankenhauses und durfte natürlich nicht fehlen. Am Ziel angekommen, durchquerten wir eine letzte große automatische Tür, bis wir endlich bei der Blutspende ankamen. Es war ein großer Raum und dennoch standen wir am Rande einer großen Menschenmenge. Und selbst hinter uns kamen noch welche nach. Obwohl jedem ein Termin und ein Zeitraum zugeordnet wurde, wirkte es total überfüllt. Automatisch umfassten meine Arme meinen Oberkörper.

Angela bemerkte meine Reaktion.

„Und, Angst?", fragte sie nach und stieß mich mit ihrem Ellbogen in die Seite. Da ich erst seit vier Monaten in diesem Krankenhaus am Arbeiten war, hatte ich so eine Aktion noch nicht mitgemacht. Mein vorheriger Arbeitgeber hatte eine private Praxis, dort gab es so etwas überhaupt nicht. Deswegen war mir auch im Moment die ganze Situation ein wenig Unbehagen. Angela, die noch immer mit ihrer neugierigen Nase zu mir aufschaute und auf eine Antwort wartete, lächelte mich frech an. Ich schüttelte schnell und angestrengt den Kopf. Ich wollte ihr nichts über meine Gefühle preisgeben. Zudem konnte ich so viele Menschen auf einen Haufen grundsätzlich nicht leiden. Am liebsten wäre ich alleine. So viel und so oft es ging, einfach nur alleine. Meine Gedanken schweiften ab. Alleine – hallte es in meinem Kopf nach. Das war vor wenigen Wochen noch anders gewesen. Nur zu gerne war ich weggegangen und hatte mich mit Freunden getroffen. Es gab sogar einen festen Freund in meinem Leben. Er hieß Greg und war Polizist. Mit ihm war es jedoch eine Woche nach dem Unfall meines Vaters vorbei. Er kam mit meiner Veränderung nicht klar. Mein Rückzug in mein schützendes Schneckenhaus war für ihn emotional nicht zu ertragen, so erklärte er sich den Schlussstrich. Angela hatte ich das noch gar nicht erzählt. Wenn so ein Thema auf den Tisch kam, zog ich mich nur zu gerne einfach zurück. Da konnte Angela noch so sehr nachbohren, ich ließ dann niemanden an mich ran. Mehr und mehr dieser Gedanken der Vergangenheit flogen in meinem Kopf herum. Kraftlos und Schutzlos ausgeliefert, ließ ich jeden dieser Erinnerungen einfach zu.

Gefühlte Ewigkeiten später waren wir endlich dran. Angela erzählte in der Zwischenzeit von dies und jenem. Gedanken abwesend hörte ich zu. Sie bemerkte nicht, dass ich nicht ganz mit dem Kopf bei der Sache war. Im Großen und Ganzen erzählte sie sowieso nur von ihren Katzen oder dass sie ein neues Waschmittel ausprobiert hatte. So sehr ich sie auch als Arbeitskollegin schätzte, musste ich privat nicht wirklich was mit ihr zu tun haben. Das zeigte mir auch der heutige Tag aufs Neue. Und doch war ich froh, dass ich dieses hier nicht alleine durchstehen musste. Wieder so ein Zwiespalt meiner Gefühle.

Nach einer weiteren Aufteilung der Menschenmassen betraten wir gemeinsam einen nächsten überschaubaren Raum. Hier saßen mehrere Ärzte und Schwestern, die bereit waren, an unser Blut zu kommen.
Ich folgte Angela, ohne wirklich zu wissen, wo ich hinmusste. Mein Blick ging nach links und rechts. Bis ich schließlich an dem Gesicht von einer direkt vor mir wartenden Schwester hängen blieb. Sie war noch sehr jung. Noch jünger als ich. Vielleicht gerade zwanzig.

„Hallo", sagte sie freundlich und lud mich somit ein sich weiter mit ihr zu Unterhalten. Ihre Stimme klang kleinlaut und zierlich. Es passte zu ihrem äußeren Erscheinungsbild.

„Hi", entgegnete ich kurz.

„Ihr Name und Abteilung?", fragte sie leicht aufgewühlt und zog eine Mappe mit diversen Blättern hervor

„Amanda Rogers aus dem Physiozentrum, Abteilung zwölf."

Ein kurzes Lächeln und schnell suchte die junge Schwester vor mir in der Liste nach meinem Namen.

„Ah, da sind sie ja. Dann können wir ja so anfangen", sagte sie irgendwie erleichtert, dass mit dem Formellen wenigstens alles stimmen würde.

Sie wies mich an, mich vor ihr auf den kleinen Stuhl zu setzen, was ich auch tat. Wie üblich krempelte ich meinen Ärmel hoch. Sofort fing sie an meinen Arm abzubinden. Dann desinfizierte sie die Stelle und nahm eine Nadel. Die junge Schwester sah hoch konzentriert aus. Auf ihrem Schild stand lediglich „Schwester Mandy". Wie oft Mandy das wohl schon gemacht hatte? Verträumt und so dumm wie ich war, beobachtete ich letztendlich alles genau und schaute mir jeden Schritt an, den sie machte. Obwohl ich wusste, dass ich kein Blut sehen konnte, sah ich ganz in Gedanken zu, wie sie wieder und wieder versuchte die Kanüle zu setzen. Auch wenn kein Blut floss, wurde mir anders. Sie fand noch immer keine Vene und gab schließlich nach etlichen Versuchen auf. Hilflos sah sie sich um. Bis sie den

Blick fixierte. Jemand kam zu uns rüber.

„Gibt es ein Problem?", fragte ein Mann, welcher hinter mir stand. Ich schickte ein Stoßgebet Richtung Himmel. Mir war egal, wer mir jetzt noch eine Nadel in den Arm steckte, ich wollte nur, dass es schnell vorbeiging.

„Ja, Dr. Bennett. Ich finde die Vene nicht", gab Mandy kleinlaut zu. Sie fühlte sich nicht gut dabei, wahrscheinlich vor einem ihrer Chefs, so dazustehen.

Der Mann hinter mir lachte leise auf. Es klang jedoch in meinen Ohren nicht abwertend, sondern irgendwie aufmunternd. Er ging um mich herum und schaute sich meinen Arm an. Bewusst sah ich sofort auf die andere Seite, um nicht doch noch Blut zu sehen.

„Versuchen sie es das nächste Mal weiter unten", sagte er freundlich und erklärte Mandy alles mit einer angenehmen Ruhe und Gelassenheit. Die Hände des Arztes drückten sanft auf meinen Arm. Durch die Handschuhe hindurch spürte ich die Wärme, die dankbar auf meinen kalten Arm überging.

„Ich werde das übernehmen", beschloss er schließlich.

„Ja Sir", erwiderte Mandy ein wenig verstört und machte sofort platz.

Noch immer war mein Blick zur Seite gerichtet. Mein Arm wurde ein weiteres Mal desinfiziert, als sich plötzlich nichts mehr tat.

Zögernd wagte ich einen Blick auf die andere Seite. Der Mann hielt ihn fest, tat aber nichts. Ich folgte seinen Armen und landete schließlich in seinem Gesicht. Er begann zu lächeln.

„Sie sind es doch", sagte er mit einem immer breiter werdenden Lächeln.

Zunächst wusste ich nicht, was er meinte, doch dann sah ich seine Augen. Das einmalige Blau. Der Mann vor mir war derjenige, den ich oben bei meinem Vater im Flur fast umgerannt hatte. Meine Augen weiteten sich. Sofort spürte ich, wie die Hitze in meine Wangen schoss. Ich wurde rot. Als wenn das heute Morgen nicht schon peinlich genug war, erfüllte mehr und mehr Blut meinen Kopf.

„Ich hoffe, es geht ihnen gut. Sie sehen etwas blass aus?", erkannte der Arzt vor mir und zog die Augen ein Stück weit zusammen. Blass – dachte ich. Trotz der Hitze in meinen Wangen? So ein Mist! Jetzt machte sich das nicht zu mir genommene Frühstück doch bemerkbar.

„Doch, doch, alles gut", log ich und begann schwerfallend zu lächeln.

Zögernd sah der Arzt wieder runter zu meinem Arm. Langsam machte er weiter. Zu meinem eigenen Schutz blickte ich jetzt nur in das konzentrierte Gesicht von Dr. Bennett vor mir.

„Ok, dann werde ich mal den Zugang legen", erklärte er und sah kurz auf. Ein paar Strähnen vielen ihm leicht ins Gesicht.

Ich nickte zögernd und fixierte ihn weiterhin. Mit dem ersten Stich hatte Dr. Bennett gleich die Vene getroffen, schloss den Beutel an und mein Blut floss nur so hinein. Mein Blick jetzt fest auf den Beutel mit der dunklen Flüssigkeit gerichtet, holte Dr. Bennett mich unfreiwillig in die Wirklichkeit zurück.

„Das war's schon", sagte er ein wenig wehmütig, zog sich die Handschuhe aus und schmiss sie in einen Eimer vor sich. Ich sah ihn erneut nur an, nickte dankend, sagte jedoch nichts. Die feinen Haare in meinem Nacken stellten sich auf. Erst jetzt bemerkte ich, auch wenn man sich leicht in seinen Augen verlieren konnte, dass sein Blick so durchdringen war, dass es einen fesselte. Wenn er einen ansah, dann sah er nur denjenigen an. Fixierte sich voll und ganz auf die Person, um auch ja keine Reaktion zu verpassen. Automatisch musterte ich das perfekte Gesicht dieses Mannes weiter. Das Kinn und die Wangenknochen wirkten leicht kantig. Er hatte zwei kleine parallel sitzende Muttermale unterm Auge. Es passte alles so perfekt zusammen. Seine Haut schien makellos. Er war vielleicht gerade Anfang dreißig und doch schon so professionell.

Erst als Dr. Bennett von einem anderen Kollegen angesprochen wurde, trennten sich unsere Blicke. Er stand umgehend auf und wollte dem Kollegen gerade folgen, als er sich noch einmal zu mir zuwendete.

„Ich komme später noch mal wieder", versprach er neben mir stehend.

Bei den Worten überkam mich ein Hitzeschwall. Was war nur los mit mir? Saß die Peinlichkeit, auf dem Boden vor ihm gelegen zu haben, noch so tief?

Erst als seine Gegenwart von mir nicht mehr zu spüren war, entspannte sich mein Körper und ich atmete stoßartig aus.

In den nächsten paar Minuten versuchte ich mich ein wenig zu entspannen. Das war aber gar nicht so einfach, bei dem ganzen Blutbeuteln, die hier herumlagen. Stur sah ich aus dem Fenster, bis mir die Augen zufielen. Den Tumult um mich herum blendete ich aus. Bewusst versuchte ich an was Schönes zu denken. Was ich allerdings nur sah, waren blaue Augen. Wunderschöne blaue Augen.

Plötzlich legte sich eine Hand auf meine Schulter. Nahezu ertappt, riss ich die Augen auf und sah mich um. Die junge Schwester Mandy stand neben mir

„Sie sind fertig", sagte sie mit einem Lächeln auf den Lippen. Anscheinend hatte sie keinen Ärger bekommen. Auch ihre Körperhaltung zeigte mir, dass sie wesentlich entspannter war als vor dieser Aktion. Sie setzte sich auf den Hocker vor mir und zog sich Handschuhe über.

„Es tut mir leid, dass das gerade so schiefgelaufen war", entschuldigte sie sich mit leidigem Ausdruck in den Augen.

„Kein Problem", sagte ich lächelnd.

Sie zog den Beutel ab und verschloss ihn. Dann entfernte sie gekonnt die Nadel und klebte mir ein Pflaster auf die Stelle.

„Ist hier alles okay?", fragte ein Mann mit dunkler warmer Stimme. Mittlerweile war mir die Stimme bekannt. Dr. Bennett musste hinter mir stehen. Das zeigte mir auch die wiederkehrende Nervosität der Schwester vor mir und ihr immer wieder aufschauender Blick.

„Ja, Dr. Bennett", sagte die Schwester ohne Augenkontakt zu halten. An ihrer schüchternen Einstellung der Ärzte gegenüber müsste sie noch ein wenig Arbeiten. Wenn sie den Beruf länger machen wollte, müsste sie sich noch ein ganz schön dickes Fell zulegen.

„Und bei ihnen Miss Rogers?", erkundigte sich Dr. Bennett, der mittlerweile hinter der Schwester stand. Diese packte unverzüglich den Rest zusammen und verschwand. Wir waren alleine, soweit das hier möglich war. Seine Augen sahen direkt in meine. Wieder schoss diese Hitze in meine Wangen.

„Ja", entgegnete ich schnell und deutlich auf seine Frage. Noch im selben Atemzug stand ich auf um ihn zu zeigen das wirklich alles gut war. Wir standen dicht voreinander.

„Sehr schön. Dann", er ließ den Satz unausgesprochen. Wieder dieser Blick. Er fesselte mich und doch wollte ich wegsehen. Es war nahezu Schmerzhaft, wenn er einen so ansah. Als würde er alles von einem aufsaugen und nur durch diesen einen Blick alles erfahren. Und ich wollte nicht das er wusste, wie es mir wirklich ging. Er wusste schon zu viel. Das ich etwas mit der

Intensivstation zu tun hatte und wie durcheinander ich war, als wir zusammenstießen. Dr. Bennett war eine sehr aufmerksame Person, mit äußerst guter Menschenkenntnis. Ich wollte nicht, dass er noch mehr erfuhr. Ruckartig löste ich meinen Blick und schaute mich um, ob ich Angela irgendwo entdecken konnte.

Auch Dr. Bennett löste seine Starre.

„Ok, wenn dann bei ihnen alles soweit in Ordnung ist", fasste er abschließend und professionell zusammen.

„Ja danke", bestätigte ich und setzte ein freundliches Lächeln auf. Das konnte ich mittlerweile perfekt inszenieren.

Dr. Bennett drehte sich herum und machte sich auf den Weg zur Tür. Umso mehr Abstand er nahm, umso mehr spürte ich die Hitze aus meinem Körper entweichen.

„Na dann", flüsterte ich zu mir selbst und machte mich ebenfalls auf den Weg zur Tür.

Sogleich ich mich herumgedreht hatte, hörte es überhaupt nicht mehr auf sich zu drehen. Sofort gaben meine Beine nach und ich landete hart auf den Boden.

„Dr. Bennett", hörte ich noch jemanden mit einer schrillen Stimme rufen, als alles andere endlich ruhig wurde.

Kapitel 3

Das Rauschen in meinen Ohren ließ mir keine Ruhe. Nur
zögernd bekam ich die Kontrolle über meinen Körper zurück.
Das erste was ich spürte, war das ich auf etwas weichem lag.
Mist – war ich wirklich Ohnmächtig geworden? Verdammt! Wie
spät mochte es wohl sein? Ich musste wieder zurück zur Arbeit.
Jemand umfasste mein Handgelenk, vermutlich um meinen Puls
zu kontrollieren. Die Hand verschwand. Zaghaft öffnete ich
meine Augen und starrte an eine grell weiße Decke. Vorsichtig
sah ich mich ein wenig um. Ich befand mich in einem kleinen
Raum auf einer Liege. Sonst war nichts zu sehen. Außer Dr.
Bennett, der rechts neben mir saß. Er fing mich umgehen mit
seinem Blick ein. Ruckartig sah ich zurück an die Decke.
„Na da sind sie ja wieder", sagte er erleichtert.
Genau Dr. Bennett war gerade derjenige, den ich jetzt nicht an
meiner Seite haben wollte. Nur kurz erwiderte ich erneut seinen
Blick, sah mich dann schnell weiter im Raum um. Bei jeder
neuen Begegnung mit ihm vielen mir mehr und mehr perfekte
Kleinigkeiten an ihm auf.
Kontrolliert und ja nicht zu schnell, begann ich mich
aufzusetzen. Dr. Bennett bemerkte, was ich vorhatte, und stand
ebenfalls auf.
„Schön langsam. Sie können ruhig noch ein wenig liegen
bleiben", befahl er mir fast.

„Danke" und diesmal war es von mir wirklich ernst gemeint.

„Aber ich muss zur Arbeit", erklärte ich mich kurz.

Mit verschränkten Armen und einem Ausdruck im Gesicht, vor dem ich mehr als Respekt hatte, stellte er sich vor mich.

„Das werden sie nicht. Ich habe schon mit ihrem Chef gesprochen und sie für den Rest des Tages arbeitsunfähig gemeldet", war seine Antwort. Mein Körper reagierte, bevor ich darüber nachgedacht hatte.

„Was?", entsetzt sprang ich auf. Mein Puls beschleunigte, das Pochen auf der Hinterseite meines Kopfes nahm deutlich zu. Ich wusste, dass Mr. Carlson das überhaupt nicht gutheißen würde. Die Angst meinen Job zu verlieren trieb mir den Schweiß auf die Stirn.

Dr. Bennett, ganz der aufmerksame Arzt, reagierte sofort. Er legte mir stabilisieren die Hände auf meine Schultern und zwang mich wieder zum Sitzen. Immer noch besser als umfallen – lachte mein inneres ich auf. Von seiner schnellen Reaktion kam ein Schwung seines Duftes zu mir herüber. Eine Mischung aus kräftigem Lavendel, Vanille und doch irgendwie fruchtig. Es benebelte mich zusätzlich. Wie konnte man nur so attraktiv sein?

„Nicht das sie sich noch eine Gehirnerschütterung zugetragen haben", wieder dieser besorgte Blick. Kleine Falten bildeten sich auf seiner Stirn. Dr. Bennett zückte daraufhin seine kleine Taschenlampe aus der Tasche und leuchtete mir damit in die Augen. Dann umfasste er meinen Kopf. Vielmehr legte er ihn in seine Hände, sodass ein weiterer Versuch wegzuschauen unmöglich war. Sanft schob er ein paar meiner langen dunklen Locken nach hinten, dass seine Hände meine Wangen direkt berührten. Die innere Wärme kam zurück und erfüllte mich vollkommen. Merkwürdigerweise konnte ich ihm in diesem Augenblick ohne Zögern direkt ansehen. Die Falten auf seiner Stirn verschwanden, sein Atem stockte, meiner setzte kurz aus. Die vorherige Professionalität des Arztes war verschwunden. Seine Lippen gingen auf und zu als würde er was sagen wollten. Jedoch kam kein einziger Ton hervor. Auch sein Puls erhöhte sich. Das war deutlich an der Schlagader an seinen Schläfen zu erkennen. Meine Hände krallten sich verschwitzt in den gummiartigen Bezug der Liege fest.

Was würde das hier werden? Schrie ich mir innerlich zu. Dem kurzen Zögern, verdankte ich einen klaren Moment, und zog sanft mein Gesicht ein Stück aus seinen Händen zurück. Ob ich das wollte? Ich wusste es nicht. Doch das war für ihn ebenfalls der Moment, erneut in die Realität zurückzufinden.

„Ich denke, es ist alles okay soweit", sagte Dr. Bennett leicht brüchig, löste sich und ging ein wenig auf Abstand. Nervös stand er vor mir und suchte hilflos nach einer Ablenkung in seinen Taschen. Als er nichts fand, strich er sich durch seine dunkel blonden Haare und schenkte mir ein letztes Mal seine Aufmerksamkeit.

„Dann ruhen sie sich heute aus und wenn sie starke

Kopfschmerzen bekommen oder sich übergeben müssen, suchen Sie bitte den nächsten Arzt auf", sagte er abschließend wie aus dem Lehrbuch, drehte sich um und verschwand. Alleine saß ich da, ohne zu wissen, was gerade passiert war. Noch immer krallten sich meine Hände an der Liege fest. Fast schmerzhaft, lockerte ich bewusst alle meine Muskeln. Selbst mein Kiefer war fest zusammengebissen. Ich schüttelte ein wenig den Kopf. Wie üblich versuchte ich auch hier, die schlechten oder komischen Gedanken abzuschütteln. Es gelang ein Stück weit. Doch um tatsächlich wieder klar denken zu können, wusste ich, was mir genau jetzt helfen würde.

Langsamer als sonst lief ich durch die Gänge. Im Treppenhaus machte sich mein Aufprall bemerkbar. Jede Stufe brachte meinen Kopf mehr zum Pochen. Und da ein Fahrstuhl in den letzten zwei Stockwerken nicht fuhr, musste ich das in kauf nehmen. Endlich, die letzte Stufe, die erlösende Tür. Ich betrat die oberste Fläche und den höchsten Punkt unseres Krankenhauses. Ein eiskalter Windhauch schlug mir meine Haare ins Gesicht. Für einen Moment war ich blind, bis ich die Mähne mit einem Zopfband schnell bändigte. Ich hatte keine Jacke mit, lediglich meine Handtasche. Schützend legte ich abermals meine Arme um mich herum. Daraufhin lief ich rechts aus der Tür raus und an die hinterste Ecke des Daches. Der Ausblick haute mich immer aufs Neue um. Mir war nicht klar, wie hoch über den Dächern ich war und doch kam einen von hier alles so klein, so weit weg und unwichtig vor. Es existierten hier oben keine Gesetzte, Regeln oder Pflichten. Es mochte albern klingen, aber hier oben fühlte ich mich stark mein Leben zu meistern. Denn es war noch nicht all zu lange her, als ich mein Leben tatsächlich beenden wollte. Und so bin ich an diesen Platz gelangt. Dieser Ort hatte mir am tiefsten Punkt meines Lebens die Kraft zurückgegeben, die ich gebraucht hatte, um weiter zu machen. Mit mir und dem Leben sowie mit dem Schicksal.

„Ach Dad", begann ich zu sprechen. „Ich weiß nicht, warum ich hier denke, dass du mich hören kannst, aber ich glaube, ich schaff das alles nicht mehr", flüsterte ich unter den herannahenden Tränen. Mit zittriger Stimme sprach ich weiter in das Nichts vor mir. „Mir wächst alles über den Kopf und ich weiß nicht zu wem ich gehen kann", gestand ich offen. Zwar war mein Körper völlig ausgezehrt, mobilisierten sich die letzten traurigen Gefühle in mir. Ich setzte mich auf den Rand des Vorsprungs, schaute in die Ferne und ließ meine Gedanken schweifen. Streng genommen, war ich nicht alleine. Natürlich hatte ich noch Freunde. Schließlich hatten nicht alle Panik bekommen, wie Greg, und sind davongelaufen. Meine Mitbewohnerin Samantha, war zum Beispiel eine, die wirklich immer für mich da war. Auch wenn ich mal einen Tritt in den Hintern nötig hatte, tat sie dieses. Sie war meine beste Freundin.

Und doch hatte ich Angst, ihr über meine wahren Gefühle zu berichten. Was wenn sie mich eventuell einweisen lassen würde oder sich auch von mir ab wand?

Gute und schlechte Szenarien wie diese gingen mir noch eine ganze Weile durch den Kopf. Erst spät verließ ich meinen Rückzugsort. Ein Stück gestärkter und doch nicht so wie sonst machte ich mich für heute auf den Weg nach Hause.

Am nächsten Morgen betrat ich mit gemischten Gefühlen die Praxis. Die Nacht war fast schlaflos ausgegangen, was meine Energie am heutigen Tag auf ein neues Tief legte.

Als ich unseren Aufenthaltsraum betrat, sah ich Angela dort bereits sitzen wie sie ihren Kaffeebecher fest umklammerte. Jetzt war ich es die als Erstes etwas wissen wollte, noch bevor sie guten Morgen sagen konnte.

„Und?", fragte ich direkt darauf los. „Ist der Chef sauer auf mich, weil ich gestern nicht mehr da war?" Nervös und gespannt auf die Antwort zog ich mir meinen Kittel über.

„Pffff!", machte Angela und eine komisch wirkende Geste dazu. Ich verzog fragend das Gesicht. Dann sah sie mich mit einem Blick an, den ich nicht richtig deuten konnte. Sie zögerte, mit dem was sie sagen wollte. Das hatte nichts Gutes zu bedeuten. Schließlich begann sie zu erklären.

„Wenn einer der neuen Chefärzte persönlich für dich bürgt, dass du für gestern unfähig bist zu arbeiten, dann wird unser Mr.

Carlson sich hüten und auch nur einen Mucks gegen dich zu sagen Schätzchen", sagte Angela und nahm einen großen Schluck Kaffee.

Mein Mund blieb offen stehen. Zwar verstand ich, was Angela gesagt hatte, doch das Dr. Bennett einer der Chef Ärzte sein sollte, wollte mir einfach nicht in den Kopf gehen. Er war so jung, so anders, so überhaupt nicht der Chefarzt.

„Chefarzt?", flüsterte ich mehr zu mir.

Angela stand auf. Noch immer dieser komische Gesichtsausdruck.

„Ja, Dr. Bennett. Einer der neuen Chefärzte, die seit ein paar Monaten hier angestellt sind!", zischte sie gereizt. Schon fast genervt nahm sie einen weiteren Schluck aus ihrem Becher.

„Auch wenn ich diesen Job hier schon Jahrzehnte mache und das Krankenhaus und jeden hier wie aus der Westentasche kenne, findet man kaum etwas über die Chefärzte heraus. Geschweige denn bekommt man die zu sehen oder zu sprechen. Wie hast du das gemacht?", wollte sie von mir wissen. Mit jedem Wort, das Angela sprach, wirkte sie enttäuschter und frustrierter. Ich konnte doch nichts dafür, das gerade Dr. Bennett in dem Moment für mich zuständig war.

„Ähm", stammelte ich nur, als die Tür bereits aufging und unser Chef uns zur Arbeit einteilte.

Es war kurz nach zwölf. In meiner jetzt anstehenden Mittagspause schnappte ich mir meine dicke Jacke und lief mit einem Apfel in der Hand in den Hauseigenen Park. Es war mir ein inneres Bedürfnis die Praxisräume zu verlassen. Amanda verhielt sich den Rest der Zeit merkwürdig. Und auch Dr. Carlson war, ähnlich wie Amanda und doch auf eine andere Art und Weise, zurückhaltender mir gegenüber.

Die Kälte des Windes schlug mir erfrischend um die Nase. Es war Mitte November und an den meisten Tagen schon bitterkalt. Heute war ein Tag, wo man das Gefühl hatte, das es jeden Moment zu schneien anfing. Auch wenn das in meinen eigenen Ohren albern klang, bildete ich mir ein das ich es riechen konnte, wenn der Schnee bald losgehen würde.

Schritt für Schritt lief ich weiter den mit Laub und kleinen Ästen bespickten Pfad entlang. Es war jedoch egal, was ich tat, ob ich spazierte oder meiner Arbeit nachging, kreisten meine Gedanken noch immer um das Geschehene von gestern, und die Tatsache das Dr. Bennett einer der Chefärzte wäre. Selbst wenn wir gestern einen wirklich komischen Moment hatten, war mir mit dieser Erkenntnis klar, dass zwischen ihm und mir sich nichts weiter entwickeln würde. Egal wie eindeutig oder zweideutig die

Situation war. Wie kam ich überhaupt auf solch einen Gedanken? Was war nur los mit mir? War es der Moment, wo er seine Hand an meiner Wange legte? Vielleicht war es ja nur für mich ein besonderer Moment und ihm ging es überhaupt nicht so? Ich senkte den Blick und schüttelte leicht den Kopf. Im Augenblick konnte ich mich mit solchen oder ähnlichen Gedanken überhaupt nicht abgeben. Stoßartig atmete ich eine kleine Wolke aus, strich mein Haar zurück und setzte mein Spaziergang flotter fort. Bemüht an etwas anderes zu denken, lief ich noch eine ganze Zeit weiter so dahin. Drei Männer, die von weitem auf mich zukamen, erregten meine Aufmerksamkeit. Es waren eindeutig eine Gruppe von Ärzten, die sich angeregt unterhielten. Ich lief rechts und machte Platz. Erst als diese Gruppe von Männern an mir vorbeiging, nahm ich wahr, wie der eine von ihnen mich musterte. Doch ich konnte nicht wirklich etwas erkennen. Ich war nicht der Typ der Menschen beobachtete und analysierte. Nicht wie Dr. Bennett. Dieser umfasste einen fest mit seinen blauen Augen, wenn er einen ansah. Aufhören! Stampfte ich innerlich auf und hielt automatisch an. Für wenige Sekunden schloss ich kurz meine Augen und atmete tief durch. Schon wieder spukte dieser Mann mir in den Gedanken rum. Ich beschloss meine Mittagspause vorzeitig zu beenden, drehte mich herum und trat den Rückweg an. Als ich beobachtete, dass ein Mann, dieser Mann, der mich starr angesehen hatte, sich von der Gruppe löste und auf den

Rückweg machte, schaltete sich mein Fluchtinstinkt ein. Ich wurde panisch, drehte mich wieder in die andere Richtung und erhöhte automatisch mein Schritttempo.

„Miss. Rogers!", rief eine männliche Stimme hinter mir. Ruckartig blieb ich stehen. Woher kannte dieser Mann meinen Namen? Zeitlupen langsam drehte ich mich um. Mein Kopf begann mit jedem Zentimeter zu pochen. Das Blut schoss förmlich durch meinen Körper.

„Miss Rogers", sprach der Mann ihn erneut aus. Die Stimme wurde klarer. Sie war mir bekannt. Noch gestern hatte ich sie gehört. Es war Dr. Bennett.

„Dr. Bennett", bestätigte ich freundlich. Mein Magen drehte sich und zugleich entwickelte sich ein dicker Kloß in meinem Hals.

„Ich wollte mich heute Nachmittag schon auf den Weg zu ihnen machen. Wie geht es ihnen?", fragte er sofort nach meinem Befinden. Im Augenblick konnte ich mir doch sehr gut vorstellen, dass er ein Chefarzt war. Er lebte den Arztberuf mit Leib und Seele. Erleichtert ließ ich mich auf eine gute Konversation, die nur aus dem wesentlichen bestand, ein. Wie kam ich überhaupt auf den Gedanken er könnte sich für mich interessieren? Hör auf! Schimpfte ich meinem inneren Teufelchen zu.

„Ähm, danke. Es ist alles wieder okay", sagte ich hoffentlich zufriedenstellend genug. Ich bemerkte das sich meine Schultern nach oben zogen und ich mich, ohne es zu wollen, klein in seiner

Nähe fühlte. Lag das daran das ich jetzt wusste und es auch glaubte, was für eine Position dieser Mann besaß?

„Das freut mich", sagte Dr. Bennett spürbar erleichtert. Unter seinem dicken Schal war ein kleines Lächeln zu erkennen. Mein inneres entspannte sich ein wenig. Doch meine Haltung wirkte keineswegs entspannt.

„Hätten sie vielleicht noch Zeit einen Kaffee mit mir zu trinken? Ist ja doch schon sehr kalt hier draußen", stellte Dr. Bennett fest und sah sich ein wenig in der Gegend um, bis er schließlich meinen Blick erneut aufsuchte. Ich verlor mich, unmöglich zu antworten. Hatte ich das gerade richtig gehört? Mit mir, einer kleinen Angestellten, wollte der Chefarzt einen Kaffee trinken gehen?

Meine Lippen bewegten sich nicht. Vor allem, nachdem er gestern praktisch vor mir geflüchtet war, wollte er jetzt mit mir etwas zusammen unternehmen? Doch in einem hatte er recht: Es war mehr als kalt hier draußen und ich konnte nicht die gesamte Zeit hier herumlaufen. Und mich zu Angela in die Praxis zu setzen, war auch keine Option.

„Ja", sagte ich ohne wirklich darüber nachgedacht zu haben.

Stille. Keiner von uns sagte mehr etwas. Auch Dr. Bennett war sprachlos. Anscheinend genauso überrascht von meiner Antwort wie ich. Schließlich fing sein Pieper an zu klingeln.

„Entschuldigung", stammelte er ein wenig hilflos. Er nahm den Pieper aus der Tasche und sah darauf. Ich beobachtete jede noch so kleine Veränderung an ihm. Wenn es mir sonst so schwer fiel, war ich praktisch machtlos meinen Blick von ihm zu nehmen. Die blauen Augen blickten auf.

„Ich muss leider schon los", entschuldigte er sich. Mit wie viel Gefühl und was für einer Wärme Dr. Bennett diese Worte aussprach, ließen mich wie Sand in seinen Händen werden.

„Kein Problem", sagten meine Lippen, doch innerlich war ich geknickt. Sofort steuerte Dr. Bennett nach und fing mich unweigerlich auf.

„Aber was halten sie davon, wenn wir den Kaffee nachholen?", schlug er vor.

Ich schloss meine Lippen und nickte nur. Dann drehte er sich um und ging schnellen Fußes fort. Hierfür hatte ich allerdings vollstes Verständnis. Es ging bei ihm, als Chefarzt, immer um Menschenleben und um Entscheidungen, die wirklich wichtig waren. Was war das schon, gegen einen Kaffee mit mir?

„Hör auf!", flüsterte ich mir selbst streng zu. Mit gemischten Gefühlen zwang ich mich meinen Weg durch den Park fortzusetzen. Aber die Gedanken um Dr. Bennett waren nicht mehr aus meinem Kopf zu bekommen.

Kapitel 4

Knapp eine Stunde später war ich zurück in der Praxis. Schnell rieb ich meine Hände aneinander um ihnen wenigstens ein bisschen Leben einzuhauchen. Ich legte meine Jacke ab und begab mich hinter den Tresen. Kein anderer außer mir war aktuell hier. Die Ruhe ließ meine Gedanken im Kopf Platz zum Kreisen. Mir war bei meinem Weg durch den Park aufgefallen, dass ich, ähnlich wie Amanda, rein gar nichts von Dr. Bennett wusste. Ich deaktivierte den Bildschirmschoner und durchwühlte das interne Krankenhaus Netz. Lediglich ein kurzer Bericht über Dr. Alexander Bennett wurde in einer Hauszeitschrift vor einigen Monaten erwähnt. Darin stand, dass er ein sehr talentierter und der jüngste Chefarzt sei, den unsere Klinik je angestellt hätte. War er so etwas wie ein Wunderkind?
Meine Neugier war mehr als geweckt. Ich forschte weiter. Aber nicht einmal im ganzen Internet war weiteres über einen Alexander Bennett zu finden.
„Hi Amanda", sang Angela, die gerade in die Praxis stürmte.
„Hi", rief ich ihr entgegen, beendete automatisch alle offenen Internetseiten und setzte einen neutralen Gesichtsausdruck auf.
Ein Glück hatte sie nichts bemerkt. Ich wollte nicht, dass in diese Sache irgendetwas hineininterpretiert werden würde, wo ich selbst nicht wusste, was das alles zu bedeuten hatte.

Der Nachmittag zog sich schrecklich in die Länge. Auch wenn ich meine Arbeit hier wirklich gerne machte, gab es auch für mih Arbeitstage, die einfach nur anstrengend waren. Doch jetzt endlich war der Feierabend gekommen. Amanda und Dr. Carlson waren bereits gegangen und ich somit alleine. Ich stütze meine Ellbogen auf die Tischplatte vor mir und massierte mir die Schläfen. Nur ein wenig konnte ich die Gedanken und die damit verbundene Anspannung wegbekommen. Mit leichten Kopfschmerzen fuhr ich schließlich den PC herunter und schaltete überall das Licht aus. Eingenommen von meinen Gedanken zog ich mir meine Jacke über. Ich setzte einen Schritt nach draußen in die Nacht und zog die klare Abendluft ein um etwas Sauerstoff zu tanken. Hinter mir schloss ich noch die Praxistür ab, als mich ein Gefühl überkam, das ich heute noch bei meinem Vater vorbeischauen müsste. Auch wenn ich dieses immer vor meinem Dienst machte, zog mich ein unsichtbares Band praktisch auf die Station. Ich folgte meinem Instinkt und machte mich auf den Weg.

Der lange Weg, die grauen Gänge und der Fahrstuhl waren für mich so automatisiert, dass ich mich überhaupt nicht daran erinnern konnte die Strecke schon hinter mich gebracht zu haben.

„Hallo", begrüßte ich die Nachtschwester. Es war nicht Rose und doch kannte ich ihr Gesicht. Die ersten zwei Wochen war ich schließlich fast Tag und Nacht hier. Das freundliche Lächeln und ihr kurzes nicken, zeigte mir, dass ich ihr auch noch bekannt war.

Nachdem ich die Schleuse hinter mir und das Desinfektionsritual über mich ergehen lassen hatte, betrat ich den Raum. Er war wie immer kühl und mein Vater lag schlafend vor mir. Es dauerte keine fünf Minuten, als ich den Besuch abbrechen musste. Meine Kopfschmerzen wurden gefühlt von Minute zu Minute stärker. Ohne Kontakt zu suchen, ohne mich auf das schlechte Gefühl einzulassen, zog ich mich in mein Schneckenhaus zurück und verließ das Zimmer von meinem Vater. Es wurde Zeit, dass ich den Heimweg antrat. Ich brauchte mein Bett und eine Kopfschmerztablette.

Jede Ecke im Krankenhaus nahm ich ruhig und ohne Hektik. Mich drängte schließlich niemand das ich pünktlich auf die Arbeit oder zu Hause sein musste. Zudem wollte ich sichergehen, dass ich mit niemanden zusammenstieß. Bei dem Gedanken an die entsprechende Situation musste ich Schmunzeln.

Vor dem Haupteingang angekommen, begrüßte mich eine Sternenklare Nacht, wie es nur in kalten Herbstnächten der Fall war. Ich entschloss, nach Hause zu laufen. Zwar fuhren noch U-

Bahnen, aber ich wollte die frische Luft genießen. Möglich das dies meine Kopfschmerzen schon mal eindämmen würde. Im Dunkel der Nacht lief ich los.

Eine Stunde später, es war bereits halb elf auf der Uhr, schloss ich die Tür zu unserem Apartment auf. Samantha sprang auf. Ihre kurzen blonden Haare hüpften wild hoch und runter als sie mir direkt in die Arme viel.

„Amy! Wo warst du denn?", quietschte sie auf. Noch immer hielt sie mich fest.

Stocksteif stand ich da.

„Ähm, ich war auf der Arbeit", erklärte ich. Wo sollte ich sonst gewesen sein? Mehr sagte ich nicht. Was anderes viel mir auch nicht ein. Das war ja schließlich die Wahrheit

„Aber so lange?", sagte sie ein wenig ungläubig und löste ihre Umarmung. Wir schlossen die Tür hinter uns und gingen gemeinsam weiter in die Wohnung.

„Ich war noch bei Dad. Und dann bin ich nach Hause gelaufen. Mein Kopf tut noch ziemlich weh. Ich dachte, die frische Luft täte gut", erklärte ich ihr ein bisschen ausführlicher. Dieser Nebeneffekt blieb jedoch leider aus, dachte ich still für mich.

Sams Blick veränderte sich. Mitleid war zu sehen. Genau das war auch ein Grund, warum ich im Moment lieber alleine war. Ich hatte das ständige Mitleid satt. Wie jeder einen ansah und mit einem sprach, wenn man eine solch schwere Zeit durchmachte.

Natürlich meinten sie, besonders Samantha, es ehrlich damit.

Und doch war es nervig.

„Oh und hat es geholfen?", fragte sie um das Gespräch aufrechtzuerhalten. Nur leider lag weiterhin dieser Blick in ihrer Mimik. Mein Herzschlag erhöhte sich – vor Wut.

Ich lächelte gequält.

„Ja danke", stieß ich deutlich hervor.

Das reichte Samantha fürs erste, um sich wieder anderen Dingen zu widmen. Schnell schlüpfte ich aus meinen Schuhen und ging direkt auf mein Zimmer. Angezogen wie ich war, legte ich mich aufs Bett und verfiel sofort dem Schlaf.

Ich sah Lippen. Schmale zierliche und doch so wunderschöne Lippen. Ich wollte diese Lippen. Mehr als alles andere. Aber ich kam nicht ran. Sie gingen immer wieder zurück. Meine Hände, wo waren meine Hände? Ich konnte es nicht erreichen, was ich so sehr wollte. Plötzlich gingen diese Lippen immer weiter zurück. Erste jetzt konnte ich erkennen, wem diese Lippen gehörten. Mein Herz sprang mir an den Hals. Dr. Bennett. Er war es dem sie gehörten.

Ruckartig richtete ich mich auf. Schweißnass und weiter mit Herzrasen saß ich im dunkel der Nacht auf meinem Bett. Was hatte das zu bedeuten? Auch wenn ich es mir ansatzweise erklären konnte, wollte ich es nicht wahrhaben. Fühlte ich mich etwa zu Dr. Bennett hingezogen? Besonders waren mir diese

Lippen nie wirklich so sehr aufgefallen. Hatte mein Unterbewusstsein das alles etwa für sich so tief abgespeichert? Ein prüfender Blick auf den Wecker ließ mich ernüchternd feststellen, dass es halb sechs am Morgen war. Da ich wusste, dass ich keinen weiteren Schlaf finden würde, beschloss ich aufzustehen und den Tag langsam zu beginnen.

Mit einem Cofe-to-go in der rechten und meiner Handtasche in der linken Hand, lief ich zur Arbeit. Auch wenn die frische Luft von gestern Abend bei meinen Kopfschmerzen nicht geholfen hatte, dachte ich auch heute früh, dass ein Spaziergang nicht schaden könnte. Vor dem Krankenhaus angekommen, war ich so gut in der Zeit, dass ich noch kurz bei meinem Vater vorbeisehen konnte.

Sofort als ich die Station durch die erst große Tür betrat, begegnete mir Rose. Ihr Gesichtsausdruck war anderen als sonst. Mein Kaffee in der Hand begann zu zittern. Ich stabilisierte ihn mit meiner anderen Hand, um auch sicher zu gehen, dass er mir nicht runter fiel.
„Amy", flüsterte sie und kam auf mich zu. Ich wusste sofort, dass etwas mit meinem Vater nicht stimmte. Tränen schossen mir in die Augen. Mein Atem beschleunigte sich. Rose versuchte mich zu beruhigen und nahm mir meine schlimmste Angst.

„Nein mein Kind. Es ist nicht, wie du denkst. Aber wir mussten ihn letzte Nacht zurückholen", sagte sie sanft. Das Mitleid, welcher mitschwang, verlieh dem ganzen einen üblen Beigeschmack.

Meine medizinischen Kenntnisse waren zwar nicht die besten, doch ich wusste, dass er nicht mehr lange überleben würde. Es war wie ein inneres Gefühl. Rose kam noch ein Stück näher, um für mich da zu sein, doch ich wollte das nicht. Mit wackeligen Knien ging ich automatisch etwas zurück. Rose blieb stehen. Hilflos und weiter mit diesem Blick, den ich so sehr hasste, sah sie mich an. Mein Puls schnellte in die Höhe. Ich musste weg, weit weg von hier. Umgehen drehte ich mich herum und ging ohne etwas zu sagen davon. Meine Beine wurden immer schneller. Stellenweise rannte ich bereits durch den Flur. Am Ende angekommen, drückte ich wie wild auf den Knopf vom Fahrstuhl. Eine gefühlte Ewigkeit stand ich davor, bis dieser endlich da war. Meine gesamten Nervenbahnen waren auf Flucht ausgerichtet. Der innere Druck förderte, dass mir die Tränen bis zum Überlaufen in den Augen standen. Endlich öffneten sich die eiserne schwere Tür mit einem lauten Ping. Nur am Rande bekam ich mit, dass drei oder vier Ärzte aus dem Fahrstuhl traten. Im fliegenden Wechsel tauschten wir die Plätze. Die weißen Kittel flogen nur so an mir vorbei. Ich stellte mich in die hinterste Ecke der Kabine. Erst als ich mich umdrehte und den Blick nach oben richtete, liefen mir heiße Tränen die Wangen herunter. Ein Schluchzen konnte ich so gerade noch unterdrücken. Als sich die Fahrstuhltür schon fast geschlossen hatte, erblickte ich durch den letzten Spalt das Gesicht von Dr. Bennett. Er sah mich direkt an. Doch es war anders. Es war kein Mitleid, was in seinem Ausdruck lag. Vielmehr war es ein Dasein, jetzt und in diesem Moment, schien er für einen Bruchteil nur für mich da zu sein.

Die Tür war komplett geschlossen und ich fuhr bis in den achten Stock. So ganz alleine gab es keinen Grund und ich hatte auch nicht die Kraft, die Tränen zu stoppen. Ich konnte alles raus lassen, ohne bemitleidende Blicke zu erhalten. Mehr und mehr liefen sie mir über. Oben angekommen, ging ich aus dem Fahrstuhl ins Treppenhaus um weiter hinauf zu kommen. Eine letzte Stufe, die Tür geöffnet – alles verstummte. Eine Leere machte sich in mir breit, als ich das Dach betrat. Alles war weg, der Schmerz, die Wut, jegliches Verlangen. Nur der inneren Leere, verdankte ich es in diesem Moment, das ich nicht durchdrehte. Mein Vater blieb nicht mehr viel Zeit. Das war klar – so klar wie nie zuvor.

Abermals überpünktlich steuerte ich die Arbeit an. Meine Tränen waren getrocknet und mein leichtes Make-Up hatte ich im Fahrstuhl schnell nachgemacht. Die Auszeit auf dem Dach tat gut. Es wirkte immer wieder erleichternd. Als wenn jemand auf eine Pause Taste drückte. Mein Leben hielt für einen Moment an und zog langsam weiter. In einem Tempo, mit dem ich in dem Augenblick zurechtkam. Zwar kamen hier unten die Gedanken und Sorgen umso schneller zurück, konnte ich sie doch leicht mit Arbeit überdecken. Da Angela für heute zum Assistenzdienst mit Dr. Carlson eingeteilt war, blieb für mich die Büroarbeit am Empfang. Was immer deutlich mehr war als Hilfe bei den Behandlungen zu geben. Kopflos stürzte ich mich in die Arbeit, welche vor mir lag.

Die Eingangstür klingelte und zeigte an das ein Patient eingetreten war.
„Einen Moment bitte", sagte ich gewohnt freundlich ohne aufzublicken. Nachdem ich die Papiere in meiner Hand erledigt hatte, sah ich hoch.
„Was kann ich", mir verschlug es die Sprache. Wie ein Magenhieb nahm es mir den Atem. Dr. Bennett stand vor mir. Ohne den weißen Kittel hatte ich ihn erst beinah nicht erkannt. Er wirkte so – normal. Doch diese Augen und vor allem diese Lippen konnte man nicht verwechseln.
Stille herrschte zwischen uns. Seine Augen musterten mich voll und ganz. Es kam mir vor, als würde er den Anblick ebenso genießen wie ich.
„Hallo", strahlte er mich schließlich an und unterbrach somit die Ruhe. Seine Zähne blitzen auf. Sein bester Freund war bestimmt

44

Zahnarzt, schoss es mir durch den Kopf. Ich löste meinen Blick kurz von ihm und suchte hilflos etwas anders, wo ich mich dran festhalten konnte. Die Suche verweilte allerdings nur kurz, dann sah ich wieder auf zu ihm.

„H-Hallo", stotterte ich zurück. In diesem Moment schoss die Erinnerungen aus meinem Traum zurück. Peinlich berührt wurde ich spürbar rot. Zum Glück konnte Dr. Bennett meine Gedanken nicht lesen.

„Wie schön, dass ich hier richtig bin", entgegnete er erfreut. Wenn ich mich nicht täuschte, wirkte auch er ein wenig nervös. Vielleicht bildete ich mir das aber auch nur ein, weil ich selbst innerlich so aufgewühlt war.

„Haben sie einen Termin?", führte ich unsere Unterhaltung ganz professionell fort. Ich biss mir auf die Unterlippe. Was war das nur für eine Frage? Mir fiel jedoch beim besten Willen nichts anderes ein.

Er lachte leicht auf. Dr. Bennett dachte bestimmt, dass ich total dämlich wäre, wie ich diesen Dialog führte. Das Rot in meinen Wangen wurde intensiver. Elegant trat er ein Stück näher. Seine Hände waren vor seiner Hüfte zusammengelegt. Mir fiel seine ausgesprochen gute Haltung auf. Dieser Mann war klug, sah unverschämt gut aus und hatte auch noch Anstand. Was stimmte mit ihm nicht? Was war wohl sein Päckchen, das er zu tragen hatte?

„Nein", gab er mir mit deutlicher Stimme eine Antwort auf meine Frage und durchbrach meine Gedanken. „Ich wollte nur nach meiner Patientin sehen", sagte er abschließend. Ich schluckte und kniff nachdenklich die Augen zusammen.

„Sie haben eine Patientin hier?", sprudelte es aus meinem Mund ohne darüber nachgedacht zu haben. Irgendwie stand ich total neben mir und wusste beim besten Willen nicht, was er wollte. Dr. Bennett kam noch näher an den Tresen. Sein Duft schwappte zu mir herüber – dunkel und sinnlich. Mein Atem beschleunigte sich automatisch, um noch mehr davon aufzunehmen.

Ich schloss bewusst die Augen und schüttelte leicht den Kopf. Keine so gute Idee denn ich hatte noch immer Kopfschmerzen. Zudem war ich überall verspannt, was nicht gerade dazu beitrug, dass es mir in nächster Zeit bessergehen würde. Besonders nicht, wenn die Sorge um meinen Vater von Tag zu Tag größer wurde.

„Amanda?", sprach Dr. Bennett mich direkt an und riss mich aus den Gedanken.

„Was?", erwiderte ich automatisch und öffnete meine Augen.

„Ist alles okay?", fragte er mit ernster Miene. Sofort lag dieser Blick auf seinem Gesicht – Mitleid. Ich wurde wütend. Mein Puls stieg noch weiter an. Von der Peinlichkeit bis hin zur Wut. Ein perfektes Sprungbrett.

„Ja. Es ist alles okay", zischte ich durch meine zusammengebissenen Zähne. Ich straffte meine Schultern, legte eine Strähne hinter mein Ohr und ging in die Offensive.

„Also welche Patientin suchen sie?", hackte ich mit meiner gesamten Professionalität nach.

Er zog einen Mundwinkel hoch. Diese Lippen wirkten, wie ein seidiges Band das sich jeder Bewegung optimal anpasste. So sehr ich auch wollte, konnte ich einfach nicht wegsehen.

„Sie", sagte er kurz und knapp. Seine Stimme wirkte rau.

„Mich?", sagte ich verwirrt. Erst als ich einen Moment über die Antwort nachdachte, wurde mir klar das Dr. Bennett auf der Suche nach mir als seine Patientin war. Wegen dem Missgeschick bei der Blutspende Aktion. Meine Füße wurden kalt, doch die Hitze schoss weiter durch meinen Körper. Keine gute Mischung. Mein Körper wusste kaum noch, wie er reagieren sollte.

„Ich habe mir lediglich Sorgen gemacht, ob sie auch genug Ruhe bekommen. Mit einer Gehirnerschütterung ist nämlich nicht zu spaßen", während er sprach er, wie immer, wenn ich ihn sah, sehr professionell und unglaublich sexy in seinem weißen Polo Shirt und der weißen Hose. Mein Mund stand offen, geplättet von seiner Offenheit. Ich schloss ihn etwas zu schnell und schluckte schwer. Meine Wut von vorhin war komplett abgeklungen. Doch ich wollte nicht das mir jemand hinterherrannte. Schließlich war ich doch kein kleines Kind mehr. Ich räusperte mich, um die Fassung über mich zurückzuerlangen.

„Das ist sehr nett von ihnen Dr. Bennett, aber es geht mir gut", erklärte ich gefolgt von einem weiteren, unnatürlich schwerem, schlucken. „Danke, der Nachfrage", schloss ich das Thema ab.

Ich beschloss mich fest auf keine weitere Diskussion einzulassen und begann einige Karteikarten von einem großen Stapel zu nehmen, um sie weg zu sortieren.

„Alex", sagte Dr. Bennett.

Ich stoppte und drehte mich zu ihm.

„Wie bitte?", erneut schüttelte ich den Kopf. Mein Gehirn fühlte sich an, als sei es in Watte gepackt und kam mit diesem ganzen hin und her nicht nach. Ich atmete tief aus. ‚Konnte er jetzt nicht einfach gehen?' flehte ich innerlich. Nicht nur, dass ich die Nacht seinetwegen nicht mehr schlafen konnte, jetzt hielt er mich auch noch von der Arbeit ab.

„Nennen sie mich doch bitte Alex", bot er an und reichte mir die Hand. Ich zögerte. Was sollte das hier? Was wollte Dr. Bennett, also Alex von mir? War es seine Fürsorgepflicht, weil er vorhin gesehen hatte, wie es mir im Fahrstuhl ging, oder weil er ohnehin wusste, dass es um meinen Vater schlecht stand?

Zaghaft legte ich die meine Hand in seine. Die Berührung funkte. Meine Handfläche kribbelte unter seiner. Wenn ich es nicht besser wissen würde, könnte ich denken an seinem Blick erkannt zu haben, dass auch er diesen Funken gespürt hatte.

„Amy", sagte ich schüchtern.

Eine Tür von unseren Behandlungsräumen öffnete sich. Mein

Chef und Angela kamen mit einem Patienten heraus.

„Bis nächste Woche Miss. Jackson", verabschiedeten sich alle voneinander.

Im nächsten Moment lagen die Blicke der beiden auf die ineinander liegenden Hände von Alex und mir. Alex war die treibende Kraft und löste sie. Sofort ging er auf meinen Chef zu. Wie in einer Soap, beobachtete ich das Szenario.

„Dr. Carlson. Es freut mich sie kennenzulernen. Ihr ruf eilt ihnen voraus. Ich bin Dr. Alexander Bennett", stellte Alex sich vor und reichte ihm die Hand. Meinem Chef entglitten jegliche Gesichtszüge. Erst als Alex seinen vollen Namen sagte, wusste Dr. Carlson wen er vor sich hatte. Dann fand er schnell seine Fassung zurück.

„Es freut mich sehr sie mal persönlich kennenzulernen, Dr. Bennett", sagte mein Chef verdattert. Er sah kurz zu mir und dann zurück zu Alex.

„Was verschafft uns denn die Ehre sie hier in unserer Abteilung begrüßen zu dürfen?", fragte er mit stolzer Brust nach.

Sie lösten ihre Hände. Alex steckte die eine Hand in die Hosentasche, die andere legte er besorgt an sein Kinn.

„Es geht um Miss Rogers."

Kapitel 5

Mir klappte der Mund auf. Was wurde das denn jetzt? Wieso fiel Alex gleich mit der Tür ins Haus? Konnte er sich nicht eine Ausrede einfallen lassen? Gerade vor meinem Chef mich so bloß zu stellen war das allerletzte. Angela sah mich mit groß aufgerissenen Augen an, als Alex meinen Namen aussprach. Sie wusste zwar das Dr. Bennett mich bereits behandelt hatte, aber das er jetzt hier wahrhaft vor ihr stand, war für sie sichtbar das Highlight des Tages.

Der Wortabtausch von Alex und meinem Chef ging weiter. „Wie sie vielleicht wissen hatte Miss Rodgers vor wenigen Tagen einen kleinen Unfall und ich bin ihr behandelnder Arzt", fasste Alex zusammen. Stillschweigend konnte ich mir alles nur vom weitem anschauen. In mir brodelte es spürbar. Aufmerksam und wohl dabei die Geduld nicht zu verlieren, hörte Dr. Carlson, Alex weiter zu.

„Sie scheint sich nicht an meine Anweisung gehalten zu haben und sich zu schonen. Ich wollte gerne mit ihnen persönlich sprechen und sie bitten, von Arzt zu Arzt, Miss Rogers den Ernst der Lage klar zu machen, was passieren kann, wenn sie den Anweisungen nicht nachgeht", sagte Alex mit einem hohen Maß an Professionalität zu Dr. Carlson. Dieser fühlte sich natürlich sofort an seinen ärztlichen Aid erinnert.

Schließlich kam Dr. Carlson zu mir herüber. Die Aufregung um diese Sache war ihm anzusehen. Auf seiner Glatze bildeten sich bereits leichte Tropfen. Doch wenn er erstmal eine Entscheidung getroffen hatte, vertrat er sie auch. Und genau diese teilte er mir jetzt mit.

„Amanda, was muss ich da hören? Sie wissen das sie nicht nur sich, sondern auch andere gefährden, wenn sie sich nicht schonen", predigend stand mein Chef vor mir und bevormundete mich. Ebenso wie Alex gerade noch. Mein Mund war trocken. Wie ein Kindergartenkind der Ärger bekam, ließ ich den Kopf hängen.

„Es ist, also es geht mir gut. Und das habe ich Dr. Bennett auch gesagt", erklärte ich und versuchte mein Tun und Handeln zu verteidigen. Wohlwollend den Vulkan unter Kontrolle zu halten, der in mir herrschte. Ich funkelte Alex an. Jetzt wo der Stein ins Rollen gebracht wurde, ließ sich Alex von seinem Vorhaben nicht abhalten und ging dazwischen.

„Miss Rogers", er kam ebenfalls in meine Richtung und stellte sich neben Dr. Carlson. Hatte Alex mir nicht gerade noch das Du angeboten? Dann begann er, mit seinem nur allzu gut durchdachten Schachzug.

„Wie lange haben sie schon diese Kopfschmerzen?", fragte er vorsichtig. Ertappt sah ich kurz nach unten. Woher wusste er das nur mit meinen Kopfschmerzen?

51

„Ich", nervös trat ich auf der Stelle hin und her. Ich wurde Mundtod gemacht, was mir so überhaupt nicht passte.

„Mit einer Gehirnerschütterung ist nicht zu spaßen", setzte Alex noch nach. Das reichte. Ich blickte auf und warf ihn einen so wütenden Blick zu, wie ich nur konnte. Am liebsten hätte ich ihm noch die Zunge entgegengestreckt. Doch dann verhielt ich mich tatsächlich wie im Kindergarten.

„Amanda, sie nehmen jetzt sofort Ihre Sachen und gehen nach Hause. Für den Rest der Woche möchte ich sie hier nicht mehr sehen", entschied Dr. Carlson für mich und trat einen Schritt zurück.

Mit erhobenen Händen stand ich vor ihm und versuchte zu retten was noch zu retten war.

„Aber", versuchte ich das Ruder rum zu reißen. In meinem Kopf legte ich diverse Einwände zurecht, jedoch ging Dr. Carlson mir sofort dazwischen.

„Gehen sie und kommen sie am Montag gesund zurück. Angela und ich werden das hier schon schaffen", die letzten Worte sprach er wesentlich leiser und doch versetzte das der Anweisung, auf eine bestimmte Art und Weise eine gewisse Ernsthaftigkeit, welche die Luft elektrisierte. Die nächste Geste wirkte daraufhin gefühlvoller. Dr. Carlson kam wieder auf mich zu, legte mir eine Hand auf die Schulter und klopfte zweimal zu. Es war, als würde er sich tatsächlich Sorgen um mich machen. Oder war die Blamage vor einem Chefarzt, dass seine

Angestellten nicht hörten, noch schlimmer? Angela schlich sich hinter mir vorbei und übernahm sofort meinen Platz am Schreibtisch. Ich sah kurz zu ihr runter. Ihr Blick sagte nur eines: Wenn Du wiederkommst, will ich alles genau wissen! Es graute mir schon ein wenig davor.

„Ich warte auf sie Miss Rogers", sagte Alex triumphierend in meine Richtung.

Mein Blick noch immer auf Angela, die das Lachen kaum verbergen konnte. Ohne Widerworte schnappte ich mir meine Jacke, Tasche und ging in Richtung Ausgang ohne mich zu verabschieden. Meine Arbeitskleidung ließ ich direkt an. Alex lief vor und hielt mir die Tür auf. Mit jedem Schritt, den ich tat, kochte ich innerlich mehr und mehr hoch.

„Danke", sagte ich im Vorbeigehen mit zusammen gebissenen Zähnen. Wieso war ich jetzt überhaupt noch höflich zu ihm? Genervt von mir selbst und dieser Aktion, verließen wir die Praxis.

Als wir draußen waren, wusste ich nicht, was ich sagen sollte. Nach ein paar Schritten blieb ich stehen und drehte mich in seine Richtung. Auch Alex hielt an. Er sah mich mit einem Ausdruck an, den ich nicht beschreiben konnte. Wenn ich es nicht besser wissen würde, sah er aus wie ein unschuldiges Reh, das nichts gemacht hatte. Die Wut in mir hatte ihren Höhepunkt erreicht.

„Was sollte das?", fauchte ich ihn an. Die Schimpfwörter, welche mir auf der Zunge lagen, ließ ich wo sie waren. Mir wurde schlecht. Die negativen Gefühle schlugen mir auf den Magen.

„Ich habe nur meine Pflicht als Arzt erfüllt und mich um meine Patientin gekümmert", Alex versuchte, sich mit seiner Stellung als Arzt zu erklären. Das kam allerdings so arrogant herüber, dass ich meine Zähne fest aufeinander presste um nicht loszuschreien. Seine Worte schürten nur weiter das Feuer in mir. Dieser Mann machte mich wahnsinnig.

„Sie haben ihre Kompetenzen wohl etwas überschritten Dr. Bennett", fast schnaubend stand ich vor ihm. Es muss lustig ausgesehen haben, denn Alex war über einen Kopf größer als ich. Dann sprach mein Impuls für mich weiter.

„Niemand darf so mit mir umgehen oder mit mir reden. Sie sind schließlich nicht mein Vater!", erst als ich es ausgesprochen hatte, fiel mir auf, was ich da überhaupt gesagt hatte. Ich versuchte den aufkommenden Kloß in meinem Hals herunterzuschlucken. Tränen schossen mir in die Augen. Wut vermischte sich mit Angst und weiterer Wut warum meinem Vater das passieren musste. Warum uns das passieren musste. Das Gefühlskonstrukt der letzten Tage brach Stückweise zusammen. Bevor meine Gefühle allerdings komplett zusammenbrachen und ich noch in Versuchung kam Alex eine Ohrfeige zu verpassen, lief ich weiter. Meine Finger kribbelten bereits. Ich ballte meine Hände zur Faust.

Alex kam mir natürlich sofort nach.

„Amy! Moment bitte. Es", er stoppte mich am Arm.

Unweigerlich blieb ich stehen. „Es tut mir leid. Das wollte ich nicht", seine Worte klangen ehrlich und doch ebbte es in mir nicht ab. Noch immer kochte ich vor Wut. Kein Wort kam aus meinem Mund, lediglich ein kleines Schnaufen. Mit verschränkten Armen und wohl daran nicht zu weinen, stand ich vor Alex. Er sprach weiter.

„Wirklich. Es tut mir leid, wenn ich Dich verletzt habe."

Die Wärme in seiner Stimme half tatsächlich, dass meine Wut weniger wurde. Ansehen konnte ich ihn jedoch nicht.

„Aber ich mache mir wirklich Sorgen um Dich", gestand er mir.

Alex Stimme klang anders, als er die letzten Worte aussprach. Ich sah überrascht hoch. Auch er wirkte verwundert, dass er den letzten Satz wirklich laut ausgesprochen hatte. Der kalte Wind peitschte mir ins Gesicht. Mit schmerzenden Augen hielt ich seinen Blick stand. Wir wussten beide das es nicht nur der Vorfall beim Blutspenden war. Auch die Sache mit meinem Vater und das was er heute im Fahrstuhl gesehen hatte, wie ich beinah zusammengebrochen war, fügten mein Gefühlspuzzel sichtbar zusammen. Er wusste bereits so verdammt viel von mir. Ich wollte das nicht zulassen. Ich wollte niemanden so nah an mich heranlassen. Letztendlich würden mehr Scherben am Boden liegen als wie wir aufkehren konnten.

„Es geht mir gut", sagte ich quälend und durchbrach die entstandene Stille.

„Wie oft hast du diese Worte in den letzten Wochen schon gesagt?", fragte er wieder mit dieser rauchigen Stimme. Auch Alex verschränkte jetzt die Arme vor der Brust.

„Wie bitte?", entgegnete ich ihm völlig perplex. Das ließ ich mir nicht länger bieten. Ich dachte, er würde seine Entschuldigung ernst meinen und dann setzte er nochmal einen Seitenhieb nach? Wenn ich ihm am Anfang attraktiv fand, war das ab jetzt definitiv Geschichte!

„Das geht dich gar nichts an!", zischte ich zurück, schüttelte den Kopf und setzte meinen Weg fort. Ohne etwas zu sagen, stoppte er mich nach wenigen Schritten erneut am Arm. Ich drehte mich wütend herum. Konnte er mich nicht einfach in Ruhe lassen?

„Was denn noch?", rief ich laut und genervt in seine Richtung. Mehr bekam ich nicht ausgesprochen. Meine Worte klangen der Verzweiflung nah.

Doch dann, schneller als ich gucken konnte, presste Alex seine Lippen auf die meine. Ich hielt die Luft an. Was mir sofort auffiel war, dass es kein sanfter Kuss war. Es war, als wollte er mich lediglich zum Schweigen bringen. Einen kurzen Augenblick später löste er seine Lippen wieder von meinen. Dicht vor meinem Gesicht hielt er an und sah mir tief in die Augen. Sein Atem wirkte flach. Ich schmeckte ihn förmlich auf meiner

Zunge.

„Ich mache mir nur Sorgen um dich", flüsterte er. Das waren seine letzten Worte bis er ein Augenzwinkern später verschwunden war und mich stehen ließ. Geküsst und total verwirrt. Ich war so überfahren, dass ich ihm nicht einmal nachsah. Keine Ahnung wie lange ich so dastand, als sich meine Beine wie von selbst in Bewegung setzten und ich nach Hause ging.

Ohne es genau zu realisieren war ich zu Hause angekommen. Das verwirrende Gefühl von eben war noch immer deutlich in meinem inneren zu spüren. Zudem die Erschöpfung von dem fehlenden Schlaf der letzten Nacht. Ohne Umwege machte ich mich auf den Weg in mein Bett. Dankbar nahm ich die Ruhe und Pause an, bis schließlich der Schlaf schnell über mich kam.

Ein paar Stunden später erwachte ich noch immer in derselben Position, wie ich eingeschlafen war. Obwohl es meiner Erholung dienen sollte, fühlte es sich ganz anders an. Diese Auszeit wirkte wie ein Katapult für meine Gedanken und Gefühle. Neben den Sorgen um meinen Vater musste sich Alex auch noch in mein Leben setzten. Warum jetzt? Wieso und vor allem was war das zwischen uns?

Weitere Stunden des Grübelns und suchen nach Antworten

vergingen. Schließlich beschloss ich meinen Vater im
Krankenhaus zu besuchen. Auf den Weg dorthin fiel mir ein,
dass die Wahrscheinlichkeit Alex auf der Intensivstation über
den Weg zu laufen, sehr hoch wäre. Das konnte ich nicht. Ich
konnte ihm jetzt nicht begegnen. Kurz um ändere ich meine
Pläne und beschloss einkaufen zu gehen. Der Supermarkt lag nur
eine Haltestelle vor dem Krankenhaus. Vielleicht lenkten mich
solche alltäglichen Dinge ein wenig von dem Gefühlschaos ab,
das in mir herrschte.

Der Einkaufsmarkt war riesig. Der Laden gehörte einer großen
Kette an und wurde erst vor zwei Jahren neu gebaut. Immer
größer, höher, breiter war deren Devise.

Gedankenverloren schlich ich durch die überfüllten Gänge. Ich
wusste überhaupt nicht was wir noch genau benötigten. Also
kaufte ich das, wonach mir gerade zumute war.
„Amy?", rief jemand von hinten. Ich strich mir die dunklen
Haare aus dem Gesicht und drehte mich um. Schließlich
erkannte ich Greg, der in seiner Uniform langsam auf mich zu
kam. Mein Herz setzte aus. Wir hatten uns schon seit Wochen
nicht mehr gesehen. Nicht nachdem er unsere Beziehung
beendet hatte. Mussten wir uns jetzt über den Weg laufen?
Heute? Er kam auf mich zu. Ich biss mir auf die Lippen und sah
ihn starr an. Gedanken von früher flogen mir im inneren vorbei.

Es schmerzten ein wenig daran zurückzudenken. Verheilte Wunden wurden erneut aufgerissen.

„Hallo Greg", antwortete ich kaum lauter als ein Flüstern. Mehr Kraft besaß ich im Augenblick nicht. Auch auf meine Mimik achtete ich gerade nicht sehr.

Greg hingegen lächelte mich an. Es schien ihn zu freuen mich zu sehen. Sehnsucht machte sich in mir breit. Ich wusste, dass er es nicht aushalten konnte wie ich mich verändert hatte. Aber davor war er immer für mich da. An seiner Schulter war immer Platz um mich dort anzulehnen. Schließlich war dort auch im buchstäblichen Sinne viel Platz. Greg war gut trainiert und knapp zwei Meter groß.

„Wie geht es dir?", fragte er sanft nach. Seine Stimme klang so vertraut. Er wog seine Worte genau ab, weil er wusste, dass ich Mitleid hasste.

„Es", noch bevor ich den Satz ausgesprochen hatte, schwirrten mir die Worte von Alex im Kopf herum. Mir wurde bewusst, dass er recht gehabt hatte. So oft wie in den letzten Wochen, hatte ich noch nie gesagt, dass es mir „gut ging". Und das war immer eine Lüge. Trotzdem konnte ich Greg nicht die Wahrheit sagen. Zwar fühlte ich mich auf Anhieb bei ihm sicher. Das mochte aber auch an der Uniform und unserer gemeinsamen Vergangenheit liegen.

„Es geht mir gut", beendete ich den Satz wieder nur mit einem Flüstern.

59

Greg senkte seinen Blick und schaute in meinen Einkaufkorb. Zielstrebig nahm er eine Packung heraus.

„Schmerztabletten?", fragte er neugierig nach und zog die Augenbrauen zusammen. „Du hast doch noch nie was davon gehalten?"

Ertappt schaute ich kurz weg. Greg kannte mich sehr gut. Ich winkte überschwänglich ab.

„Ach, die sind hauptsächlich für Samantha", redete ich mich raus, nahm ihm die Tabletten aus der Hand und warf sie zurück in den Korb. Schnell mobilisierte ich meine letzten Kräfte und setzte ein künstliches Lächeln auf. Das musste er mir einfach glauben. Und seinem Gesichtsausdruck nach zu beurteilen, war dem auch so.

„Achso", lockerte sich seine Mimik.

„Greg", rief ein anderer Polizist von hinten.

„Ja, ich komme!", entgegnete er umgehend.

Greg kam ein Stück näher und sah mir tief in die Augen. In diese Augen hatte ich so lange geblickt und mich immer wohl und geborgen gefühlt. Vier Jahre lang die schönsten Gefühle verspürt. Doch irgendwie war dieses Gefühl kaum noch da. Ich fühlte mich sogar ein wenig unwohl bei so viel Nähe und ging etwas zurück.

„Melde dich, wenn du reden willst okay?", sagte Greg leise.

Damit hätte ich jetzt nicht gerechnet. Ich hatte noch gar keine

Zeit, mich mit der Trennung richtig auseinander zu setzten und Greg schien es ähnlich zu gehen. Er hatte mit uns noch immer nicht abgeschlossen. Und ohne Zweifel war die Vertrautheit der Gewohnheit, seit langem mal wieder ein schönes Gefühl, welches ich dankend annahm.

„Danke", sagte ich ehrlich.

Greg ging einen Schritt zurück, nickte kurz und verschwand. Ich beschloss meinen Einkauf zu beenden und zur Kasse zu gehen. Noch auf dem Heimweg nahm ich zwei der Kopfschmerztabletten zu mir. Wenn noch mehr Gedanken auf mich zu kamen, würde mein Kopf bald überlaufen.

Kapitel 6

Seit nunmehr zehn Minuten stand Samantha vor mir und fragte mir Löcher in den Bauch. Ich hatte es gerade so geschafft meine Jacke abzulegen und die Schuhe von den Füßen zu ziehen.

„Es geht mir gut", sagte ich ermüdet und bestimmt zum achten mal.

„Wenn es dir gut ginge, dann wärst du bestimmt nicht zu Hause", entwaffnete sie mich mit ihren Worten. Wo sie recht hatte, hatte sie recht. Ich konnte ihr nicht alles verschweigen.

„Ich habe mir im Krankenhaus den Kopf angestoßen und habe vielleicht eine leichte Gehirnerschütterung", gestand ich ihr und verdrehte die Augen. Tatsächlich waren meine Kopfschmerzen sehr präsent, was sich auch auf meine Mimik äußerte.

Sie zog eine Augenbraue hoch und ging innerlich erstmal die Fakten durch. Schließlich war sie überzeugt.

„Ok, dann ist es wirklich besser, wenn du dich ausruhst. Warum hast du denn nicht früher was gesagt? Ich wäre auch für dich einkaufen gegangen", bot sie im Nachgang ihre Hilfe an. Zwar konnte ich es nicht leiden, wenn man mich bevormundete, doch Sam konnte ich an dieser Stelle kaum ernst nehmen. Ich sah sie immer als Gleichberechtigt an, auch wenn sie versuchte mir etwas vorzuschreiben. Es war sogar richtig süß von ihr.

„Danke", sagte ich leise, legte eine Hand auf ihre Schulter und schenkte ihr ein ehrliches Lächeln. Für Wut oder andere anstrengende Gefühle war ich nicht mehr in der Lage. Die Tabletten, auch wenn sie nicht dir Wirkung hatten, welche ich mir erhofft hatte, machten mich einfach nur sehr müde. Doch eines gab es noch, was ich Sam erzählen wollte.

„Ich habe übrigens Greg beim Einkaufen getroffen", ließ ich durchblicken. Sams Ohren waren sichtbar gespitzt. Ich wusste, das würde sie interessieren.

„Und?", hackte sie vorsichtig nach.

„Nichts. Und ich glaube, ich bin über ihn weg. Aber um ehrlich zu sein hatte ich noch keine Zeit mir richtig darüber Gedanken zu machen", erzählte ich ihr meine Zweifel. Es tat gut ihr das alles zu erzählen. Als würde sie die Last in diesem Moment mit mir teilen, wurde mein Herz ein wenig leichter.

„Du hattest ja auch ne Menge um die Ohren. Mach dir mal kein Kopf wegen Greg. Wenn der dich in so einer Zeit nicht unterstützt, dann ist er eh nicht der richtige für dich!", Sam hatte genau diese Worte schon mehrfach zu mir gesagt. Sie hatte damit vollkommen recht. Erste jetzt wo ich mir selbst ein wenig Platz einräumte darüber nachzudenken, hatte sie sowas von recht damit.

„Wie geht es denn deinem Vater?", fragte sie als Nächstes und holte mich Gedanklich an Ort und Stelle zurück. Ein wunder Punkt. Ich sah auf meine Hände und schluckte. Samantha spürte sofort das ich nicht weiterreden konnte. Auch wenn es gerade gut tat über Greg zu sprechen, konnte ich es einfach nicht. Sam

63

nahm mich in den Arm, doch ich blockte ab. Sanft löste ich mich.

„Ich gehe dann jetzt ins Bett", sagte ich schnell. Ohne eine Antwort abzuwarten, ging ich in mein Zimmer, verschloss die Tür hinter mir und kletterte in mein Bett. Wohl wissend das ich auch diese Nacht nicht viel Schlaf bekommen würde. Und wenn, dann nur mit Bildern in meinen Träumen, die ich nicht sehen wollte.

Bereits um kurz vor sechs beendete ich meine Nacht. Mit Mühe hatte ich vielleicht zwei Stunden Schlaf zusammen bekommen. Und in dieser Zeit flogen mir, wie vorhergesagt, Bilder von Alex und Greg durch den Kopf. Es war keine sehr erholsame Nacht. Das sagte mir auch mein Spiegelbild nur allzu deutlich. Make-up sei Dank, konnte ich mich einigermaßen wieder sehen lassen. Eine Kopfschmerztablette später, wollte ich mir gerade meine Jacke schnappen um ins Krankenhaus zu meinem Vater zu fahren, schoss mir durch den Kopf eventuell auf Alex zu treffen. Ich zückte mein Handy und rief auf Station an.

„Neurointensiv, Schwester Rose. Hallo?", begrüßte Rose mich freundlich. Innerlich war ich froh das Rose Dienst hatte und niemand anders.

„Rose, hier ist Amy", entgegnete ich.

„Hallo Amy", ein leichtes Lächeln lag in ihrer Stimme. Meinem Vater ging es also schon mal nicht schlechter.

„Ich wollte nur fragen, ob alles okay ist", nahm ich als Vorwand.
Wie sollte ich nur auf Alex zu sprechen kommen?

„Unverändert. Kommst du noch vorbei?", sprach sie gerade zu
Ende, als ich ihr fast ins Wort fiel.

„Doch natürlich, ich wollte mich gerade auf den Weg machen",
sagte ich ein wenig zu überspielt. Ich biss mir auf die Lippe und
schloss die Augen. Zögerlich setzte ich alles auf eine Karte.

„Aber vorher wollte ich noch wissen, ob Dr. Bennett auch
Dienst hat? Er kümmert sich doch auch um meinen Vater."

„Ähm", stockte Rose. Ich spürte, dass sie mit dieser Frage nicht
gerechnet hatte. Sie antwortete dennoch ganz professionell.

„Also er ist jetzt nicht da, sondern hat am Wochenende Dienst.
Heute und morgen hat er frei. Aber wenn du mit einem Arzt
sprechen willst", bot sie an. Erneut fiel ich ihr ins Wort.

„Nein, nein, schon okay. Danke Rose. Vielleicht sehen wir uns ja
gleich noch", verabschiedete ich mich.

„Bis gleich Amy", sagte sie kurz und knapp.

Mit einem erleichterten Gefühl legte ich auf. Dankbar registrierte
ich das Rose nicht weiter nachgehackt hatte. Umgehend machte
ich mich auf den Weg zu meinem Vater.

Der Besuch bei meinem Vater verlief ohne Zwischenfall. Sogar
über eine halbe Stunde war ich bei ihm und hatte sogar etwas mit
ihm gesprochen. Da ich noch nicht gefrühstückt hatte, holte ich
mir auf dem Rückweg einen Bagel aus dem Bistro. Nach einem

anschließenden Spaziergang ging ich wieder nach Hause. Diese Ruhe und Stille in meinem Leben ohne Hektik und Stress waren ungewohnt. Es war ebenfalls ungewohnt und schwer dieses zu genießen. Doch ich zwang mich dazu alles Unwichtige in den Hintergrund zu drängen. Zu meinem Erstaunen gelang mir das an diesem Tag sehr gut.

Heute war Samstag. Seit mehreren Tagen war ich bereits zu Hause und hatte mich schon gut erholt. Nach meinen täglichen Besuchen bei meinem Vater ging ich immer zurück und schaute mir meine lieblings TV-Serie auf DVD an. Für solche Dinge hatte ich vorher kaum Zeit. Erst jetzt merkte ich, wie gut die Ruhe tat. Die Gedanken an Greg ließen recht schnell nach. Nur Alex schwirrte mir immer wieder im Hinterkopf herum. Sobald diese Gedanken allerdings zu stark wurden, lenkte ich mich mit irgendetwas ab.

„Amy?", rief Samantha als sie die Wohnung rein stürmte. Ihre Stimme klang aufgeregt und außer Atem.

„In meinem Zimmer!", rief ich. Sofort kam sie hereingerannt und setzte sich zu mir aufs Bett. Ihre kurzen blonden Haare standen wild durcheinander. Röte stand in ihren Wangen. Auf ihren Lippen lag ein Lächeln, dass ich schon öfter gesehen habe.

„Was hat dich denn so außer Atem gebracht?", fragte ich belustigend nach. Wir grinsten uns an. Ich wusste instinktiv, dass es sich um einen Kerl handelte. Samantha hatte so eine Gute

Seele und doch verliebte sie sich immer in die falschen Männer. Diejenigen, welche Interesse hatten, waren immer nur auf ein One-Night-Stand aus, oder ließen sich von ihr nur aushalten.

„Heute Abend, du und ich", sagte Samantha und grinste frech.

„Was?", fragte ich zögerlich nach, in der Hoffnung mich verhört zu haben.

„Bitte. Ich glaube, das könnte der richtige sein. Aber du musst ihn dir auch ansehen. Ich will nicht schon wieder an jemanden geraten, der es nicht ernst meint. Und dir vertraue ich. Du hast da irgendwie ein Blick für", flehend saß Sam vor mir.

Ich verdrehte die Augen. Auf Party und durch Bars ziehen, hatte ich ja so überhaupt keine Lust. Mir ging es gerade erst wieder besser.

„Bitte Amy. Wir treffen und um acht Uhr heute Abend im Jimmy´s. Du musst mitkommen. Bitte!", flehte sie von Herzen. Sie machte große Augen und legte den Kopf schief. Wie konnte man da nur nein sagen? Ich knickte ein.

„Na gut, ausnahmsweise", ergab ich mich. „Aber nur eine Stunde!", wies ich sie an und warnte mit erhobenem Finger. Sie fiel mir um den Hals. Ich lächelte. Die Geste kam so unerwartet und tat erstaunlich gut. Es war schön von jemanden gebraucht zu werden.

„Danke, danke, danke!" Dann stürmte sie so schnell aus meinem Zimmer, wie sie gekommen war.

Samantha hatte sich für einen kurzen Rock, hohe Schuhe und ein knappes Top entschieden. Früher versuchte ich schon ihr beizubringen, das, wenn sie sich so kleiden würde, es kein Wunder wäre, wenn die Männer nur das eine von ihr wollten. Doch sie sagte, die Männer, die es ernst meinten, würden das dann so akzeptieren müssen. Und damit hatte sie irgendwie recht.

Ich hingegen entschied mich für eine blass-blaue Chiffon Bluse und einer engen schwarzen Lederhose. Schlicht aber doch angemessen. Meine dunklen Locken trug ich offen. Sie fielen mir mittlerweile bis in die Taille. Noch schnell packte ich mein Handy und Portmonee in die kleine schwarze Handtasche und schon ging es los.

In der Bar angekommen, saß ich wie das fünfte Rad am Wagen neben Samantha und ihrem Date. Er schien tatsächlich nett zu sein. Sein Name war Mathew, hatte kurze dunkle Haare und wirkte völlig normal. Und doch etwas nervös. Er schien echtes Interesse an Sam zu zeigen. Sie bekam also nach einer Stunde meinen Segen. Ich verabschiedete mich mit einem guten Gefühl von beiden. Natürlich blieb Samantha mit Mathew noch hier. Ich zog meine Jacke über und sah mich ein letztes Mal um. Samantha sah glücklich aus. Ich wünschte sie würde endlich jemanden finden, der sie so mochte, wie sie war. Kurz darauf drehte ich mich um und ging weiter. Es war bereits sehr voll in der Bar und deswegen umso schwerer den Weg nach draußen zu finden. Mir war nicht sehr wohl. Trotzdem nützte es nichts. Langsam schlängelte ich mich an diversen Gruppen vorbei. Kurz vorm Ziel knickte ich um und kippte gegen einen Mann. Dieser hielt mich instinktiv fest. Ich musste auflachen. Die zwei Tequila in Verbindung mit meinen Tabletten, machten den Rest. So etwas konnte auch nur mir passieren.

„Tschuldigung!", nuschelte ich und schlug mir die Hand vor den Mund. Oh Gott, war das peinlich!

„Schon ok", sagte mein Retter. Ich stutzte. Moment, ich kannte diese Stimme und das nur allzu gut. Ich schaute auf und sah Greg vor mir. Er war derjenige, der mich aufgefangen hatte und im Augenblick sehr nah, sehr eng festhielt. Schnell stellte ich mich auf meine Beine und löste mich von ihm.

„Amy, welch schöner Zufall dich zu sehen", sagte Greg mit strahlendem Lächeln. Ein angenehmes Gefühl durchfuhr meinen Körper. Diese Nähe, diese Stimme, das alles war zu viel für mein derzeitiges Gefühlskostüm.

„Ja, stimmt", bestätigte ich Gedankenlos. Bilder von unserem Abschied flogen mir durch den Kopf. „Ich wollte aber gerade gehen", erklärte ich und zog mich noch etwas mehr zurück.

„Ach bleib doch noch", bequatsche Greg mich und kam näher. „Nur auf einen Drink. Der alten Zeiten wegen", flüsterte er. Seine Lippen lagen dicht an meinem Ohr. Meine Nackenhaare stellten sich auf. Ich sah mich wie ertappt um. Die Jungs, mit denen Greg zusammen war, kannte ich nicht. Er hatte sich in kürzester Zeit einen komplett neuen Freundeskreis aufgebaut. Vielleicht um über alles hinwegzukommen? Oder interpretierte ich da zu viel hinein?

„Ok", beschloss ich kurzer Hand.

Er griff zum Tresen und reichte mir einen Drink. Wir stießen an.

„Auf", prostete ich Greg zu. Ganz plötzlich kam er ruckartig näher und flüsterte ehrlich und mit spürbar viel Gefühl. „Auf deinen Vater", sagte er sanft.

Eine Gänsehaut überfuhr meinen kompletten Körper. Greg war wohl mit der einzige der sich, neben Samantha, ein Urteil über meinen Vater erlauben durfte. Deswegen nahm ich es ihm nicht übel, sondern freute mich über diesen Tost.

„Auf ihn", sagte ich zustimmend. Wir stießen an und ich nahm einen großen Schluck. Als ich den Drink heruntergeschluckt hatte, merkte ich den widerlichen Nachgeschmack und verzichtete darauf dieses Glas ganz zu leeren.

Ich tippte Greg an die Schulter.

„Ich werde jetzt aber trotzdem gehen", verkündete ich.

„Ist in Ordnung. Soll ich dich noch rausbringen?", bot er sich an.

Ich winkte sofort ab. Er sollte ruhig bei seinen Kumpels bleiben. Ich wollte Greg hier nicht zwischen wegreißen.

„Nein, danke. Gute Nacht", rief ich über die laute Musik hinaus. Wieder kam er ruckartig näher, blieb kurz vor meinem Gesicht stehen. Sein Atem wurde unregelmäßig. Ich wusste nicht, was ich tun sollte. Er war so nah. Sein Duft war mir so vertraut. Ein Gefühl von absoluter Sicherheit kam erneut in mir auf. In diesem Moment wollte ich nicht weg. Und doch wusste ich nicht, was wir hier eigentlich taten. Ein kleiner Kuss konnte doch nicht schaden. Nur so für das gute Gefühl. Ich wusste, dass der Alkohol aus mir sprach, doch das war mir egal.

Kaum zu Ende gedacht, lagen schon seine Lippen auf meine. Gregs Hände fuhren um meine Taille herum und zogen mich weiter zu ihm heran. Für einen kleinen Moment konnte ich mich tatsächlich fallen lassen und seine Berührungen genießen. Bis seine neuen Kumpels um uns herum zu grölen begannen wie die Tiere. Das riss mich schließlich aus meinem Alkoholdelirium. Ich löste mich, schenkte ihm noch einen kurzen Blick und verließ die Bar ohne zurückzuschauen.

Draußen angekommen, fegte mir der kalte November Wind durchs Haare. Ich holte tief Luft, um das eben geschehene zu verstehen. Da mir dies nicht gelang, schob ich den Gedanken daran weit nach hinten in die letzte Ecke meines Gedächtnisses. Zufrieden stellte ich fest, dass es zum Glück nur ein Block bis zur nächsten U-Bahn war. Und mit dem Pfefferspray in meiner Jackentasche fühlte ich mich ziemlich sicher. Ich zog meine Jacke etwas enger vor mir zusammen und lief los.

Ich stand bereits an der U-Bahn und wartete als ich mich

spontan um entschloss meinen Vater noch einen kurzen Besuch abstatten. Kurz um stieg ich in die Bahn direkt zum Krankenhaus.

In der U-Bahn sitzend wurde mir flau im Magen. Mein Gehirn begann sich wieder in die weiche Watte zurückzuziehen, die es noch kannte. Ich beobachtete die paar Personen, welche mit mir im Abteil saßen, um mich etwas abzulenken. Nur zwei Minuten später stieg ich an der Station am Krankenhaus aus. Ich lief den leicht beleuchteten Gehweg entlang. Die Übelkeit wurde ein wenig besser. Hier waren noch weniger Personen als gerade noch in der U-Bahn. Im Haupteingang herrschte hingegen um diese Zeit ein reges Treiben. Viele Nachtschwärmer, die stark alkoholisiert waren oder sich sonst wobei verletzt hatten, waren hier und warteten auf einen Arzt. Zielstrebig lief ich auf die Fahrstühle zu. Dieser war sofort da und ich stieg mit zwei weiteren Frauen ein.

„Fünfter", sagte ich, als die eine Frau mich fragte, wo ich denn hinwollte. Sie betätigte für mich den Schalter und der Fahrstuhl setzte sich in Bewegung. Mein Magen drehte sich erneut. Mir schwirrte der Kopf. Erst als ich mich erdete und an der Stange von Fahrstuhl festhielt, wurde es etwas besser. Im dritten Stock stiegen die beiden Frauen aus. Ich war alleine. Noch immer an der Seite stehend, überkam mich erneut dieses flaue Gefühl. Was war nur mit mir los? So langsam sollte doch der Alkohol aus meinem Körper verschwunden sein. Ich atmete tief durch, um den Rest der Fahrt zu überstehen.

Kapitel 7

Der Fahrstuhl hielt im fünften Stock. Ich musste zu meinem Vater. Dann würde es mir sicherlich bessergehen. Die Tür öffnete sich Stück für Stück. Ich blickte auf und wollte soeben zum ersten Schritt ansetzten, blieb ich direkt stehen. Jemand stand plötzlich vor mir. Fast wären wir ineinandergelaufen. Mein Herz setzte aus und schlug kurz darauf umso schneller weiter als ich an den Lippen und dem markanten Kinn erkannte, dass es Alex war. Wir hatten uns lange nicht gesehen und doch erkannte ich ihn sofort. Unauffällig ließ ich meinen Blick weiter schweifen. Alex trug einen dunkelblauen Pullover und eine Arzt-typische weiße Hose. Sein Duft schwebte zu mir rüber. Ich schluckte, ohne ein Wort zu sagen und suchte seine Augen. Auch er sagte zunächst nichts. Wie hypnotisiert blickten wir einander an. Die Fahrstuhltür wollte sich gerade schließen, als es Alex zuerst aus dem Bann riss, und er sie mit der Hand aufhielt. Umgehend suchte er wieder nach meinem Blick. Alles begann sich zu drehen. Ich wusste, wenn ich jetzt nicht umgehend aus dem Fahrstuhl gehen würde, käme es dem Tag vom Blutspenden gleich und ich würde umkippen.

„Alex", flüsterte ich, wand meinen Blick ab und ging an ihm vorbei. Nur am Rande nahm ich wahr, dass ich mit meiner Jacke seinen Arm streifte. Der Boden wurde wellig. Zumindest kam es mir so vor. Als ich um die Ecke bog und sich die Tür auf dem

Weg zur Intensivstation schloss, stütze ich mich erneut an der Wand ab. Mehr und mehr kam ich ins Schwanken. Meine Schläfen pochten. Ich rieb mir die Augen, um überhaupt weiter etwas zu sehen. Hitze machte sich zugleich breit. Schnell zog ich meine Jacke aus und ließ sie zu Boden sinken. Das alles fühlte sich aber keineswegs an, als wäre ich der Ohnmacht nahe. Ich hatte das Gefühl, mein Kopf würde gleich explodieren wie ein Vulkan. Die Erde um mich herum wollte förmlich zerfließen und mich mit herunterreißen. Das flüssige grau unter mir konnte mich nicht mehr lange halten.

„Amy?", hörte ich jemanden meinen Namen sagen. Ich war mir sicher, es war Alex. Umso peinlicher das gerade er es wieder war, der mich so sehen musste. Mit aller Kraft kniff ich die Augen zusammen. Vielleicht war das ganze hier auch nur ein Traum? „Amanda?", sagte er deutlicher. Oh nein, nicht diesen Namen. Ich hielt mir die Ohren zu. Ich wollte diesen Namen nicht hören. Das war immer ein schlechtes Zeichen, wenn jemand meinen Namen voll aussprach. Noch im selben Augenblick umfasste Alex meinen Kopf und sah mir tief in die Augen. „Was ist", er wirkte sprachlos. „Was hast du genommen?", war seine nächste Frage.

Ein lautes Piepen brummte mir in den Ohren. Ich hielt sie mir weiter zu. Es wurde immer lauter. Alex zog mich am Arm mit, dass ich direkt mitgehen musste.

„Komm", war von weit weg zu hören. Ich tat, was gesagt wurde.

Auch wenn es gefühlt nur Einbildung war.

Der Raum, in den wir gingen, war dunkel. Viel dunkler als der grelle Flur. Der Boden hörte schon mal auf sich zu drehen. Was ein gutes Zeichen war. Ich sah mich um. Alex stand dicht neben mir und half mir mich hinzulegen. Auch das Brummen wurde weniger. Ich wollte nur noch schlafen. Obwohl dieses wahrscheinlich das unbequemste Bett war, auf dem ich je gelegen hatte, wollte ich nur noch schlafen. Meine Augen gingen zu.

Alex schlug mir sanft gegen die Wange.

„Aua", nuschelte ich und fuhr mir an den Kopf. Wie eine Bombe schien mit der Schädel fast zu explodieren.

„Was hast du genommen?", fragte er noch einmal.

„Nein, nein, nein", versuchte ich zu sagen. Ich hatte nichts eingenommen. Wie konnte ich ihm das nur begreiflich machen?

„Was hast du genommen?", rief Alex lauter. Musste er so schreien?

Ich versuchte meine Augen zu öffnen und ihn zu fragen, ob das wirklich sein Ernst war, was er hier abzog. Doch ich kriegte sie nicht auf. Plötzlich kam er ganz nah an mein Ohr. Ich bemerkte es durch den intensiven Duft, der mir so sehr in der Nase lag, wie bei unserem Kuss.

„Bitte, sag mir was du genommen hast damit ich dir helfen kann. Bitte Amy", flüsterte er so sanft, dass ich eine Gänsehaut bekam.

Für den nächsten Moment schaltete sich alles in mir aus. Die
Hitze, das drehen, der Lärm. Ich öffnete mit einer Leichtigkeit
die Augen und sah ihn an.

„Nichts", flüsterte ich. „Ehrlich", sagte ich so ernst wie es mir
im Augenblick möglich war. Auf mal wurde mir schlecht. So
schlecht wie es mir in meinem Leben noch nicht ging. Ganz der
Arzt, reagierte Alex blitzschnell und half mir, mit dem halten
einer Schale, das ich mich übergeben konnte. Mit der anderen
Hand hielt er mir die Haare etwas zurück. Erst als nichts mehr
kam, setzte die Peinlichkeit ein. Ich legte mich zurück, vergrub
mein Gesicht in meine Hände und wollte dieses Mal wirklich
vom Boden verschlungen werden.

Alex entfernte sich kurz, nahm dann meinen Arm und
desinfizierte ihn. Er spritze mir etwas hinein. Ohne dass ich die
zweite Hand von meinen Augen nahm, ließ ich es über mich
ergehen.

Als er fertig war, strich er mir zärtlich übers Haar.

„Schlaf jetzt. Es wird dir gleich bessergehen."

Kaum ausgesprochen, spürte ich die kribbelnde Wärme die mich
entführte. Kurz darauf war ich schon in einen tiefen Schlaf
gefallen.

Es war dunkel. Dunkler als bei mir zu Hause. Fetzten vom
letzten Abend, gingen mir durch den Kopf. Ich hatte mich
übergeben, vor Alex. Angestrengt atmete ich aus. Auch wenn er

Arzt war und mit Sicherheit weitaus schlimmeres erlebt hatte, wollte ich am liebsten vor Scharm im Boden versinken.

Vorsichtig öffnete ich die Augen und erkannte, im dünnen Licht des Türspalts, dass niemand mit mir im Raum war.

Vorsichtig setzte ich mich auf. Der Schwindel war verschwunden und auch der Boden drehte sich nicht mehr. Nur noch ein paar der Kopfschmerzen, welche ich die Tage aber sowieso schon kannte, waren noch zu spüren.

Ich stelle mich hin. Auch das klappte problemlos. Doch die Frage was eigentlich mit mir los war, blieb trotzdem noch offen.

Gerade zog ich meine Jacke über, als Alex ins Zimmer kam.

„Hallo. Geht es dir wieder besser?", fragte er hörbar erleichtert, als er mich im Dunkeln dort stehen sah. Leise schloss er die Tür hinter sich. Schließlich knipste er das kleine Seitenlicht an, um mich ganz zu sehen.

Schmerzlich kniff ich die Augen zu. Das Licht brannte noch zu sehr. Die Kopfschmerzen wurden angefacht.

„Es geht wieder. Danke", erwiderte ich höflich mit der Hoffnung mich schnell aus dieser Situation zu bringen. Während ich sprach, kam Alex direkt auf mich zu. Ich wich ein Stück zurück.

„Setz dich doch bitte noch mal", forderte er. Widerwillig setzte ich mich auf die Liege, wo ich soeben noch geschlafen hatte.

„Es ist alles wieder in Ordnung. Ich möchte einfach nur nach Hause", sagte ich patziger, als ich es eigentlich wollte. Er nahm meine Hand. Reflexartig zog ich sie zurück.

Alex atmete angestrengt aus, wohl dabei die Fassung nicht zu verlieren.

„Amy", sagte er schließlich. „Ich habe dich gerade völlig verwirrt und halluzinierend auf dem Flur vorgefunden. Ich möchte jetzt lediglich schauen, ob wirklich alles wieder okay ist!", hielt er mir eine kleine Standpauke.

Ich biss mir auf die Lippe. Es tat mir jetzt schon leid ihn so angefahren zu haben. Er meinte es ja nur gut. Weiterhin leicht wütend, ergriff er erneut meine Hand und tastete nach meinem Puls. Ich wusste, dass dieser im Moment schneller schlug, als er sollte. Doch das, dass an Alex lag, wollte ich ihm nicht sagen. Zufrieden leuchtete er mir noch in die Augen und rückte etwas von mir ab.

„Also", sagte er abschließend, „was hast du genommen?", stellte er mir wieder diese Frage. Wie ein Angeklagter vor Gericht saß ich vor ihm und sollte Rechenschaft ablegen. Dabei wusste ich selbst nicht einmal, was passiert war. Wie konnte Alex nur so von mir denken?

„Was?", zischte ich durch meine zusammengebissenen Zähne. Der Zorn erneut auf dem Höhepunkt sprang ich von der Liege auf. Auch Alex stand jetzt auf.

„Was für Drogen du genommen hast?", setzte er direkt nach. Mein Mund blieb offen. Dachte er tatsächlich, dass ich Drogen nehmen würde?

„Ich habe nichts genommen! Was denkst du von mir!", fauchte ich zurück, zog mir meine Jacke richtig an und drehte mich zur Tür. Alex stellte sich mir ein wenig in den Weg.

„Amanda, du standest vollkommen neben dir. Du musst etwas genommen haben", erklärte er und machte eine kurze Pause. Ich bemerkte, dass ihm bei den nächsten Worten nicht wohl war. Trotzdem sprach weiter: „Wir waren alle schon einmal in solch schwierigen Situationen, wie du sie gerade durchmachst. Trotzdem ist das kein Grund dieses Zeug zu nehmen", beendete er seinen schwerwiegenden Verdacht.

Tränen schossen mir in die Augen. Es fühlte sich an, als hätte mir jemand direkt ins Gesicht geschlagen. Diese Behauptung tat weh. Bewusst drehte ich mich direkt zu ihm und sah ihm tief in die Augen.

„Ich habe nichts genommen. Und wage es ja nicht dir ein Urteil über meine Situation zu machen. Das geht dich nichts an und", feuerte ich mit deutlicher Stimme zurück. Es gab noch tausende Sachen, die ich ihm sagen wollte, als mir der Drink von Greg durch den Kopf ging. Ich wurde still und dachte blitzschnell über diese Möglichkeit nach. Der Drink schmeckte widerlich. Ob da wohl die Drogen drin waren, von denen Alex sprach?

„Greg", flüsterte ich.

„Greg?", wiederholte Alex. „Hat der dir Drogen gegeben?", bohrte er weiter nach.

„Nein", ich schüttelte den Kopf. „Das...das kann nicht. Das

kann ich nicht glauben", redete ich mehr für mich selbst. Verunsichert schlug ich meine Arme um meinen Oberkörper. Alles viel für mich auf einmal zusammen. Was war nur mit meinem Leben passiert, das es im Moment so aus den Bahnen lief? Verwirrt sah ich zu Boden. Die Gefühle der letzten Wochen und Tage kamen alle auf einmal hoch.

Alex kam dichter auf mich zu und legte mir die Hände auf die Schultern. Ich hob langsam den Kopf. Wir sahen uns einen langen Moment erneut einfach nur an. Wenigstens schenkte er mir kein Mitleid, stellte ich erleichternd fest. Vielmehr zeigte mir seine Mimik, dass er lediglich besorgt war um mich.

„Komm", sagte er mit deutlicher Stimme „Ich bring dich nach Hause."

Kraftlos von den Anstrengungen der letzten Stunden ließ ich alles zu was er sagte.

Wir fuhren in seinem Wagen zu mir nach Hause. Ich nannte ihm die Adresse und er fand, dank seines Navis, den direkten Weg. Mir fielen zwischendurch immer wieder die Augen zu. Die Müdigkeit kam schnell zurück, obwohl ich gerade geschlafen hatte. Ich stützte meinen Arm auf den Türüberstand und hielt meinen Kopf aufrecht. Zu Hause angekommen, schnallte ich mich ab. Alex tat diesem gleich, stieg aus dem Auto, ging schnell herum und hielt mir die Tür auf. Er reichte mir seine Hand und half mir hoch. Hinter mir schloss er die Tür mit einem dumpfen

Knall. Er legte seinen Arm an meinen Rücken und führte mich ein Stück den Weg zum Haus hoch. Selbst mein Kopf war so müde, dass ich mir nicht einmal Gedanken darüber machen konnte, wie und was Alex jetzt oder als Nächstes tat. Es war im Moment einfach alles gut und richtig so wie es war.

„Soll ich dich noch mit nach oben begleiten?", fragte Alex mit ruhiger und angenehmer Stimme nach. Ich blieb stehen und lies die Worte auf mich wirkten. Als mir klar wurde was Alex gerade gefragt hatte, zog ich die Augenbrauen hoch. Wie direkt war diese Frage denn gemeint? Er wirkte peinlich berührt, als er merkte, was er gesagt hatte. Ein Lächeln huschte mir über die Lippen. Es erinnerte mich daran, wie wir nach meiner Ohnmacht zusammen in diesem kleinen Raum saßen. Dort hatte ich ihn das aller erste Mal überhaupt verunsichert gesehen. Sonst hatte er immer den perfekten Dr. Alex Bennett per Knopfdruck parat.

„Also ich meine natürlich bis zur Tür", fügte er schnell hinzu. Nervös steckte er die Hände in seine Jackentasche.

Ich schüttelte den Kopf.

„Nein, ist schon okay", erlöste ich ihn ein Stück von der Peinlichkeit und beendete die Situation. Langsam lief ich einen Schritt vor und blieb kurz stehen.

„Danke, für deine Hilfe", sagte ich flüchtig und unfähig ihn in die Augen zu sehen. Schließlich setzte ich meinen Weg fort. Tausende Gedanken schossen mir gleichzeitig durch den Kopf.

Doch keinen konnte ich klar zu fassen bekommen.

„Amy", rief Alex von hinten. Ich drehte mich herum. Er stand bereits vor mir. Wir sahen uns an. Noch einer dieser magischen Momente. Meine Fingerspitzen begannen zu kribbeln.

„Ich", stammelte er noch immer unglaublich nervös. Dieses Verhalten war so ehrlich und so unglaublich attraktiv. „Wir wollten doch noch mal ein Kaffee trinken."

„Ähm", stammelte ich. Damit hatte ich jetzt nicht gerechnet. Warum wollte er mit solch einer verkorksten Frau wie mir, überhaupt etwas zu tun haben? Bei seinem Aussehen und seinem Posten konnte er doch jede kriegen.

„Ja, aber warum", begann ich und biss mir auf die Zunge. Schließlich gewann jedoch die Neugier. „Warum mit mir?", hackte ich direkt nach.

Seine Mimik wurde angespannter. Seine Zähne pressten sich aufeinander, das zeigte mir sogar das schwache Licht der Straßenbeleuchtung.

„Ich", fing er wieder an „ich weiß es nicht. Ich", er setzte aus, suchte händeringend nach Worten. „Ich weiß nicht was du mit mir gemacht hast", gab er letztendlich zu.

Mir fiel meine Tasche aus der Hand. Der dumpfe Aufprall ließ uns beide aktiv werden. Gleichzeitig gingen wir in die Knie, um nach meiner Tasche zu greifen. Unsere Hände berührten sich. Funken flogen. Mir wurde wieder flau, doch auf eine schöne Art und Weise. Sein Atem wurde schneller. Wir richteten uns zeitgleich auf. Meine Tasche lag noch immer auf dem Boden, doch das war jetzt jedem von uns egal. Alex legte eine Hand an meine Wange. So sanft und warm umfasste sie nahezu meinen gesamten Kopf. Ein Blitz schnellte durch meinen Körper und verteilte das Kribbeln von meinen Fingern, auf meine gesamte Haut. Nie wieder wollte ich von diesem Gefühl loskommen. Es war einnehmend, wie Alex Blick. Er sah mich mit diesen fixierten Augen an, ohne irgendetwas zu sagen. Die Zeit schien um uns herum still zu stehen. Die vorbeifahrenden Autos und andere Störquellen nahmen wir nicht mehr wahr. Nur noch derjenige, welcher uns gerade direkt gegenüberstand, war wie der Nabel der Welt.

Schließlich kam sein gesamter Körper näher. Der mir mittlerweile gut bekannte Duft wirkte benebelnd auf meine Sinne. Meine Lippen teilten sich. Noch während ich meine Augen schloss, kam sein Kopf näher. Er bedeckte meine Lippen mit seinen. Viel sanfter als unser erster Kuss. Zärtlich drückte er zu, ließ nach, spielte mit mir. Es war wunderschön. Ich war gezwungen mitzumachen. Fast wie eine Sucht, von der ich soeben infiziert wurde, wollte ich mehr. Alex setzte kurz ab, blieb jedoch minimal vor meinem Gesicht stehen. Es war, als würde er sich vergewissern wollen, ob er das richtige Tat. Jetzt war ich es, die auf ihn zuging, meine Lippen auf seine legte und ihn zu küssen begann. Sofort fanden wir wieder einen gemeinsamen Rhythmus. Ich ließ meinen Kopf sanft auf seine

Hand fallen, die noch immer an meiner Wange lag. Mit seiner anderen freien Hand, ging er zwischen meine offene Jacke, an meine Taille und zog mich bestimmend zu sich heran. Mir blieb für kurze Zeit der Atem stehen. Was dem Kuss jedoch kein Abbruch tat. Ich stütze mich auf seine Schultern und krallte mich an seiner Jacke fest.

Momente später löste sich Alex stöhnend von mir. Unser beider Atem wirkte wie nach einem Marathon. Warum hörte er nur auf? Langsam kam mein Verstand zurück. Was war das? Was taten wir hier überhaupt? Ich kannte diesen Mann doch kaum.

Ich löste meine Hände von seiner Jacke, hob benommen meine Tasche auf und ging ein Stück zurück. Alex ließ mich machen, ohne mich zurückzuhalten. Sein Gesichtsausdruck wirkte gequält. War der Kuss so schlecht? Oder war er einfach nur genau so durcheinander wie ich?

Er ging einen Schritt zurück und verschaffte uns beiden einen etwas größeren Abstand.

„Gute Nacht Amy. Pass bitte auf dich auf", sagte er erneut mit rauchiger und brüchiger Stimme. Sie klang, wie an dem Tag als er mich widerwillig von der Arbeit abgeholt hatte.

„Gute Nacht", erwiderte ich nur.

Alex setzte seinen Weg fort, stieg in seinen Wagen und war verschwunden. Wie nach unserem ersten Kuss war er einfach verschwunden.

Den Rest der Nacht schlief ich tief und fest. Erst als ich erwachte und das Licht bereits durch mein Fenster schien, fingen meine Gedanken an zu kreisen. So schön es auch gestern Abend mit Alex noch war, waren die Umstände, die uns zusammen gebracht hatten, nicht sehr angenehm. Wieso sollte Greg mir Drogen verabreichen? Diese und noch viele weitere Fragen ließen mich für die nächsten Stunden keine Ruhe mehr finden.

Kapitel 8

Den Rest des Tages fand ich auf vieles noch immer keine
Antwort. Mit Samantha konnte ich auch nicht sprechen, denn sie
war nicht da. Vermutlich war sie bei Mathew. Ich schaute noch
ein bisschen DVD, bis der Abend schließlich anbrach und die
neue Nacht über mich kam. Zu meiner Enttäuschung verlief
diese fast ebenso schlaflos wie die letzten Stunden in der Nacht
davor.

Heute durfte ich endlich wieder auf die Arbeit. Ich war bereits
geduscht und mehr als pünktlich dran. Es freute mich nach den
paar Tagen endlich wieder meinem Alltag nachzugehen. Denn
auch wenn ich mehr Ruhe hatte als sonst, war es im Nachhinein
nicht wirklich erholsam. Besonders die Geschichte mit Greg
beschäftigte mich. Von Alex ganz zu schweigen. Ich beschloss,
als ich in der U-Bahn saß, wenn er mir über den Weg laufen
würde, mit ihm zu sprechen. Schließlich konnten wir den Kuss
und die gesprochenen Worte nicht einfach so im Raum stehen
lassen.

An der Station des Krankenhauses angekommen, machte ich
mich, wie jeden morgen vor der Arbeit, auf zu meinem Dad. Ich
beobachtete jede Person, die an mir vorbeiging genauestens.
Doch Alex war nirgends zu sehen. Als ich den Besuch bei

meinem Vater beendete, hatte ich es schon fast aufgegeben nach ihm Ausschau zu halten. Wie der Zufall es allerdings wollte, erkannte ich ihn, als ich auf den Fahrstuhl zu ging. Von hinten waren seine breiten Schultern und das perfekt frisierte Haar unverwechselbar. Mir wurde heiß. Meine Füße hingegen kühlten sehr schnell ab. Alex war nicht alleine. Zwei weitere Ärzte standen bei ihm. Ich ließ mir nichts anmerken und reihte mich hinter ihnen ein. Erst als wir den Fahrstuhl betraten und er sich herumdrehte erkannte er mich. Es funkelte etwas in seinen Augen auf, das ich nur schwer deuten konnte. Die Sicherheit das er aber auf mich reagierte, war unübersehbar.

„Hallo", sagte ich leise.

Für einen kurzen Moment stutzte er in der Unterhaltung, die er mit dem Kollegen zu seiner rechten führte. Ohne sich jedoch etwas anmerken zu lassen, redet er weiter. Kein Hallo, kein guten Tag, kein.... Kuss. Nur ein verstörter Blick als wäre ich eine völlig fremde die gerade die Unterhaltung stören würde. Ich drückte den Knopf des Erdgeschosses. Die Ärzte, samt Alex verließen in der ersten Etage den Fahrstuhl. Er würdigte mir keines weiteren Blickes.

Stumm machte ich mich auf den Weg in die Praxis. Konnte das alles noch komplizierter werden? Als wenn meine

Gehirnwindungen nicht schon genug zu tun hatten, ignorierte Alex mich jetzt auch noch.

Genervt öffnete ich die Tür zur Praxis. Dort stand Angela schon in den Startlöchern um alles zu erfahren. Da ich wusste, dass es nichts bringen würde, mir etwas auszudenken oder erst gar nichts zu erzählen, berichtete ich ihr nur das nötigste und machte mich umgehend an die Arbeit. Es war, für mich zum Glück, einiges liegen geblieben. Die Arbeit war für eine Person einfach kaum zu schaffen. Die Achterbahn in meinem Kopf kam so wenigstens für ein paar Stunden zum Stillstand.

Der Tag ging, dank der vielen Arbeit, schnell von der Hand. Dr. Carlson erkundigte sich noch nach meinem befinden. Nachdem ich ihm von meiner fast vollständigen Genesung überzeugen konnte, ließ er mich endlich weiter arbeiten.

Es war schon spät, als ich die Praxis verließ. Wie so oft war ich die letzte und machte alle Lichter aus.

Während ich den Weg zur U-Bahn ging, klingelte mein Handy. Samantha rief an.
„Hallo", sagte ich ein wenig überschwänglich. Beruhigend stellte ich fest, überhaupt ein Lebenszeichen von ihr zu hören.

„Hi Süße. Wie geht es dir? Bist du noch auf der Arbeit?", fragte sie vorsichtig nach um das Gespräch ins Rollen zu bringen. Sam klang ein wenig abwesend.

„Gerade auf dem Weg nach Hause. Wieso?", hackte ich neugierig nach.

Sam kicherte auf.

„Ach", begann sie und kicherte wieder „ich wollte dir nur kurz sagen, dass ich bei Mathew bin. Nur damit du dir keine Sorgen machst", mit einem letzten kichern beendete sie den Satz.

Ich musste mir ein Lachen unterdrücken. Ein wenig Neid kam sogar in mir auf, dass Sam ein so einfaches Leben führen konnte. So unbeschwert.

„Gut zu wissen", sagte ich. „Dann wünsche ich euch viel Spaß."

„Danke", wieder kicherte sie.

„Aber Sam", rief ich in den Hörer. Ermahnend hob ich meinen freien Finger in die Luft. Als würde sie das durchs Telefon sehen können.

„Ja?", sie räusperte sich.

„Pass auf dich auf und lass dich zwischendurch hören, ja?", bat ich und hoffte sehr das sie sich meine Worte zu Herzen nahm und sich wirklich zwischendurch meldete.

„Natürlich süße, du kennst mich doch", neckte sie mich zurück. Ein wenig beruhigter legte ich auf. Sie war wirklich eine Person, die sich um alles und jeden nur zu gerne kümmerte. Sie war mittlerweile fast die einzige Person überhaupt noch, die mir in meinem Leben wichtig war. Greg zählte ich bis vor zwei Tagen auch noch ein Stück weit dazu. Aber nachdem was er mir angetan hatte, wusste ich nicht, was ich machen sollte. Ich konnte ihn ja wohl schlecht anzeigen, schließlich war er Polizist. Und wenn er eine Anzeige bekommen würde, dann wäre er sehr schnell vom Dienst suspendiert. Das konnte ich nicht riskieren. Angestrengt atmete ich aus. Es war ein Glück ja nichts passiert. Dank Alex. Wäre er nicht gewesen, wüsste ich nicht, wo ich jetzt wäre.

„Alex", flüsterten meine Lippen. Ich ließ den Kopf in den Nacken fallen und schaute in den Sternenhimmel.

Was war das zwischen uns? Liebe? Da gehörte meiner Meinung nach mehr dazu. Was sollte die Aktion heute im Fahrstuhl? Nicht mal ein kleines ‚Hallo'. War ich ihm peinlich vor seinen Kollegen? Mit diesen Gedanken und keinen Antworten setzte ich meinen Heimweg fort.

Zu Hause angekommen öffnete ich die Wohnungstür. Es war dunkel – niemand da. So wie ich es am liebsten hatte. Alleine sein. Ein für mich sehr befreiendes Gefühl. Ich schlüpfte aus meinen Sachen, zog mir eine Jogging Hose und ein Trägertop über, als es plötzlich an der Tür klopfte. Schnell band ich mir meine Haare zu einem Dutt zusammen und ging zur Tür. Geschickt versuchte ich einen Blick durch den Spion zu erkennen, sah jedoch niemanden. Wer konnte das so spät noch sein?

Ich öffnete die Tür einen Spalt, als ich schließlich Greg vor mir stehen sah. Mein Herz schlug schneller, doch nicht aus Freude. Es war vielmehr wegen dem Vorfall am Wochenende. Zwar wollte ich ihm darauf noch ansprechen, doch so schnell war ich auf diese Konfrontation überhaupt nicht vorbereitet.

„Hi, Amy. Kann ich kurz rein kommen?", fragte Greg zurückhaltend. Er klang anders als sonst. Sorge lag in seiner Stimme. Innerlich wusste ich, dass er genau wusste, was passiert war.

„Greg", bestätigte ich ihn. Mir wurde heiß. Mein Unterbewusstsein setzte automatisch in meinem Körper einen Schutzmechanismus frei. Greg kam etwas näher. Ich stand noch immer im Spalt in der Tür.

„Bitte, ich muss mit dir reden", forderte er energischer und bat mich inständig um Einlass. Er sah nach links und rechts. Das alles war ihm sichtlich unangenehm.

„Unter vier Augen", ergänzte er. Seine Lippen wurden zu einer schmalen Linie. Es war ihm wirklich wichtig. Und schließlich war es Greg der vor mir stand. Ich kannte ihn doch inn- und auswendig. Irgendwo erhoffte ich mir auch, mit diesem Gespräch meine Vermutung nicht bestätigt zu bekommen. Schnell atmete ich noch einmal tief ein, ging einen Schritt zurück und machte ihm den Weg frei. Greg trat ein.

„Also", sagte ich und verschloss die Tür wieder hinter ihm. „Was gibt es denn so dringendes?", fragte ich ohne drum herum reden. Ich stellte mich mit dem Rücken zur Tür und verschränkte die Arme vor der Brust.

„Amy", er strich sich über seine kurz geschorenen Haare. „Geht es dir gut?", fragte er besorgt. Die Falten auf seiner Stirn warfen tiefe Furchen.

„Was?", sagte ich erstickend. Ich hatte die Frage zwar verstanden, musste aber noch mal nach hacken.

„Ich meine, geht es dir gut. Am Samstag ist etwas schiefgelaufen", gestand er mir. In meinem Kopf war das Puzzle zusammen gesetzt. Die Vermutung stimmte also. Es waren Drogen in dem Drink und Greg wusste davon?

„Du wusstest es?", flüsterte ich und kniff die Augen zusammen. Es war schwer meine Wut derzeit zu kontrollieren. Zudem wurde der mitleidende Blick, den Greg aktuell nicht unterdrücken konnte, deutlicher. Das schürte meine Wut nur noch mehr.

„Nein, also ja. Die Jungs haben es mir später erzählt, als du schon längst weg warst. Und als ich dir hinterher bin, warst du nirgends zu finden", erklärte er mit Worten und Gesten um der ganzen Entschuldigung Nachdruck zu verleihen. Ich ging um ihn herum und setzte mich wortlos auf die Couch. Ich wusste überhaupt nicht, wo ich anfangen sollte. Greg folgte mir ein Stück, blieb jedoch stehen.

„Was denkst du dir da eigentlich bei? Warum treibst du dich als Polizist mit solchen Leuten überhaupt rum?", fuhr ich ihn wütend von der Seite aus an. Mir schwirrte der Kopf. Ich hatte jetzt nicht die Kraft mich um seine Gefühle zu kümmern. Stützend vergrub ich meine Hände in den Haaren. Greg setzte sich schließlich neben mir und legte eine Hand auf meinen Arm. Ich zuckte nicht zusammen oder zog zurück. Seine Berührungen waren für mich noch immer so normal. Fast wie der Kuss in der Bar erschien das für mich alles noch so gewohnt vertraut.

„Amy. Es tut mir so leid. Ich wusste nicht das die Jungs Drogen nehmen. Deswegen habe ich auch den Kontakt zu ihnen abgebrochen", reue klang in seiner Stimme mit. Greg war nie ein Mann, der sich in einem Lügenkonstrukt verlieren würde. Ich glaubte ihm seine Aussage. Langsam hob ich meinen Kopf und sah ihm ins Gesicht. Meine Wut flachte ab. Zwischen Greg und mir herrschte ein unsichtbares Band, welches nach der Trennung zwar sehr dünn geworden war, doch es war noch da. Umso länger ich ihn ansah, umso mehr sah ich, wie schlecht es ihm ging. Auch ihm machte die Trennung zu schaffen. Er konnte auf eine gewisse Art und Weise kaum etwas dafür, dass er an die falschen Freunde geriet. Ich konnte ihm einfach nicht länger böse sein.

Greg rückte ein Stück näher. Ich konnte es nicht bestreiten das, da noch etwas zwischen uns war, trotzdem fühlte ich mich sehr wohl bei dieser Nähe.

„Amanda", hauchte er. Seine Hand lag weiterhin auf meinem Arm. Vorsichtig rückte Greg noch näher.

„Greg bitte", bat ich erschöpft sitzend neben ihm. Der Arbeitstag war lang genug. Dann noch dieses Gespräch. Blitzschnell und unsanft umschlossen seine Hände mein Gesicht. Es war eine so andere Berührung als mit Alex. Ich wollte das hier nicht. Und genau in diesem Moment wurde mir klar, dass ich mit Greg tatsächlich abgeschlossen hatte. Das gerade noch dünne Band wurde von mir innerlich zerrissen.

Gregs Gesicht kam näher. Ich versuchte den Kopf wegzudrehen, doch er hielt mich zu sehr fest. Meine Hände umfassten seine Handgelenke.

„Hör auf Greg, bitte", flehte ich heiser. Alles wurde mir zu eng. Wie eingeklemmt, konnte ich nicht fliehen. Greg hörte noch immer nicht auf. Sein Gesicht kam näher und näher. Als seine Lippen schließlich auf meinen lagen, begann ich wie wahnsinnig an seinen Handgelenken zu ziehen. Er rührte sich nicht. Der Kuss war auf eine bestimmte Art und Weise anwidernd. Mein Puls schnellte in die Höhe. Panisch drückte ich gegen seine Brust und versuchte ihn von mir weg zu schieben. Ich wollte das alles nicht. Erst jetzt ließ Greg von mir ab und hörte auch.

„Entschuldige", kam gequält aus seinem Mund. Umgehend ließ er ganz von mir ab. Ein widerlicher Geschmack lag auf meinem Mund. Ich wischte ruckartig mit meinem Handrücken darüber.

Wollte er mich etwas als Freundin zurück haben? Hatte ich ihm falsche Hoffnung gemacht? Der Kuss in der Bar war falsch. Zumindest von meiner Seite.

Wir sahen uns an. Keiner sagte für eine gefühlte Ewigkeit etwas.

„Es tut mir leid", flüsterten meine Lippen plötzlich. Er war mir als Mensch ja nicht egal, deswegen tat es mir auch weh ihn so zu sehen.

Greg stand wortlos auf und ging hinüber zur Tür. Kurz davor blieb er stehen.

„Was wirst du jetzt tun?", fragte er hilflos.

„Nichts. Aber versprich mir bitte, dass du dich wirklich von solchen Leuten fern hältst. Ok?", forderte ich praktisch von ihm ein.

Er nickte erleichternd.

„Danke", flüsterte er noch leise, dann war er verschwunden. Ich ließ mich machtlos in die Kissen fallen. Das Adrenalin wich aus meinem Körper und verschaffte mir eine ungewohnte Müdigkeit. Im Nachhinein fühlte es sich ein Stück weit gut an, wenigstens eine Antwort auf die eine Frage bekommen zu haben.

Die Woche verlief ohne große Zwischenfälle. Heute war Freitag und nur noch ein paar Stunden trennten mich von etwas Ruhe und Zeit für mich. Seit das mit Greg geklärt war, fühlte ich mich tatsächlich besser. Auch wenn das nicht ok war, war es dennoch nicht direkt seine Schuld. Das wichtigste für mich war allerdings, das ich ihm glaubte. Nach wie vor tat es ihm ehrlich leid. Auch das Versprechen, das er sich in Zukunft von solchen Leuten fern hielt, war wie ein unbesiegelter Pakt zwischen ihm und mir.

Es war bereits dunkel. Ich erledigte noch die letzten Arbeiten und bereitete schon einmal alles für die nächste Woche vor. Angela war schon vor zwei Stunden gegangen und Dr. Carlson bereits kurz nach dem Mittag. Lediglich die Schreibtischlampe verschaffte mir noch Einblick in die Unterlagen. Auf einmal riss mich ein lautes Klopfen aus der Terminplanung. Ich blickte auf, blieb jedoch sitzen. Wir hatten schließlich geschlossen. Wer sollte jetzt noch vorbeikommen?

Ich beschloss einfach nicht darauf zu reagieren, wollte mich gerade erneut meiner Planung zuwenden, als es wieder klopfte. Schließlich stand ich auf und ging herüber. Da wir an der Tür kein Spion hatten, musste ich die Tür komplett öffnen, um zu sehen war davor stand. Eine ähnliche Situation wie letzte Woche mit Greg – schoss mir durch den Kopf. Greg würde mich allerdings nie auf meiner Arbeit besuchen kommen. Ich nahm allen Mut zusammen und entriegelte die Tür. Als ich um die Ecke sah, stand dort ein Mann unter einer dicken Jacke mit großem Schal. Er drückte sich an mir vorbei und kam herein. „Sie können nicht einfach", versuchte ich ihn zu stoppen. „Also wir haben geschlossen!", rief ich energischer. Doch bevor ich weiter sprach, nahm der Mann die Kapuze runter. Es war Alex. Wie versteinert stand ich da. Warum kam er mich besuchen? Die Wut vom Anfang der Woche kam erneut in mir hoch. Meine Hand krallte sich am Türgriff fest.

„Was willst du?", fragte ich direkt heraus. Auch wenn ich es wollte, konnte ich ihn kaum eine Sekunde in die Augen sehen.

„Hallo Amy. Ich wollte dich fragen, ob wir einen Kaffee trinken. Du hattest es mir doch versprochen", sagte er, völlig überzeugt von seinem Tun und Handeln, in den Raum. Zusätzlich setzte er sein Prinz Charming lächeln auf und strich seine perfekten Haare nach hinten. Arrogant, war das einzige Wort, was mir dazu einfiel.

„Ich muss arbeiten", sagte ich kurz und knapp. Für alles weitere biss ich mir auf die Zunge. Der Griff in meiner Hand drohte zerquetscht zu werden.

„Dann warte ich", sagte er erfreut. Nahezu glücklich den Abend hier mit mir zu verbringen.

Schnaubend schmiss ich die Tür zu und ging an ihm vorbei. Bei solch einer Dreistigkeit viel selbst mir nichts mehr ein. Mitten auf dem Weg zu meinem Schreibtisch drehte ich mich rum und stemmte meine Hände in die Hüfte.

„Was sollte das?", platzte es aus mir raus.

Seine Mimik veränderte sich. Er wusste nicht, was ich meinte. Ich wurde direkter.

„Was sollte das Anfang der Woche? Wieso sagst du nicht mal ‚Hallo’, wenn man sich über den Weg läuft?“, feuerte ich wütend auf ihn ein.

Mit offenem Mund stand er vor mir. Es war ihm sichtlich unangenehm so zur Rede gestellt zu werden. Wer würde sonst mit einem Chefarzt schon so reden? Doch Chefarzt hin oder her. Er hatte meine Gefühle mit Füßen getreten und das sollte er ruhig wissen. In mir kam alles wieder hoch und musste raus – jetzt. Ich schoss weiter auf ihn ein.

„Du warst es der mich hat stehenlassen nach dem“, ja wie nannte ich das ganze denn jetzt, „nach dem was da zwischen uns passiert ist. Oder“, ich schluckte. Wenn ich mich jetzt nicht langsam wieder im Griff hatte, würde ich ihm wohl noch an die Kehle springen.

Ich drehte mich herum und ging weiter auf den Schreibtisch zu. Ruckartig drehte ich mich noch einmal zu Alex um. Ich musste es ihm einfach sagen, bevor meine Gefühle explodierten.

„Was willst du Alex? Bin ich dir peinlich vor deinen Kollegen oder warum küsst du mich in einem Moment und im nächsten Moment ignorierst du mich? Ich verstehe das einfach nicht“, gestand ich Hilflos.

Schnell erhielt er seine Fassung zurück und kam mit großen Schritten auf mich zu. Wie ein scheues Reh erstarrte ich in meiner Haltung.

„Zunächst einmal bist du mir überhaupt nicht peinlich. Du darfst so etwas noch nicht einmal denken!", sprach er energisch auf mich ein. Die Autorität und Ernsthaftigkeit in seiner Stimme verschafften mir eine Gänsehaut. Weiter hilflos mich auch nur einen Zentimeter zu bewegen.

„Aber was ist es dann?", flüsterte ich fast ohne meine Lippen zu bewegen.

Wir standen uns ganz nah gegenüber. Wie schon so oft in letzter Zeit. Was kurz danach meistens passierte, wussten wir ja. Doch ich ließ es nicht zu. Nicht diesmal. Er würde mich nicht schon wieder stehen lassen. Mit ganzer Kraft, entzog mich seinem Blick, ging um den Schreibtisch herum und setzte mich. Als hätte er damit nicht gerechnet, stand er weiter einfach so da und sah mir nach.

Ich setzte mich an meinen Platz und schloss die Planung soweit ab. Ohne auch nur ein Wort zu sprechen, stand Alex da und wartete. Ob er sich wohl Gedanken darüber machte, was das von Montag sollte? Wäre gut, wenn er es täte.

Kapitel 9

Nach ungefähr zehn Minuten hatte ich alles beendet und räumte den letzten Papierkram zusammen. Über mich selbst erstaunt und stolz zugleich, trotz der Anwesenheit von Alex meine Arbeit fertig bekommen zu haben, schnappte ich mir meine Jacke und ging um den Tresen herum. Erst jetzt schenkte ich ihm einen Blick. Alex stand da als wäre er gerade zur Tür hereingekommen. Meine Wut war bereits abgeflacht. Es tat gut das alles gerade mal gesagt zu haben.

„Wollen wir?", lächelte er mir entgegen und hielt die Tür auf. Ich wusste, dass ich es bereuen würde, aber ich hatte es ihm tatsächlich versprochen.

Stoßartig atmete ich aus.

„Na gut. Aber im Moment ist mir nicht nach Kaffee zumute", gestand ich und versuchte so gut es ging mir ein schelmisches Grinsen zu unterdrücken. Es gelang mir nicht ganz. Erfreut über meine Reaktion, wurde auch sein Lächeln breiter. Leichtigkeit trat in sein Gesicht.

„Was immer du willst", erwiderte er ergeben. Mit jedem Wort, das er sprach, wurden meine Knie weicher. Wie schaffte es nur ein einzelner Mann mich so zu kontrollieren?

„Das werde ich mir merken", entgegnete ich. Ohne eine Miene zu verziehen, ging ich an ihm vorbei. Erst als er mein Gesicht nicht sehen konnte, zogen sich meine Mundwinkel weit nach oben. Jeder Moment mit Alex war für meine Seele wie ein beflügeltes Gefühl.

„Lass uns doch die Bahn nehmen", schlug ich vor, als wir langsam den leicht beleuchteten Weg auf dem Krankenhausgelände entlangliefen.

„Ich mag es nicht, wenn so viele Menschen auf einen Haufen sind", kam es ehrlich aus Alex Mund. Eine Schwäche. Ich war überrascht, dass er das so einfach zugab.

„Also laufen. Ich kenne ein kleines Lokal gleich hier um die Ecke", warf ich ein, zeigte nach rechts und lotste ihn.

„Gut dann gehen wir dahin. Ich bin in den letzten Monaten hier noch nicht viel herumgekommen. Deswegen hast du mich voll in der Hand", die Geste von ihm dazu verlieh der ganzen Situation eine besondere Art.

Ich schenkte ihm ein kleines Lächeln. Mir gefiel die Unterhaltung. Nicht nur, weil ich mehr oder weniger die Oberhand hatte, sondern weil wir uns den Ball hin und her spielten. Gemeinsam machten wir uns weiter auf den Weg.

Knapp fünfzehn Minuten später kamen wir am Ziel an. Es lag versteckt und war nicht sofort als Lokal einzusehen. Ich war hier einige male mit Greg gewesen. Es wirkte immer alles sehr einladend und sauber. Die darauffolgenden Gedanken an Greg, schob ich für heute Abend in die letzte Ecke meines Kopfes.

Ganz Gentleman hielt Alex mir die Tür auf. Wir wühlten uns durch die Menschenmenge und setzten und in die Ecke an einen kleinen Tisch.

„Sorry, ist doch mehr los als ich dachte", entschuldigte ich mich und zog mir meine Jacke aus. Schließlich sagte Alex eben noch das er es nicht so gerne mochte, wenn viele Menschen auf einen Haufen waren. Alex kam herum und hielt mir den Stuhl vor. Die Kälte von draußen, die Wärme hier drin oder auch das Alex unglaublich aufmerksam war, ließen meine Wangen glühen.

„Kein Problem", hauchte er mir ins Ohr, das nur ich es hörte.

„Im Moment fühle ich mich, erstaunlicherweise, sehr wohl mit meiner Umgebung", sprach er lächelnd weiter.

Es steckte an, dass auch ich lächeln musste. Alex nahm ebenfalls Platz. Kurz darauf kam eine Kellnerin und nahm unsere Bestellungen auf. Ich trank ein Bier, Alex bestellte sich Rotwein. Belustigend stellte ich fest, wie verschieden unsere Geschmäcker doch waren. Trotzdem redeten wir die darauffolgende Zeit über Gott und die Welt.

„Amy", rief jemand von weiter weg. Auch Alex hörte den Ruf. Ich sah schon von weitem das es Greg war, der ziemlich angetrunken auf uns zusteuerte. Ich rollte mit den Augen. Am liebsten würde ich unter den Tisch kriechen. Nach kurzer Zeit nahm auch Alex Greg wahr und musterte ihn mit zusammen gekniffenen Augen.

„Amy, es ist so schön dich hier zu sehen", betonte Greg überschwänglich und stolperte auf mich zu. Er nahm mich in den Arm und erdrückte mich fast. Ungewollt ließ ich es über mich ergehen.

„Danke es ist auch schön dich zu sehen", log ich freundlicherweise. Er löste sich und stütze sich an meinem Stuhl ab. Eine große Fahne von Alkohol schwang mir entgegen. Mir wurde übel. Mein Bier könnte ich jetzt nicht mehr mit Genuss weiter trinken. Ich rückte ein Stück ab.

„Hallo", mischte Alex sich ein.

Greg sah zu ihm rüber. Abwertend nahm er zur Kenntnis das Alex Arzt sein musste. Nach dem wie er angezogen war und aussah. Gregs Blick wanderte erneut zu mir. Seine Augen verengten sich. Er kam näher und schrie mich beinah an.

„Deswegen hast du mich letztes Wochenende zurückgewiesen? Wegen diesem Assistenzarzt Futzi?", platze es aus ihm raus. Greg füllte schnaubend seinen Lungen mit Luft, welches ihn viel größer und bedrohlicher erscheinen ließ, als er überhaupt war. Sofort stand ich auf, schob ihm an seiner Brust ein wenig zurück, bevor er noch die Beherrschung verlor.

„Greg das ist überhaupt nicht, wie du denkst", redete ich wie wild auf ihn ein. Jedoch ohne Erfolg. Es half keineswegs ihn zu beruhigen, sondern mehr das Gegenteil. Auch Alex stand jetzt auf. Meine Alarmglocken schrillten laut los.

„Greg", wiederholte Alex etwas lauter und sah mich an. „Der Greg?", fragte er ungläubig nach.

Betrunken und total durcheinander sah Greg erst Alex dann mich an. Mein Blick war hart auf Alex gerichtet. ‚Bitte spreche jetzt nicht weiter' – dachte ich nur.

„Alex es ist alles in Ordnung", so gut es ging versuchte ich jetzt auch Alex zu besänftigen. Ich wollte nicht, dass das hier eskalierte. Wie sollte ich nur allein mit zwei streitlustigen Männern fertig werden?

„In Ordnung?", auch Alex Stimme wurde lauter. Schnaubend beugte er sich über den Tisch. Wie ein Lehrer, der mit seinen Schülern schimpfte, versuchte er mich zu belehren.

„Dieser Kerl hat dir Drogen gegeben. Du standest völlig neben dir und wer weiß was noch alles passiert wäre", holte Alex die mir noch sehr präsente Vergangenheit zurück.

Das war ein Schlag unter die Gürtellinie für Greg. Er ging ein wenig zurück und schrie mich so laut an, dass es die ganze Bar, trotz der lauten Musik, mitbekam.

„Du hast es ihm erzählt Amanda? Ich", er holte erneut tief Luft und mäßigte seine Stimme widerwillig. „Du hattest es mir versprochen niemanden davon zu erzählen!" Die Schlagader an seinem Hals trat deutlich hervor. Gregs Kopf war hochrot. Das unwohle Gefühl in seiner Nähe zu sein nahm zu. Ich fühlte mich klein und Schutzlos.

„Das habe ich auch nicht!", ersuchte ich mich zögerlich zu erklären.

„Achja? Und woher weiß er es dann?", schimpfte er weiter auf mich ein. Greg kam, mit jedem Wort das er sprach, näher. So hatte ich ihn immer nur erlebt, wenn er wirklich zu viel getrunken hatte. Doch dann waren es immer andere mit denen er so sprach, nie hatte er so das Wort mir gegenüber erhoben.

„Du bist eine verlogene kleine miese", beleidigte und bedrängte mich Greg das ich langsam auf meinen Stuhl zurück sackte. Das reichte Alex und ging dazwischen. Warnend legte er Greg eine Hand auf die Schulter.

„Es reicht jetzt. Sie hat mir nichts erzählt und dabei sollten wir es belassen", forderte Alex, der zum Glück seine Fassung bereits zurückerlangt hatte. Er versuchte alles auf normalem Niveau zu lösen.

„Alex", versuchte ich erneut dazwischen zu gehen. Greg war bei der Polizei und kannte diverse Verteidigungstricks, wie man jemanden auf den Boden brachte oder ähnliches.

Es blieb noch nicht einmal Zeit, dass Alex sich zu mir umdrehen konnte, holte Greg schon zum Schlag aus. Zu meiner Überraschung konterte Alex sofort und drehte den Spieß um. Er nahm ihn in den Schwitzkasten, manövrierte ihn vorsichtig durch die Menschenmenge und schmiss Greg raus.

Verdutzt blieb ich am Tisch zurück. Nur am Rande nahm ich

wahr das einige Leute um uns herum alles beobachtet hatten.

Einen Augenblick später kam überraschenderweise Alex bereits wieder zurück.

„Alex", flüsterte ich, stand auf und ging auf ihn zu. „Ist dir was passiert?", fragte ich nach. Schnell musterte ich ihn nach irgendwelchen Verletzungen.

Er schüttelte grinsend den Kopf und reichte mir seine Hand. „Komm, lass uns gehen", antwortete er nur. Zärtlich ergriff ich seine ausgestreckte Hand. Auch ich wollte nur noch weg von hier.

Erneut liefen wir durch die leicht beleuchteten Straßen.

„Woher konntest du das?", fragte ich neugierig nach.

„Ich habe neben meinem Studium jahrelang als Karatetrainer Stunden gegeben, um mir das Studium zu finanzieren", erklärte Alex. Stolz schwang in seiner Stimme mit.

„Beeindruckend", sagte ich nur darauf. Mir wurde klar das Alex zwar sehr jung Chefarzt geworden war, aber sonst konnte ich nichts von ihm herausfinden.

„Was ist mit deiner Familie, Freunde. Erzähl mir doch ein bisschen von ihnen", fragte ich direkt. Der wenige Alkohol ließ mich etwas mutig werden. Alex schwieg. Autsch! Offene Wunde getroffen. Sofort lenkte ich ein.

„Entschuldige, ich wollte dir nicht zu nahetreten", winkte ich mit den Händen ab. Verunsichert gingen wir noch ein paar Schritte nebeneinander her. Dann hielt Alex an. Zwei Schritte weiter stand auch ich. Wir drehten uns zueinander.

„Amy, es ist nicht das ich es dir nicht erzählen wollen würde. Nur ist es ein wenig kompliziert", beichtete er. Angespannt steckte er die Hände in die Jackentaschen und hielt meinen Blick stand. Die Reaktion das er mein Blick fixierte, zeigte mir, dass er es ehrlich meinte.

„Hallo Einzelfall", fiel mir als Erstes dazu ein. „Ich kenne mich mit Familientragödien aus", versuchte ich einzubringen um die ganze Stimmung ein wenig aufzulockern. Vielleicht half es ihm ja, wenn ich ihm zeigte, dass er mit so etwas nicht alleine wäre. Zwar wusste Alex von meinem Vater, aber mehr konnte er auch über mich nicht herausgefunden haben. Auf soziale Netzwerke oder ähnliches trieb ich mich nicht rum. Selbst wenn ich eine online Bestellung machte, gab ich zum Beispiel auch immer eine falsche Telefonnummer an.

„Es ist nur", sprach Alex leise und kam näher. Etwas Weißes funkelte in seinem Haar und erregte meine Aufmerksamkeit. Es begann zu schneien. Seit Jahren hatte es zu dieser Zeit nicht mehr geschneit. Ich blickte in den Himmel. Beinah als würde uns jemand ein Zeichen geben, kam Alex näher, umfasste mit seinem Handschuh überzogenen Händen meinen Kopf, und begann mich ohne zu zögern zu küssen. Wie zuvor übermannte mich dieses warm-kalte kribbeln. Ich ließ mich vollkommen fallen. Es war ein leichtes diesen Kuss zu erwidern. Nie zuvor viel es mir so leicht in die Nähe von jemanden zu kommen, geschweige denn, mich so küssen zu lassen.

Minuten vergingen, bevor wir uns ganz voneinander lösen konnten. Trotz der Kälte war mir innerlich sehr warm. Alex lächelte, nahm meine Hand und verschränkte sie mit seiner. Hand in Hand liefen wir weiter. Plötzlich fing er an, von seiner Familie zu erzählen.

„Also ich habe eine Mutter und einen Vater. Sie leben allerdings nicht hier. Sie wohnen noch in Texas. Ich bin hier bei meiner Tante praktisch groß geworden, weil sie dort einige Probleme mit mir hatten", gab er freiwillig zu. Unbewusst drückte ich ein wenig seine Hand. Er sollte wissen, dass er meine ungeteilte Aufmerksamkeit hatte und wie dankbar ich ihm für diese Offenheit war.

„Mir war schon früh klar, dass ich Arzt werden wollte. Also setzte ich alles daran, dieses so schnell wie möglich zu schaffen. Und das hat auch geklappt", erklärte er weiter. Ein kurzes Auflachen entrann ihm, als er von seinem Erfolg sprach. Ich freute mich für ihn mit.

„Ich Promovierte an mehreren Kliniken als mir schließlich die Chefarztstelle an unserem Krankenhaus angeboten wurde", beendete Alex seine zusammengefasste Lebensgeschichte.

Plötzlich stoppte er mich. „Und wie sich herausstellte, war dies genau zum richtigen Zeitpunkt", schmunzelte er in meine Richtung. Er nahm seine freie Hand, die andere noch immer mit meiner verschränkt, und legte sie mir abermals an die Wange. Es folgte ein kurzer Kuss, nur nicht auf meinen Mund, sondern auf meine Stirn. Ich schloss die Augen und genoss jede noch so kleinste Berührung. Leise setzten wir unseren Spaziergang fort. Die weißen Flocken über uns wurden immer dicker.

„Jetzt bist du aber erstmal dran", durchbrach er die Stille. Schlagabtausch. Mir war klar das dies kommen musste, obwohl ich nicht wirklich über meine Familie sprechen wollte. Wobei es, um genau zu sein, nicht viel zu sagen gab. Er konnte also keine unangenehmen Fragen stellen. Ich begann zu erzählen.

„Also ich habe keine Geschwister und meine Mutter starb, als ich noch ein Baby war. Mein Vater wollte es mir, bis heute nicht sagen, warum sie verstorben war. Und jetzt war es zu spät es heraus zu finden", gestand ich. Sofort bildete sich ein großer Kloß in meinem Hals. Alex wusste sehr gut, dass ich damit die Situation meines Vaters meinte.

„Es steht nicht gut um ihn", kam viel zu leise aus meinem Mund. Ich sprach diesen Satz mehr für mich. Prompt schaltete sich der Arzt bei Alex ein.

„Du darfst die Hoffnung nicht aufgeben. Die Maschinen", versuchte er mich aufzubauen. Ich hielt ruckartig an und löste meine Hand aus seiner.

„Alex. Bitte nicht. Ich muss mich so langsam damit abfinden. Er wird nie mehr leben, wie er es wollte. Auch wenn er aufwachen würde, wäre er schwer Behindert. Ich", meine eh bereits sehr dünne Stimme brach nun völlig ab. Schnell sah ich mich in der Gegend um, damit ich an etwas anderes denken konnte, und die herannahenden Tränen herunterschlucken könnte. Nie wieder wollte ich vor fremden Leuten weinen. Nie wieder sollte es mir passieren, aufgrund von Trauer, sitzen gelassen zu werden.

„Amy", flüsterte Alex nur. Seine Worte brannten mir in den Ohren. Ich kniff die Augen zu. Eine kleine Träne lief mir über die Wange. Schnell wand ich mich von Alex ab.

„Er wird es nicht schaffen und ich denke ich werde die Maschinen bald abstellen lassen", flüsterte ich in die kalte Nacht. Dieser Gedanken war mir in letzter Zeit schon oft gekommen. Doch nie hatte ich es ausgesprochen. Bis heute. Als hätte ich mir selbst ein Messer in das Herz gerammt, krampfte mein inneres zusammen.

„Amanda", Alex ergriff meine Schulter, dass ich ihn wieder ansehen musste. Ich versteinerte meinen Blick und bohrte mich fest in seinen hinein, damit ich jegliche Regung in seinem Gesicht bei meiner nächsten Frage, ganz genau beobachten konnte.

„Sag mir bitte, als Arzt, wie wirklich die Chancen stehen, dass er wieder ganz gesund werden würde?", wollte ich direkt von ihm wissen.

Alex schluckte. Er wollte es mir nicht sagen. Seine Lippen verengten sich zu einer schmalen Linie.

„Sag es", flüsterte ich mit zusammengebissenen Zähnen.

Ein letztes Mal holte Alex tief Luft, antwortete mir dann doch.

„Drei, vielleicht fünf Prozent", gab er ehrlich zu.

Ich schlug mir die Hand vor dem Mund. Mit so wenig hatte nicht einmal ich gerechnet. Auch wenn Alex jetzt bei mir war, ging es nicht anders. Ohne es aufhalten zu können, liefen mir die Tränen stumm die Wangen hinunter. Alex legte einen Arm um mich. Auch er war stumm und sagte nichts. Im Moment war er einfach nur für mich da und hielt mich fest.

Es war bereits weit nach Mitternacht. Alles war mittlerweile mit einer Schicht Weiß überzogen. Die Luft war kalt und klar. Meine Füße und Hände waren durchgefroren.

„Danke fürs bringen", sagte ich zu Alex, als wir vor meiner Wohnung standen.

„Sehr gerne", sagte Alex zufrieden. Er stand direkt vor mir. Wie vor einer Woche am selben Platz. Nur das es mir heute deutlich besser ging.

„Auch wenn der Abend irgendwie nicht so angefangen hat, wie ich es wollte. Und das was mit Greg passiert war. Es tut mir echt leid. Und mein Ausbruch. Irgendwie", entschuldigte ich mich weiter und weiter. Nervös strich ich meine Haare zurück.

„Irgendwie war der Abend im Nachhinein nicht so gelungen",
fasste ich schließlich zusammen.

Am liebsten wollte ich mich wie eine Schnecke in ihr Haus
zurückziehen. Noch bevor ich alles ausgesprochen hatte, was ich
eigentlich wollte, viel Alex mir ins Wort.

„Es war ein toller Abend. Schon sehr lange hatte ich nicht mehr
so einen schönen Abend Amy", erklärte er mir seine Auffassung
der Dinge.

Schüchtern sah ich auf. Was ich dann sah, waren nur noch diese
wundervollen Lippen, welche immer näherkamen. Ich ging ihnen
entgegen. Der Kuss begann leicht wild und doch fanden wir
schnell zueinander. Alex zog mich an sich ran. Hier draußen in
unseren dicken Jacken, war es gar nicht so einfach, dem anderen
so nah zu sein wie wir beide es gerne wollten. Es war ein
Abschiedskuss. Doch wollte ich das? Vorsichtig zog ich mich ein
Stück zurück.

„Bitte geh nicht", hauchte ich. Alex sah mich an. War es falsch
zu fragen? Sein Blick wirkte verstört, sogar ein wenig
erschrocken. Es war falsch zu fragen!

Langsam bekam ich wieder einen klaren Kopf. Was fiel mir ein
ihn zu bitten über Nacht zu bleiben? So etwas hatte ich sonst
doch nicht gemacht.

Nervös strich ich mir die Haare zurück.

„Entschuldige, das war", sprach ich peinlich berührt. Gerade wollte ich mehr Abstand zwischen uns bringen, zogen seine Hände, die noch immer an meiner Hüfte Lagen, mich wieder dichter an ihn ran. Er legte mir einen Finger auf die Lippen um weitere Worte zu ersticken.

„Möchtest du das?", kam kurz und knapp aus seinem Mund. Mein Gefühl antwortete für mich. Ich nickte. Alex entließ mich aus seinem Griff. Schweigend lief ich mit Pudding in den Knien vor in Richtung Haustür. Alex folgte mir leise. Vor dem Apartment schloss ich die Tür auf und hinter uns beiden direkt ab. Wie in Zeitlupe drehte ich mich in Alex Richtung. Mit der Tür im Rücken stand ich vor ihm. Er wickelte seinen Schal ab und knöpfte seinen Mantel auf. Noch immer herrschte Schweigen zwischen uns. Nur mit unseren Augen antworteten wir auf die Gesten des anderen. Wir beide atmeten schneller als normal. Das Adrenalin in unseren Adern putschte uns zusätzlich. Alex ging einen Schritt auf mich zu. Wie eine Maus die Angst hatte von ihrem Jäger gefressen zu werden, rührte ich mich keinen Zentimeter. Die Funken flogen durch die Luft. Langsam wie eine Raubkatze stand er jetzt dicht vor mir, nahm den Reißverschluss meiner Jacke und öffnete ihn. Er quälte mich förmlich, indem er alles so langsam machte. Ich beobachtete jede Reaktion in seinem Gesicht, als seine Augen meinen Körper musterten. Seine Lippen teilten sich. Das machte mich rasend. Am liebsten wollte ich ihn an mir reißen. Als die Jacke schließlich geöffnet war, befand sich sein Gesicht nur wenige Millimeter von meinem entfernt. Ich schmeckte seinen süßen Atem. Er roch noch immer nach Rotwein. Ich wollte kosten, jetzt sofort.

„Alex", presste ich hervor.

„Amy", sprach er völlig außer Atem. Das Band war schließlich gerissen, welches uns festhielt. Wir fielen übereinander her. Seine Lippen waren überall. Meine Jacke und die restliche Kleidung landete auf dem Boden. Auch er war nur noch mit seiner Shorts bekleidet. Viel Zeit ihn mir genauer zu betrachten hatte ich nicht. Vielmehr wollte ich ihn ganz fühlen. Einfach überall. Ich steuerte mein Schlafzimmer an. Dort übernahm Alex wieder die Kontrolle. Er führte mich rücklings zum Bett und legte mich darauf. Seine eine Hand stütze mich schützend an meinem Rücken. Es fühlte sich so geborgen an. So richtig und unglaublich gut. Als schließlich auch die letzten Stücke Stoff auf dem Boden landeten, war es, als würden wir fliegen. Benommen vom Rausch der Sinne durchlebten wir ein Erlebnis, wie ich es mir nicht in meinen schönsten Träumen je hätte vorstellen können. Alex und ich blickten uns jede einzelne Sekunde unseres Zusammenkommens tief in die Augen. Ich wollte alles sehen. Wie er reagierte, atmete, stöhnte. Nahezu verfallen, gab ich ihm all diese Eindrücke zurück. Mit dem Wunsch das dieser Moment nie ein Ende nahm, nährten wir uns von dem Gefühl und jeder noch so kleinen Berührung des anderen.

Kapitel 10

Ich erwachte in meinem Bett. Mit den Gedanken an der letzten
Nacht, wusste ich nicht, ob es ein Traum oder Realität war.
Langsam öffnete ich meine Augen und sah zur Seite.
Ernüchternd stellte ich fest, dass es natürlich ein Traum war,
denn ich lag alleine im Bett. Da heute Samstag war und ich nicht
zur Arbeit musste, drehte ich mich noch einmal herum. Moment,
stutze ich. Warum war ich nackt? Erschrocken riss ich meine
Augen auf. Es war kein Traum! Schnell setzte ich mich aufrecht
hin. Erst jetzt hörte ich die Dusche plätschern. Alex – er war
noch hier? Ein Glück war Samantha Dauergast bei ihrem
mittlerweile neuen festen Freund. Die Dusche ging aus.
Reflexartig schnappte ich mir mein Trägertop, die Jogginghose
und sprang hinein. So schnell war ich morgens noch nie
angezogen. Neues Adrenalin erhitzte mich. Mir blieb nicht
einmal die Zeit, das Bett gerade zu machen, als Alex durch die
Tür kam. Er hatte seine weiße Hose an. Nur seine weiße Hose,
sodass ich seinen Oberkörper nicht nur fühlen, sondern endlich
auch mal sehen konnte. Ich schluckte schwer. Wenn ich es nicht
besser wissen würde, ging dieser Mann täglich für mehrere
Stunden ins Fitnessstudio.
Alex begann zu lächeln. Die Hitze in meinen Wangen verriet
mir, dass ich rot geworden war. Besonders da ich ihn nahezu
anstarrte, wirkte ausgesprochen unangenehm.

„Ich", begann Alex zu sprechen. Auch er wirkte verlegen. „Ich war nur kurz duschen. Hoffe, das war okay?", seine Stimme war angeraut vom morgen. Er kam einen Schritt auf mich zu.

„J-Ja natürlich", stotterte ich vor mir hin.

Spannung lag in der Luft. Wir wussten beide nicht, wie es gestern soweit kommen konnte.

„Also", begann ich weiter zu reden „normalerweise", wollte ich gerade anfangen mich zu erklären. Doch ich konnte den Satz nicht beenden. Als hätten sich meine Gedanken verknotet bekam ich keinen klaren Ton mehr raus. Um von der ganzen Situation abzulenken, ging ich etwas zurück und begann hektisch die Bettdecke aufzuschütteln. Alex zog währenddessen sein Shirt über. Ich wagte einen kleinen Blick zur Seite. Der Begriff Halbgott in Weiß passte definitiv zu ihm. Automatisch biss ich mir auf die Lippen.

„Ich auch nicht", sagte Alex nur und fuhr sich mit seiner Hand durch die noch feuchten Haare um sie wieder in Form zu bringen. Ein paar Strähnen vielen ihm erneut ins Gesicht. Wieder konnte ich meinen Blick nicht von ihm lassen.

„Was?", fragte ich völlig verwirrt. Ich konnte ihm nicht folgen. Besonders nicht bei diesem Anblick.

„Ich mache so etwas sonst auch nicht", sprach er lachend. Es war ein nervöses, fast überspielendes Lachen.

Noch mehr Hitze schoss mir in den Kopf. Auch wenn ich es nicht ausgesprochen hatte, wusste er, was ich meinte. Ob er das jetzt wohl nur sagte, weil ich es angedeutet hatte oder ob es ehrlich gemeint war? Dennoch war ich ein Stück weit erleichtert, dass er es überhaupt ausgesprochen hatte.

Sein Pieper riss uns aus der unangenehmen Stille.

Alex sah drauf und sofort veränderte sich seine Mimik.

„Ich muss los", sagte er wehmütig.

„Ja natürlich", erwiderte ich. Schnell setzte ich ein kleines Lächeln auf. Einem Teil von mir wollte ihn nicht gehen lassen und trotzdem wusste ich, dass es albern von mir wäre.

Langsam kam Alex ein Schritt auf mich zu. Sein Gesichtsausdruck sah wieder weicher aus. Wärmer, wohltuender. Sofort verlor ich mich in diesem tiefen blau seiner Augen.

„Da gibt es noch etwas, was ich dir sagen wollte", fing Alex an. Sein Ausdruck blieb dennoch so weich wie gerade eben noch. Trotzdem überschlug sich mein Herz und rutsche mir in die Hose. Was konnte er nur wollen? Ich presste meine Lippen fest zusammen.

„Ich trenne beruflich und privat sehr. Das war auch der Grund, warum ich im Fahrstuhl so zurückhaltend und abweisend war. Wenn ich arbeite, bin ich voll und ganz darauf fixiert", griff Alex das heikle Thema nochmal auf. Er senkte seinen Blick, schaute dann erneut zu mir auf. „Bitte versteh es also nicht falsch, wenn es noch mal zu solch einer Situation kommt. Das hat nichts mit dir zu tun. Nur damals ist so etwas bei mir schon mal mächtig danebengegangen", gestand er mit angespannter Haltung. Ich sagte nichts. Ein weiteres Puzzle aus seiner Vergangenheit. Meine Lippen noch immer fest verschlossen. Ruckartig setzte er ein Lächeln auf und sah mich an.

„Aber das ist Vergangenheit. Ich wollte nur, das du das weißt", stoßartig atmete er aus, als wäre ihm eine Last von den Schultern genommen. Die Feststellung, dass er mir eine Antwort auf eine Frage gab, die ich schon längst vergessen hatte, zeigte mir, dass er mir jederzeit zuhörte. Immer für mich da war.

„Ok", flüsterte ich.

„Gut, dann werde ich mal", schloss er unsere Konversation ab, schnappte sich seine Jacke und zog sie, während wir gemeinsam zur Eingangstür gingen an. Dort angekommen, legte er zärtlich seine Hände auf meine Schultern, und gab mir einen sanften Kuss auf die Wange. Meine Augen schlossen sich. Besser als alles was ich im Moment haben könnte, nahm ich diese Berührung wahr. Es kribbelte wundervoll. Die Stelle, an der seine Lippen meine Wange berührten begann zu brennen, so empfindsam war meine Haut.

Mitten in der Verabschiedung ging plötzlich die Tür vor uns auf. Alex und ich sahen zeitgleich zur Tür. Noch immer standen wir dicht beieinander. Samantha hatte die Tür noch nicht ganz geöffnet, starrte sie uns mit aufgerissenen Augen an.

„Ciao", sagte Alex nur, löste sich, ging an ihr vorbei und verschwand. Samanthas Blick folgte ihm. Erst als Alex nicht mehr zu sehen war, drehte sie sich, noch immer mit diesen großen Augen, um und sah mich an.

„Was. War. Das?", sagte sie mit weit offen stehenden Mund. Ich drehte ihr den Rücken zu, lief hinüber in die Küche und setzte Wasser auf. Im Augenblick wollte ich eigentlich nicht darüber reden. Denn ich wüsste ja selbst nicht, was das letzte Nacht sollte.

Die Tür knallte ins Schloss. Sam folgte mir auf dem Fuße.

„Amy!", rief sie aufgeschreckt hinter mir her. „Du kannst nicht einfach so weggehen und mir nicht erklären was hier los war?", forderte sie mich auf ihr endlich eine Antwort zu geben. Es war ihr anzusehen, dass sie sich nicht sicher war, ob sie sich freuen oder verärgert sein sollte.

„Das war Alex", sagte ich in einem ruhigen Ton, nahm den Wasserkocher und goss mir einen Tee auf.

„Alex?", wiederholte sie mit einem komischen Unterton und setzte sich auf die Arbeitsplatte. Ihr freches Grinsen beachtete ich bewusst nicht. Irgendwie war es mir peinlich, was letzte Nacht passiert war. Schließlich war ich wirklich nicht ‚so eine' und das mit Greg war auch noch nicht so lange her.

„Und habt ihr", sie sprach den Satz nicht zu Ende und doch wusste ich, was sie meinte. Der Ton in ihrer Stimme verriet sie genau. Mir war das alles unglaublich unangenehm. Ich antwortete nicht, rührte nur wie verrückt in meinem Tee herum.

„Amanda!", quiekte Samantha schließlich auf und knuffte mich an der Schulter. Sie war zu neugierig. Aber da auch ich jemanden brauchte, mit dem ich reden konnte, ließ ich meinen Gefühlen freien lauf. Das Lächeln auf meinem Gesicht wurde überdimensional breit. Das reichte ihr, als Bestätigung das ich soweit wäre ihr von gestern zu erzählen.

„Ich will alles wissen", sagte sie mit einer ausschweifenden Handbewegung und zog mich mit ins Wohnzimmer.

„Und was meinst du, hat das jetzt zu bedeuten?", fragte ich. Meine Hände hielten den Becher, welcher bereits leer war, fest umklammert. Ich sah hinein, dann wieder in ihr überlegendes Gesicht.

„Mh", Sam schaute schräg in die Luft „Ich weiß nicht. Wenn mich am nächsten Morgen, so schnell ein Typ verlässt, weiß ich meistens was das zu bedeuten hat. Aber in deinem Fall", stieß sie hervor und zuckte mit den Schultern.

Ohne eine Antwort zu erhalten, redeten Sam und ich noch bis in den Abend hinein. Schließlich hatte auch sie viel zu erzählen. Mathew, ihr neuer Freund sei ein wirklich aufrichtiger und toller Mann, der es anscheinend ernst mit ihr meinte. Sie wäre heute nur nach Hause gekommen und natürlich nach mir zu sehen und ihre Wäsche zu machen.

Was die Sache mit Alex anging, wurde ich noch immer nicht schlau daraus. Wir hatten zwar einen wirklich schönen Abend miteinander, aber reichte so etwas echt aus, um eine Beziehung zu führen? Besonders nachdem mein Leben im Moment ein einziges Trümmerfeld war?

Ich war gerade dabei mein Bett zu machen, als mein Handy vibrierte. Es war die Nummer vom Krankenhaus. Mein Herzschlag beschleunigte sich. Sofort wurden meine Hände so feucht, dass mir fast das Handy aus der Hand glitt. Das konnte nichts Gutes heißen. Oder vielleicht doch? Zögernd nahm ich mit zitternden Händen den Anruf entgegen.

„Hallo?", flüsterte ich leise. Mein Hals tat weh. Ich wollte gerade überall sein, nur nicht hier.

„Amy?", sagte eine sanfte Stimme. Es war Rose. Ich erkannte sie sofort. Ihr Ton klang nicht gut. Mein Kopf sank auf meine Brust. Unbewusst hielt ich den Atem an.

„Ist er", meine Stimme brach ab. Aussprechen konnte ich es nicht. Dann kam mir alles einfach zu real vor.

„Wir haben alles versucht Amy. Es tut mir so leid", Rose sprach weiter, mein Kopf jedoch schaltete sich aus. Heiße Tränen tropften an mir herab. Ich strich mir meine Haare nach hinten, um überhaupt einen klaren Gedanken zu fassen. Am liebsten möchte ich mich jetzt im Schrank verstecken, die Augen zukneifen, Ohren zuhalten und aus diesem Alptraum erwachen. War es vielleicht tatsächlich nur ein Traum?

„Amy? Hallo?", Rose liebreizende Stimme holte mich zurück.

„Ja", stotterte ich stoßartig hervor. Mein Mund war staubtrocken.

„Ich werde gleich vorbeikommen. Ist das okay?", abermals

brachen meine letzten Worte ab.

„Aber natürlich liebes. Ich warte auf dich", bot sie an. Ihre Wärme und Mitleid waren durch das Telefon zu spüren. Auch wenn sie es nur gut meinte, kam es mir fast hoch.

„Danke", sagte ich zum Abschied und legte auf.

Nun stand ich da. Alleine – vollkommen alleine. Auch mein Vater war alleine, als er starb. Ich war nicht bei ihm. Ich hatte mich mit Alex vergnügt, als mein Vater von uns gegangen war. Das konnte kein gutes Zeichen sein.

Ohne auch nur eine weitere Sekunde nachzudenken, stürzte ich aus meinem Zimmer, schnappte mir meine Jacke und ging, so wie ich war, aus dem Haus. Erst in der U-Bahn bemerkte ich das ich nicht weiter weinen konnte. Wann hatte das aufgehört? Ich schämte mich dafür, nicht weiter weinen zu können. Es fühlte sich falsch an. Doch auch zu Hause, war nach dem ersten Schock, kaum etwas zu fühlen außer eine Leere. Eine Leere, die ich nicht verstand. Zumindest nicht solange ich meinen Vater nicht gesehen hatte. Ein kalter Schauer lief mir über den Rücken, wenn ich daran denken musste, meinen Vater tot vor mir zu sehen. Ich zog meine Jacke enger vor der Brust zusammen. Wollte ich das wirklich tun oder ihn so in Erinnerung behalten wie er war?

Die wenigen Minuten U-Bahn fahrt, kamen mir quälend lange vor. Nach einigen Stationen kam ich am Krankenhaus an. Der eisige Wind peitschte umher und legte auf meine Haut eine schmerzhafte Kälte. Mir war das jedoch egal. Ich konzentrierte mich weiter auf diese Leere in mir.

Im Schutz der Dunkelheit ging ich auf das Hell erleuchtete Krankenhaus zu. Ein Stück davor blieb ich stehen und sah es einfach nur an. Wie Seelen die aus den Fenstern flogen, leuchteten die Lichter aus dem Gebäude heraus. Auf einmal war mir klar, dass ich meinen Vater noch mal sehen musste. Ein letztes Mal bevor er ganz von mir gehen würde. Ich zwang meine Beine weiter zu gehen. Die Lichter kamen näher. Die Leere in mir wurde mehr und mehr zu einem schmerzfreien Zufluchtsort für mich.

‚Ping'
Der Fahrstuhl öffnete sich. Wieder überkam mich dieser eisige Hauch. Wie durch einen Nebel ging ich automatisch den Weg entlang. Nur jetzt mit dem Wissen, dass es vorerst das letzte Mal sein würde. Ich öffnete die Tür zur Station, als Rose mir bereits entgegenkam. Ihre Augen wirkten traurig, die Mimik mitfühlend. Bei mir angekommen, legte sie mir sanft eine Hand auf die Schulter und führte mich ohne etwas zu sagen zu meinem Dad.

Es kam mir falsch vor meine Jacke nicht abzulegen oder die Hände nicht zu desinfizieren.

„Ich lasse euch kurz alleine", flüsterte mir Rose von der Seite zu. Und da stand ich nun. Vor meinem verstorbenen Vater. Noch immer wirkte mein Kopf wie in Watte gepackt. Mein Dad sah aus, als würde er schlafen. Er wirkte viel friedlicher und natürlich, wenn die ganzen Schläuche nicht an ihm hingen oder die Geräte im Hintergrund piepten. Automatisch machte ich einen kleinen Schritt auf ihn zu und strich über seine Hand. Sie war kühl und doch nicht eisig.

„Dad", kam zittrig aus meinem Mund.

Nach kurzer Zeit, zumindest kam es mir so vor, kam Rose zurück.

„Amy, es wird Zeit", sagte sie sanft.

Wie ein kleines Kind das nicht von ihren Eltern getrennt werden wollte, versuchte ich einen Ausweg aus dieser Situation zu finden. Doch ich fand keinen. Der Abschied musste sein. Ich löste das letzte Mal in meinem Leben den Blick von meinem Vater und verließ das Zimmer. Die Tränen blieben noch immer aus. Was war nur los mit mir? Innerlich hoffte ich noch immer, dass es nur ein Alptraum war und ich gleich aufwachen würde.

Rose drückte mir einen Umschlag in die Hand. Dort war, laut ihrer Aussage, alles drin was ich jetzt tun musste, inklusive

Anlaufstellen wo ich mir Hilfe suchen konnte.

Ich verabschiedete mich mit einem kleinen Kopfnicken von Rose und lief weiter, wie im Nebel, den langen grauen Gang.

Am Fahrstuhl angekommen, dauerte es wieder eine gefühlte Ewigkeit, bis der Fahrstuhl kam. Die Zeit um mich herum verlief in einem anderen Tempo.

‚Du bist nicht alleine', hallte es in meinem Kopf. Das waren die letzten Worte, die Rose zu mir sagte. Ich wusste es aber besser. Ich war alleine. Niemand war da, es gab keinen mehr nach mir. Hier endete meine Familie.

‚Ping', die Fahrstuhltür öffnete sich.

Ein großes Bett mit diversen Geräten und einem Patienten darauf wurde herausgeschoben. Ohne dem ganzen vor mir weiter Beachtung zu schenken, wartete ich, bis die Leute vor mir fertig waren.

„Noch ein großes Blutbild", hörte ich diese eine Stimme aus der Menschentraube heraus sagen. Diese eine Stimme, welche sich seit gestern Abend in meinen Kopf gebrannt hatte. Unwillkürlich schlossen sich meine Augen – Alex.

„Amy", sprach diese Stimme. Ich öffnete die Augen und sah hinauf. Es war wirklich Alex der vor mir stand. Sein Blick sagte mir, dass er genau wusste, was los war. Er wusste es und hatte mir nichts gesagt?

„Dr. Bennett?", rief eine Schwester aufgeregt in unsere Richtung.

„Ich komme sofort", erwiderte er umgehend. Kaum sah er auf mich zurück, lag dieses Gefühl überall auf seinem Gesicht. Mitleid – purer Mitleid wie ich ihn so sehr hasste. Ohne darüber nachzudenken, rannte ich am Fahrstuhl vorbei und die Treppe hinauf. So schnell mich meine Beine trugen, flog ich die Stufen hoch. Weiter und schneller, halb blind vor Nebel. ‚Du bist nicht alleine', das wollte ich alles nicht hören. Der Druck in mir nahm zu. Ich stolperte, hielt mich so gerade noch am Geländer fest und rannte ohne Pause weiter. Die letzte Tür ging schwer auf. Ich war auf dem Dach angekommen. Die bitterkalte Luft schlug mir ins Gesicht. Der eisige Schock ließ mich endlich komplett die Augen öffnen, als sich im nächsten Atemzug meine Brust schmerzhaft zusammenzog. Meine Beine strauchelten weiter über die Schwelle und den Schotter des Daches. Die Tür hinter mir schlug zu. Die Dunkelheit auf diesem Dach machte es zusätzlich schwierig und ließ mich endgültig stürzen. Reflexartig versuchte ich den Sturz mit den Händen abzufangen. Der Splitt riss mir die Handflächen mit einem brennen auf. Ich nahm den Schmerz dankend an. Er durchbrach den Damm und die Tränen schossen mir in die Augen. Es war als wäre ein Tor für sämtliche Gefühle geöffnet worden. Endlich konnte ich weinen. Erneut zog sich mein Brustkorb eng zusammen. Ein stotterndes tiefes Schluchzen kam aus meinem Mund. Alles drehte sich. Meine Hände krallten sich an meinem Kopf fest. Doch ich konnte es nicht stoppen. Ich konnte die Zeit nicht anhalten, die Erde drehte sich einfach weiter.

Kapitel 11

„Amy", Alex Stimme war zu hören. Ich wünschte, er wäre hier und nicht nur in meinen Gedanken.

Jemand legte eine Hand an meinen Rücken. Erschrocken hob ich den Kopf. Durch den Vorhang der Tränen erkannte ich ihn zuerst nicht, doch sein Geruch. Alex war nicht nur in meinen Gedanken hier, sondern leibhaftig vor mir. Meine Hände fielen mir in den Schoß. Ein Ruck der Erleichterung durchkam mich. Er war in diesem Moment mein Gott in Weiß. Ohne was zu sagen, kniete er sich neben mir, legte seinen Arm um mich und hielt mich einfach nur fest bis die Tränen verstummten.

„Lass uns reingehen", flüsterte Alex mit seinem warmen Atem an meinem Ohr. Ich hatte nicht die Kraft ihm zu widersprechen. Wackelig stand ich auf, er half mir hoch.

Das Brennen an meinen Händen durchzog mich erneut. Ich kniff die Augen zusammen und stöhnte leicht auf.

„Hast du dich verletzt?", fragte er besorgt nach. Ich antwortete nicht. Stützend schob Alex mich in Richtung Tür. Ohne den Arm von mir zu nehmen, öffnete er diese. Das Licht im Treppenhaus brannte mir in den Augen. Ich kniff sie weiter zusammen und folgte Alex.

„Setz dich", forderte er mich auf. Noch immer antwortete ich nicht, sondern tat, was er sagte. Mit seiner Hilfe nahm ich auf der obersten Stufe der Treppe platz.

„Sieh mich an", wies er mich an. Aber mein Kopf war so schwer. In dieser Sekunde wollte ich doch lieber alleine sein. Zudem hatte ich Angst ihn anzusehen. Ich wollte nicht noch mehr

Mitleid.

„Amanda", seine Stimme war durchdringender als eben noch. Er nahm mein Gesicht in seine Hände und half mir ihn anzusehen. Mit seinen Daumen wischte er sanft über meine nassen Wangen. Mir fiel auf das ich gar nicht mehr weinte. Aus eigener Kraft öffnete ich die Augen mit dem Gewissen das sein Blick mir einen weiteren Schlag in den Magen versetzten. Aber das nahm ich in kauf. Es ging mir sowieso schon elend genug.

Zunächst sah ich nur dieses blau in seinen Augen. Es wirkte jedoch dunkler als sonst. Ich sah genauer hin. Ganz klein war mein Spiegelbild zu sehen. Kein wirklich schöner Anblick. Wie ein kleiner Haufen Elend. Und so fühlte ich mich auch. Erst als ich es wagte meinen Blick auf sein gesamtes Gesicht auszuweiten, ließ es mich erstaunen. In seiner Mimik war kaum, vielleicht sogar überhaupt kein Mitleid zu erkennen. Lediglich Sorge und das Bedürfnis für mich da zu sein, mir zu helfen und zu stützen. Mein Herz wurde ganz leicht. Umso länger ich diesen Mann ansah, fielen mir viele Kleinigkeiten auf. Über die feuchten Haarsträhnen, welche ihm in sein Gesicht vielen, die zarte röte seiner Wangen durch die Kälte draußen, bis hin zu den kleinen parallel sitzenden Muttermalen die er unter dem rechten Auge hatte.

Wie ein Roboter hob ich meine Hand. Sanft strich ich ihm ein paar kleine Strähnen hinters Ohr. Alex war es, der zuerst den

Blick löste. Seine beiden Hände lösten sich von meinem Gesicht, umfassten meine Handgelenke. Nur weil ich den Blick nicht von seinem Gesicht löste, sah ich es. Der Schalter, der sich umlegte, als er meine Hände betrachtete. Da war er wieder der Arzt Dr. Bennett. Die Arbeit als Arzt war wirklich seine Berufung. Er stellte dies über alles andere. Ein Lächeln bahnte sich auf meinen Lippen zusammen. Wie eine Ohrfeige durch zog es meinen Körper. Ich konnte nicht lachen, geschweige denn lächeln. Mein inneres ließ es nicht zu.

Alex Griff wurde ein wenig fester.

„Amy, komm. Wir gehen deine Wunden saubermachen", sagte Alex und führte mich an aufzustehen. Der Umgang, den Alex mit mir derzeit führt, fühlte sich gut an. Kein Mitleid, keine Fragen. Die bittere Erkenntnis hierbei war, dass die Erde sich eben weiter drehte, egal was einem an Schicksal passierte.

Wir saßen in einem kleinen Raum. Er war ähnlich dem wo Alex mir geholfen hatte als Gregs Kumpels mir etwas in den Drink gemischt hatten.

Ein Blitz durchzog meinen Arm.

„Auuu", flüsterte ich und zuckte leicht zurück.

„Entschuldige", flüsterte Alex konzentriert und tupfte mir mit einer Desinfektionslösung die Wunden sauber. Kurz darauf verband er mir beide Hände mit einem weichen Mullverband.

„Amy, hörst du mich?", sagte Alex deutlich zu mir.

„Was?", fragte ich abwesend nach. Ich bemerkte gar nicht das Alex etwas gesagt hatte.

„Soll ich dich noch nach Hause bringen?", fragte Alex nun mit meiner vollen Aufmerksamkeit.

Ich nickte kurz.

Wir fuhren keine zehn Minuten. Alex parkte sein Auto direkt vor dem Apartmentblock.

„Danke", nuschelte ich. Ich war so müde. Die Wärme im Auto ließ mich noch weicher in den Knochen werden.

„Kein Problem", bestätigte er und unterdrückte ein Lächeln, doch das seine Mundwinkel sich leicht nach oben zogen, konnte ich selbst in der minimalen Beleuchtung im Auto erkennen.

Er stieg aus, ging ums Auto herum und öffnete mir die Tür. Gewohnt charmant half er mir beim aussteigen. Schweigend gingen wir nebeneinander den Weg entlang. Erst als wir vor meiner Wohnungstür standen, bemerkte ich das Alex meine Tasche in der Hand hielt und den Umschlag. Den Umschlag mit allen weiteren Informationen wegen der Beerdigung von meinem.

Ich konnte nicht einmal den Gedanken zu Ende denken, ohne das mir die Luft wegblieb.

„Ist deine Mitbewohnerin da?", fragte Alex vorsorglich bevor er

die Tür ganz aufschloss. Mechanisch schüttelte ich den Kopf.
Sam hatte mir noch versichert, dass sie bis zum nächsten
Wochenende nicht da sein würde. Eigentlich war diese Info
dafür gedacht, wenn Alex mal wieder bei mir vorbeischauen
wollte. Das alles so kommen würde, konnte ja keiner wissen.
„Amy", holte Alex mich erneut aus meinen Gedanken. Ruckartig
sah ich in sein Gesicht. Alex stand bereits in der Wohnung und
wartete auf mich. Ich ging ihm schweigend hinterher.

Die Uhr an der Wand zeigte kurz nach drei. Leise Schritte kamen
in meine Richtung. Alex setzte sich zu mir auf die Couch und
stellte zwei Becher Tee ab. Das alles nahm ich nur am Rande
wahr. Die Uhr war für mich wie eine Art Pol. Zudem versicherte
sie mir das die Zeit im normalen Tempo weiter lief. Viel zu
verwirrend waren die letzten Stunden. Ich horchte in mich
hinein. In diesem Moment fühlte ich nichts. Ich hatte Angst,
dass wenn ich mich rühren würde, mir diese schmerzlose Leere
genommen wurde.
„Amy", flüsterte Alex sanft an meiner Seite. Er legte eine
Wolldecke um meine Schultern. Als seine Finger meinen
Unterarm ergriffen durchzuckte mich ein Blitz. Ohne es zu
wollen, wand ich den Blick, von der mir mittlerweile so
vertrauten Uhr, auf Alex sein Gesicht. Seine Lippen bewegten
sich und doch hörte ich nicht, was er sagte. Ich war erschrocken.
Denn obwohl ich meinen Pol nicht mehr hatte, spürte ich noch

immer diese Leere. Es war beinah, als würde ich nichts spüren. Erst Alex Berührung hatte mir dazu verholfen, das mein Körper fühlte. Dabei wollte ich im Moment lieber nichts fühlen. Zu gefährlich war es das die schlechten Gefühle mich erneut übermannten.

„Bitte rede mit mir", rief Alex wie durch eine dicke Wand.

Ich zwinkerte ein paar mal mit den Augen. Umso öfter ich die Augen schloss, wurde mein Blick klarer. Alex redete auf mich ein. Die Wand wurde schmaler und plötzlich konnte ich ihn hören. Klar und deutlich vor mir.

„Ich werde dir gleich etwas geben damit du schlafen kannst", beschloss Alex nur ungern. Das war ihm anzumerken.

„Nein", erwiderte ich sofort. Zwar ging es mir nicht gut, doch unter Drogen gesetzt werden wollte ich nicht.

Erleichterung spiegelte sich in Alex Gesicht wider. Nahezu als wüsste er, dass er es war der mich gerade aus einem tiefen Loch geholt hätte, noch bevor ich ganz hineingefallen war.

Niemand von uns sprach weiter. Es war einer dieser, wenn ich es beschreiben müsste, magischen Momente. Wir waren beide hier. Der Zeitpunkt gänzlich unangemessen und doch wollte ich wieder etwas fühlen. Etwas Schönes fühlen. Ich wollte wieder meinen Körper fühlen, so wie die Berührung von eben.

Zögernd hob ich meine Hand. Meine Fingerspitzen strichen sanft über seine Wange. Er war so schön. Automatisch zogen mich seine Lippen an, sodass es ein Augenzwinkern später so weit war, und wir uns küssten. Millionen von blitzen kribbelten von meinen Lippen bis in den Bauch. Wie eine süchtige wollte ich mehr. Ich wollte meinen ganzen Körper fühlen. Drängend rückte ich näher an ihn heran. Sanft hielt Alex mich an den Schultern zurück.

„Warte Amy. Was", stoppte er mich. Ich nahm meinen Kopf ein wenig zurück. Trotzdem lagen unsere Gesichter noch dicht beieinander.

„Bitte", flehte ich förmlich. „Weiß mich nicht ab", flüsterte ich mit meinen letzten Kräften stark zu sein.

Mit einem Seufzen ergab er sich wenige Sekunden später. Umgehend folgte auch er dem Gefühl mir nah zu sein. Unsere Lippen lagen bereits wieder aufeinander. Er drückte mich sanft und bestimmend nach hinten in die Kissen, bis wir längs auf der Couch lagen. Ungeschickt zog ich mir mein Shirt über den Kopf. Seines folgte zugleich – inklusive seiner Hose. Hörbar schwer atmend sah Alex auf mich herab. Wie ein Schatz sah er mich an. Seine Augen leuchteten sogar kurz auf. Langsam zog er mir meine Jogginghose am Bund herunter. Unser Blick, wie immer, die ganze Zeit miteinander verschmolzen. Sanft und zugleich quälend langsam, fuhr er mit seinen Händen an meinen Oberschenkeln hoch. An meinen Hüften angekommen packte er mich, zog mich auf seinen Schoss. Mit jedem Ruck und jeder Berührung, spürte ich mich wieder. Es tat innerlich so gut. Ich wurde erfüllt. Auch wenn Schmerz dazwischen war, wusste ich, dass ich noch lebte. Unsere gierigen Lippen tauschten grobe Küsse aus. Auch Alex hatte ein Verlangen, welches kaum zu stillen war. Wir gaben beide alles, um dem anderen gerecht zu werden. Langsam hob er mich an den Hüften hoch, befreite sich von seiner Shorts und vereinte uns. Abermals mit dem Blick ineinander verhakt, wurden wir eins mit dem anderen.

Es war ruhig. Zu ruhig, sodass meine Gedanken wieder ihren lauf nahmen. Mein Vater – er war tatsächlich tot.
Ich öffnete die Augen und bemerkte, dass ich mit dem Kopf auf Alex Brust lag. Sein Atem war ruhig und er rührte sich nicht. Vorsichtig schaute ich hoch, um mich zu vergewissern, dass er noch schlief. Er war so wunderschön anzusehen. Das bisschen Licht, welches von den Straßenlaternen in die Wohnung schien, verzierte sein Gesicht mit wunderschönen Schatten. Leider wurde ich von einem dringenden Bedürfnis unterbrochen. So langsam ich konnte und ohne Alex zu wecken, zog ich mich aus seinem Griff. Wie auf Samtpfoten ging ich hinüber ins Badezimmer, erledigte alles Nötige und zog mir frische Unterwäsche an. Fragend stand ich vor dem Spiegel. Was sollte ich jetzt nur machen? Alex schlief auf der Couch. Ich konnte mich ja nicht einfach anziehen und weggehen. Sollte ich ihn wecken? Wir hatten gerade mal zwei Stunden geschlafen. Das konnte ich nicht machen. Er hatte eine anstrengende Schicht

hinter sich und dann noch die Sache mit mir. Mein Kopf fiel mir auf die Brust. Automatisch schlossen sich meine Augen.

Dad – hallte es in meinem Kopf. Eine Welle von Schmerz kam in mir hoch. Schnell schob ich den Gedanken beiseite und ging aus dem Badezimmer direkt in die Küche. Ich nahm mir ein Glas aus dem Schrank, schenkte mir Wasser ein und trank einen großen Schluck. Erst als ich das Glas von meinen Lippen nahm, fiel mir der Umschlag auf, der mit meiner Handtasche, auf dem kleinen Küchentisch in der Ecke lag. Minuten vergingen, als ich allen Mut zusammennahm, und ihn öffnete. Ich schluckte schwer und mein Herz begann zu rasen, als ich anfing zu lesen.

Name, Adresse, Geburtstag, gestorben am.

Als hätte das Papier unter meinen Händen Feuer gefangen ließ ich es fallen. Torkelnd ging ich einen Schritt zurück. Mit meinem Rücken stieß ich gegen die Küche. Um nicht laut zu werden, legte ich mir die Hand vor dem Mund und begann leise zu weinen. Meine Knie wurden weich. Langsam ließ ich mich auf den Boden sinken und machte mich ganz klein.

Mein Dad war tot. Er war gestern gestorben und ich konnte nichts dagegen unternehmen. Immer die gleichen Gedanken kreisten in meinem Kopf umher. Ich war allein. Niemand meiner Familie war mehr da. Alles endete hier.

Jemand strich mir sanft über den Kopf. Ich spürte meinen Körper, mir war kalt – eiskalt. Keine Ahnung wie lange ich hier schon saß, irgendwann musste ich eingeschlafen sein. Mit versteiftem Nacken hob ich schmerzlich meinen Kopf.

Alex warmer Blick fing mich sofort auf.

„Komm", sagte er nur, hob die Zettel vor mir auf und führte mich zurück ins Wohnzimmer. Auch er hatte nur seine Shorts an. Gemeinsam setzten wir uns auf die Couch. Schnell legte er mir die dicke Decke über die Schultern, damit ich wieder warm wurde.

„Du musst das heute nicht alles durchsehen", versuchte er mir den Druck zu nehmen und mir beizustehen. Doch egal in welcher Lage ich mich emotional gerade befand, ich musste der Realität ins Gesicht sehen.

„Aber die Be...", wieder brach meine Stimme ab. Ich musste mir klar werden das mein Dad tot war.

„Wenn du willst, kann ich dir helfen bei der Beerdigung", sagte Alex mit so viel Rücksichtnahme, wie er nur konnte.

Ein Stich ins Herz. Ich wusste nicht, was ich dazu sagen sollte. Zum einen war ich geschockt von der Wahrheit, dass dies der nächste Schritt sei, den ich für meinen Vater gehen musste. Und zum anderen, ob ich Alex Hilfe überhaupt annehmen sollte, schließlich kannte mein Vater ihn ja überhaupt nicht.

„Ich...ich weiß es nicht", stotterte ich mit zittrigen Lippen. Meine Hände fuchtelten wie wild in der Luft herum, der Panik abermals sehr nahe.

„Amy, ist schon gut." Beruhigend ergriff er meine Hände und hielt sie fest. Auch mein Herzschlag verlangsamte sich sofort.

„Danke", stieß ich erstickend hervor.

Alex sagte nichts, kam nur näher und gab mir einen Kuss.

Mittlerweile standen wir, beide angezogen, in der Küche wo ich uns gerade einen Tee zubereitete.

„Musst du heute nicht zur Arbeit?", erkundigte ich mich beiläufig.

„Nein, ich habe heute frei", sagte er, welches das Lächeln auf seinem Gesicht noch breiter werden ließ. Auch ich konnte es nicht unterdrücken. Zwar war es erst einen Tag her als mein Dad verstorben war, wurde es schon anders. Der Schmerz, bei einem kleinen Lächeln, haute mich nicht mehr so um wie gestern Nacht. Ob das wohl damit zu tun hatte, dass ich mich innerlich auf diesen Moment schon vorbereitet hatte? Mir war kurz nach dem Unfall insgeheim klar das mein Dad nie wieder genesen würde.

Alex Handy begann zu klingeln. Er ging ins Wohnzimmer. Das konnte nur die Arbeit sein. Musste er doch noch weg? Allein bei dem Gedanken, dass ich gleich allein sein könnte, bekam ich nasse Hände. Nervös tauchte ich meinen Teebeutel in meinem Becher auf und ab.

Ohne Handy am Ohr kam Alex zurück in die Küche. Unsere Blicke trafen sich.

„Du musst zur Arbeit?", fragte ich direkt heraus und fixierte ihn.

„Nein", wies er meine Vermutung ab. Sofort fiel mir ein Fels vom Herz. Doch sein Blick sah merkwürdig aus. Er verschwieg mir etwas.

„Aber irgendwas stimmt doch nicht?", bohrte ich weiter nach. Alex begann zu schmunzeln. Schon gleich sah seine Mimik nicht mehr ganz so angestrengt aus. Elegant kam er einen Schritt in meine Richtung. Dicht vor mir blieb er stehen. Er nahm eine schwere Locke von meinem Haar und drehte sie sich um den Finger.

„Du kennst mich ja schon ziemlich gut", stellte er belustigend fest.

„Naja", versuchte ich mich zu erklären. „Du siehst dann so anders aus. Es ist, wie als wärst du, sozusagen im Arzt Modus", versuchte ich zu erklären. Ob er es Verstand oder nicht, war mir unklar. Ich wollte auf jeden Fall ehrlich zu ihm sein, wie ich ihn sehe.

Alex lachte auf.

„Das hat mir noch niemand gesagt. Das kann man sehen?", fragte er ungläubig nach. Alex legte den Kopf ein wenig schief. Machte er sich Gedanken das ich ihn durchschauen könnte?

„Ich schon", flüsterte ich und fachte damit noch mehr seine Gedanken an. Noch immer mit der Angst, gleich zu erfahren, warum er an seinem freien Tag angerufen wurde.

„Ich muss leider für die nächste Woche auf ein Seminar was ich nicht verschieben kann", gestand er letztendlich.

Bei den Worten atmete stoßartig aus. Eine Sorgenfalte legte sich zwischen seine Augen. Er wollte genauso wenig weg von mir wie ich von ihm. Und das zu so einem besonders schlechten Zeitpunkt.

„Oh", hauchte ich. „Ich....ich werde das aber alles schon schaffen", sagte ich mehr für mich selbst. Tränen bahnten sich an. Ich schluckte sie runter. Schublade zu.

„Es tut mir so leid. Ich habe schon über zwei Jahre auf so eine Chance gewartet", erklärte er sich. Doch er musste mir nichts erklären. Alex war mir keine Rechenschaft gegenüber Verpflichtete. Wir wussten ja beide nicht genau wie und was sich so schnell zwischen uns entwickelt hatte.

Er legte seine Hände an meine Taille.

„Aber, wenn", wollte er weitersprechen.

„Alex", stoppte ich ihn.

Er ließ mich nicht aussprechen. Vielmehr suchte er nach einer Möglichkeit oder eine Erklärung, warum er doch irgendwie bei mir sein konnte.

„Amy, ich kann und will dich jetzt nicht alleine lassen", kam schließlich aus seinem Mund. Ein Schwall an Mitleid wehte mit rüber. Das überzeugte mich erst recht, das Alex fahren sollte.

„Doch, du wirst fahren. Ich werde das alles schaffen. Als meine Tante damals verstorben war, hat mein Dad das alles über ein Institut laufen lassen. Ich denke die können mir sicherlich auch weiterhelfen", sagte ich überzeugend. Als ich zu Ende gesprochen hatte, war ich über mich selbst erstaunt, wie sicher ich in meinen Worten klang. Schnell sprach ich weiter, bevor die Kraft in mir wieder nachließ.

„Wann musst du denn los?", lenkte ich als Frage ein.

Er ließ seine Stirn gegen meine fallen. Sein Duft umhüllte mich.

„Morgen früh", flüsterte er. Seine Hände legten sich auf meine Schultern und strichen sanft auf und ab. Die Spannung zwischen uns war deutlich zu spüren. Wir wussten beide nicht, wann das Band meiner Kraft riss, und ich erneut kurz davor wäre durchzudrehen.

Alex blieb noch die ganze Nacht, um mich so wenig wie möglich alleine zu lassen. Dafür musste er eine Stunde früher los, damit er bei sich zu Hause noch schnell den Koffer packen konnte. Er sprach sogar noch mit meinem Chef, dass ich diese Woche Urlaub bekommen würde. Natürlich hatte er Verständnis und gab mir frei.

Da saß ich nun. Allein in der Wohnung und niemand, außer Alex, wusste was los war. Wie sollte ich Samantha das nur beibringen, ohne einen Weinkrampf zu bekommen? Ich beschloss ihr eine SMS zu schreiben.

‚Hi, ich wollte dir nur sagen das mein Dad es nicht geschafft hat. Möchte erstmal allein sein. Melde mich'

Sekunden später kam sofort eine Antwort.

‚Ich bin da, wenn du mich brauchst. Melde dich so schnell wie möglich.'

Ich war wirklich dankbar das Samantha zwar nerven konnte, aber auch genauso wusste, wo ihre Grenzen waren.

Die nächsten paar Stunden war ich zwischen Heulanfällen und klarem Verstand damit beschäftigt die Unterlagen durchzugehen. Dort war tatsächlich eine Broschüre hinterlegt, von einem Beerdigungsinstitut die alles für einen übernehmen. In einem starken Moment rief ich dort an. Es konnte alles am Telefon besprochen werden. Ich musste lediglich im Büro vorbeischauen, um den Auftrag zu unterschreiben. Kurzum entschloss ich dies noch am selben Nachmittag zu tun. Ich wollte es so schnell wie möglich hinter mich bringen.

Kapitel 12

Die Sonne wurde von vielen Wolken verdeckt. Es war ein grauer
Tag. Als hätte jemand mein gefühltes inneres nach außen gekehrt
und eine Farbe verliehen.

Ich fuhr mit der U-Bahn bis zum Krankenhaus. Von dort aus
waren es nur zwei Straßen weiter bis zum Institut. Zwanzig
Minuten später stand ich schließlich davor. Trotz der bitteren
Kälte wurde mir heiß. Am liebsten wollte ich mir alles vom Leibe
reißen. Als der Schub vorbei war, kam die Eiseskälte. Ich hatte
Alex gegenüber zwar am Ende die Starke gespielt, wusste ich es
besser. Ich funktionierte einfach nur. Das alles war nur möglich,
wenn ich ein Stück von mir selbst aufgab. Doch das nahm ich in
kauf. Denn es war mir peinlich, nach dem Zusammenbruch auf
dem Dach, in seinen Augen noch weiter Schwach zu wirken.

Ich zog mein Handy raus und schrieb Alex eine Nachricht.

Bin jetzt vorm Institut.

Ohne zu zögern, drückte ich auf Senden. Kaum war das Handy
in meiner Tasche, kam schon eine Nachricht zurück.

Du schaffst das.

Mir wurde in diesem Moment bewusst, auch wenn wir uns erst
so kurz kannten, dass wir schon sehr viel über den anderen
wussten. Alex wusste sogar schon fast besser Bescheid über
mich als Samantha. Und sie war meine beste Freundin. Ein
letztes Mal las ich den Satz von Alex durch, ergriff daraufhin die

Türklinke des Instituts und ging hinein.

Nach fünfzehn Minuten war bereits alles vorbei. Die Dame, welche mich betreute, war sehr liebevoll. Da mein Vater und ich nie wirklich über so etwas gesprochen hatten, habe ich mich für eine klassische Beerdigung entschieden. Die Dame versicherte mir, dass ich mich um nichts mehr kümmern müsste. Sogar die Blumen, natürlich nach meinem Wunsch, würde sie besorgen.

Beim Hinausgehen schlug mir die Kälte hart ins Gesicht. Ich nahm dieses dankend entgegen. Die Information, dass die Beerdigung schon am Freitag sein würde, lag mir schwer im Magen. Meine Augen gingen zu. Intensiv zog ich ein paar mal tief Luft ein und aus.
„Amy", rief jemand in meine Richtung. Sofort öffnete ich die Augen. Zuerst dachte ich, es wäre Einbildung. Dann erkannte ich jedoch aus der Ferne Greg, der schnellen Schrittes auf mich zukam. Er trug seine Uniform und schien im Dienst zu sein.
„Greg", sagte ich leicht überrascht. Was machte er nur hier in der Gegend? Eigentlich war er am anderen Ende der statt eingeteilt. Als Nächstes schoss mir durch den Kopf, dass wir uns seit dem Abend, als Alex ihn aus der Bar geworfen hatte, nicht mehr gesehen haben. Peinlich berührt stand ich vor ihm.
„Amy, was machst du denn hier?", begann er locker das Gespräch. Ohne es zu wissen, holte er mich mit dieser Frage

schnell in die Realität zurück. Ich antwortete nicht. Leicht außer Atem stand er mittlerweile direkt vor mir. Das Lächeln, welches noch eben sein Gesicht zierte, verschwand als er eins und eins zusammengezählt hatte.

„Oh, Amy", kam leise über seine Lippen. Die Sanftheit und das Mitgefühl in seiner Stimme, ließen meine noch zart besaiteten Gefühle zum Überlaufen bringen. Die Tränen rannen in Bächen meine Wangen hinunter. Greg zögerte nicht lange und schloss mich fest in seine Arme. Trotz unserer noch nicht geklärten Differenzen, ließ ich es zu. Auch wenn es mir lieber wäre Alex bei mir zu haben, nahm ich diese Geste im Moment gerne an.

„Danke", sagte ich und schniefte ins Taschentuch. Wir standen vor meiner Wohnungstür. Die Tränen waren mittlerweile verstummt.

Greg hatte mich nach Hause gefahren, nachdem ich mehr und mehr aufgelöst in seinen Armen gelegen hatte. Zwar wollte ich es zuerst nicht, doch da er mir versicherte das seine Schicht eh zu Ende wäre, ließ ich es zu. Es erstaunte mich, dass er ohne Wenn und Aber sofort für mich da war.

„Kein Problem", lächelte er.

„Willst du noch mit hereinkommen?", fragte ich prompt. Die Angst jetzt alleine zu sein war zu groß. Ich brauchte etwas oder jemand der mich auf andere Gedanken brachte.

„Gerne", sagte er sofort einverstanden. Wie selbstverständlich –
wie früher, gingen wir gemeinsam in meine Wohnung.

Der Abend war schon lange angebrochen. Mit einem Glas Wein
saßen wir auf der Couch und redeten schon seit Stunden über
meinen Vater. Es war schön mit jemanden zu sprechen der ihn
kannte. Wir witzelten sogar über manche Situationen. Das alles
viel mir gerade leicht. Das Reden, das Lachen. Die Zeit hatte für
mich wieder einen normalen Rhythmus. Sie verschlang mich
nicht, sondern lief mit mir gemeinsam.

Mein Handy klingelte. Ich nahm es vom Tisch und sah das Alex
anrief. Auf Anhieb schlug mein Herz schneller. Die Freude über
seinen Anruf ließ mich innerlich aufblühen.

„Da muss ich rangehen", sagte ich beiläufig und lief zügig in die
Küche.

„Hallo?", sagte ich mit einem breiten Lächeln.

„Hallo meine Süße", auch in seinen Worten war die Freude zu
hören. Mir wurde warm. Ob das am Glas Wein lag, welches ich
noch nicht mal zur Hälfte getrunken hatte, oder an Alex Stimme.

„Bist du gut angekommen?", erkundigte ich mich.

„Ja, aber das ist jetzt nicht wichtig. Wie geht es dir?", wollte er
sofort wissen Ich lächelte ein unbeschwertes Lächeln.

Unterbewusst hatte ich den Duft von Alex Parfüm in der Nase.

Es kribbelte. Ich atmete einmal tief ein und aus.

„Es wird leichter", antwortete ich schließlich. „Ich habe heute alles erledigt. Allerdings ist am Freitagmittag schon die Beerdigung", erklärte ich schmerzlich. Diese Erkenntnis lag mir, trotz meiner einigermaßen stabilen Gefühlslage, noch immer wie ein Stein im Magen. Alex hatte die ganze Woche Seminar. Mir graute es, allein am Grab stehen zu müssen.

„Dann werde ich Freitag früh zurückfahren", sagte Alex, als sei es das selbstverständlichste von der Welt.

„Wirklich?", fragte ich überrascht nochmal nach.

„Natürlich. Es macht mich ja jetzt schon wahnsinnig, dass ich dich alleine lassen muss", sprach er wehmütig. Ich legte den Kopf schief. Seine Worte berührten mich zutiefst. Streng genommen, war ich allerdings gerade gar nicht alleine. Aber das sollte ich Alex lieber nicht sagen. Den ersten Eindruck den er und Greg voneinander hatten, war nicht der Beste. Viel mehr hätte es schlechter nicht laufen können. Ich hielt mich am Stuhl fest. Mir wurde ganz schummerig. Vielleicht hätte ich heute doch besser noch was essen sollen, bevor ich den Wein getrunken hatte.

„Amy?", hallte es durchs Telefon, welches noch immer an meinem Ohr lag.

„Ja", flüsterte ich. Er hauchte ein kleines Lachen ins Telefon.

„Geh ins Bett. Du brauchst den Schlaf und die Kraft", forderte Alex mich auf. Die Sehnsucht nach seiner Nähe wurde größer.

Würden wir noch weiter telefonieren, hätte ich beinah meine Koffer gepackt und wäre ihm hinterher gereist.

„Mach ich", bestätigte ich und beendete das Telefonat. „Schlaf du auch gut", meine Stimme wurde leiser.

„Ich vermisse dich", gestand er. Auch wenn Alex nur durch das Telefon mit mir sprach, war seine Präsenz so stark, als würde er vor mir stehen.

„Ich dich auch", seufzte ich ernüchternd. Ein letztes unglaubliches Gefühl durchfuhr meinen Körper. Schließlich legte ich auf. Mir schwirrte noch ein wenig der Kopf. Wie konnte zwischen Alex und mir in dieser kurzen Zeit nur so ein Band entstehen?

„Amy?", sprach Greg mit kräftiger Stimme hinter meinem Rücken. Ich erschrak und fuhr zusammen. Er stand hinter mir in der Küchentür. Ich hatte vollkommen vergessen, dass er hier war.

„Greg, hast du mich erschrocken", sagte ich und legte mein Handy auf die Küchenzeile. Erst als ich mir Greg genauer ansah bemerkte ich, dass er verändert wirkte. Er war sauer, sehr sauer. Die Luft in der kleinen Küche war wie statisch aufgeladen. Mir wurde die ganze Situation ziemlich unangenehm. Ich schlang die Arme um meinen Oberkörper, um mir selbst ein wenig halt zu geben.

„War das dein neuer Arzt Futzi?", preschte er hervor. Gregs Stimme passte zu seinem äußeren auftreten. Sie klang tief und

kehlig. Bedrohlich kam er schnellen Schrittes auf mich zu.
Rückwärts stolperte ich durch die Küche, bis ich am Fenster
angekommen war. Angst schoss mir durch den Körper. Mit den
Händen hielt ich mich Hilfe suchend an der Fensterbank fest.
Dicht vor mir blieb er stehen.

„Greg", stieß ich hervor.

Er unterbrach mich auf der Stelle.

„Ach hör doch auf. Er war doch sicherlich auch der Grund,
warum du Schluss gemacht hast!", hielt er mir vor. Der Duft von
Rotwein lag in der Luft. Mein Magen drehte sich. Ich konnte
nicht begreifen, was Greg da von sich gab. Hilfesuchend nach
den passenden Worten stand ich gefangen in der Ecke.

„Du hast doch mit mir", versuchte ich mich zu verteidigen.
Wieder ließ er mich nicht aussprechen.

„Wenn du dich nicht so verändert hättest", schrie er lauthals
direkte in mein Gesicht. Unweigerlich schlossen sich kurz meine
Augen. „Dann hätte ich doch nie Schluss gemacht! Und er ist
schuld, der scheiß Arzt Arsch ist schuld das wir auseinander
sind!", sagte er völlig von dem überzeugt was er da sprach.
Greg kam noch näher, soweit das überhaupt möglich war. Mein
Herz schlug mir schon bis zum Hals. Wie konnte er gerade so
nett mit mir reden und jetzt so drauf sein? Beschwichtigend legte
ich meine, noch mit Pflastern beklebten Hände, auf seine Brust.

„Greg bitte. Es ist", als würde mir die Luft zum Atmen
genommen, kam kein Wort mehr aus meinem Mund. Mein

gesamter Körper begann zu zittern. Ohne mich auch nur einen Moment weiter anzuhören, ergriff er meine Handgelenke und schleuderte mich gegen den kleinen Küchentisch. Überrascht von seiner Kraft, fand ich so schnell keinen halt. Ich riss eine Glasschale mit und krachte mit dieser unter meinen eh schon aufgerissenen Händen, direkt auf den Fliesenboden.

Panik machte sich in mir breit. Ich wollte hier weg, doch es gab keinen Ausweg. Greg und ich waren ganz alleine hier in meiner Wohnung. Was wollte er noch alles machen? Schluchzend rutsche ich an die Küchenwand. Schützend hielt ich mir meine Hände vors Gesicht, gefasst auf das was als Nächstes kommen sollte. Doch es passierte nichts.

„Amy", rief Greg entsetzt. Seine Stimme veränderte sich. Es war wieder der Greg, den ich kannte. Trotzdem ging mir die Angst vor ihm durch Mark und Bein. Er kam näher.

„Hau ab! Hau ab!", schrie ich. Adrenalin schoss mir durch den Körper. Ich kniff die Augen zu und schlug mit meinen Händen in die Luft. Soweit ich konnte zog ich meine Beine an, um mich so klein wie möglich zu machen. Wie sehr wünschte ich mir in diesem Moment das sich der Boden auftat und mich runterziehen würde. Die Tränen suchten sich bereits ihren Weg und liefen mir über die Wangen.

„Bitte, bitte geh", wimmerte ich kläglich.

Ohne etwas zu sagen, hörte ich nur noch, wie die Wohnungstür zuschlug. Greg war, ein Glück, verschwunden.

Minuten später hatte ich die Kraft aufzustehen. Eine weitere Stunde später hatte ich auch den Scherbenhaufen beseitigt. Meine Unterarme hatte ich mir verbinden müssen. Die Scherben hatten teilweise tiefe Kratzer hinterlassen. Hier und da war ich mir sicher das etwas genäht werden musste. Aber um jetzt noch ins Krankenhaus zu fahren, war ich nicht stark genug. Ich legte mich ins Bett. Es war bereits weit nach Mitternacht. Der Schlaf blieb jedoch aus. Nach weiteren Stunden stand ich auf und schlich wie eine Katze durch die Wohnung. Die Sonne war erneut bereit aufzugehen. Mir war nicht klar, wie spät es war, als ich auf der Couch in den Schlaf kam.

‚Klopf, Klopf', hallte es durch die ganze Wohnung. Erschrocken fuhr ich hoch.

‚Klopf, Klopf, Klopf.'

Es war also keine Einbildung. Schlaftrunken ging ich zur Tür. Auf dem Weg dahin zog ich mir meine Fließjacke über. Die paar Stunden Schlaf auf der Couch, ohne Decke, haben meine Körpertemperatur ganz schön runtergezogen.

Im Wissen, das ich schrecklich aussehen würde, öffnete ich die Tür einen kleinen Spalt. Mir hielt jemand eine gelbe Tulpe vors Gesicht. Mein Herz schlug schneller. Greg – flog mir als Erstes durch den Kopf. Reflexartig schlug ich die Tür zu. Schwer atmend lehnte ich mich an das harte Holz.

„Amy?", diese Stimme. Das war nicht Greg, das war Alex. So schnell es ging, riss ich die Tür ganz auf. Und tatsächlich stand Alex vor mir. Erst als mein inneres begriff, dass er es wirklich war, reagierte mein kompletter Körper sofort. Ich sprang ihm in die Arme und küsste ihn innig. Sein Atem wurde schneller, der Kuss intensiver. Er ließ sich, wie ich, voll drauf ein. Nach erst mehreren Minuten ließen wir ein wenig voneinander ab.

„Hi", lächelte ich.

Unsere Stirn noch immer aneinandergelegt, genossen wir beide die Nähe des anderen.

„Hi", flüsterte er zurück.

Gemeinsam gingen wir in meine Wohnung. Alex legte seine Jacke ab, kam wieder auf mich zu und umfasste meine Taille.

„Wieso hast du mir denn die Tür vor der Nase zugeschlagen?", fragte er neugierig nach. In seiner Stimme war eine Mischung aus Belustigung oder Sorge zu hören.

„Ach, ich bin gerade erst wach geworden und stand noch etwas neben mir", erklärte ich mich. Und es stimmte ja auch. Meine Aussage schien ihm fürs Erste als Erklärung zu reichen. Stirnrunzelnd stelle ich ihn daraufhin zur Rede.

„Warum bist du nicht auf deinem Seminar? Das ist doch wichtig?", war meine erste Frage an ihn. Ich wurde zornig und ging ein kleines Stück zurück. War Alex aus Mitleid zurückgekommen? Wieso hatte er das für mich aufgegeben? Ich

153

wollte nicht das er nur meinetwegen seine Karriere auf spiel setzte. Zumal wir gar nicht wussten, wo das alles mit uns überhaupt hinführte.

Er löste sich ebenfalls ein wenig von mir und führte mich zur Couch.

„Keine Sorge, das Seminar wurde verschoben. Es findet bald ein neues statt", sagte er und beruhigte mich damit tatsächlich ein Stück weit.

„Aber jetzt erzähl mir doch von gestern. Natürlich, nur wenn du magst", gewählt suchte Alex seine Worte aus. Mir war sofort klar, dass er den Termin im Institut meinte. Nur ungern wollte ich an gestern zurückdenken. Alex Anwesenheit half mir jedoch die Gedanken noch einmal zuzulassen. Und so begann ich ihm alles zu erzählen. Zumindest das was beim Institut passiert ist. Das mit Greg verschwieg ich bewusst.

Der Tag ging schnell um. Es war gut zu wissen, dass alles für meinen Vater geregelt war. Auch das Alex heute bei mir wäre, fühlte sich gut an. Am Abend bestellten wir uns etwas zu essen und schauten einen Film.

Wir lagen eng aneinander gekuschelt auf der Couch. Wie an dem einen Morgen als wir gemeinsam erwachten, lag mein Kopf auf seiner Brust. Mir wurde heiß. Gedankenlos zog ich meine Fleecejacke aus. Noch im selben Augenblick sah ich wie sich bei

154

Alex der Arzt-Schalter umgelegte. Er schob mich von sich herunter, richtete sich auf und sah mich fragend an. Ich wurde rot. Alex musste nicht einmal fragen, was war, ich wusste, dass er meine gebundenen Arme meinte.

„Ich habe mich nur aus Versehen geschnitten", sagte ich falscher weise.

„Amy", stieß er hervor und umfasste zärtlich aber bestimmend meine Schultern.

„Bitte sag mir die Wahrheit!", forderte er ernst und mit großer Sorge in seiner Stimme.

„Hast du etwa versucht", begann er seinen Satz. Die weiteren Worte ließ er unausgesprochen. Wir tauschten fragende Blicke. Erst jetzt merkte ich, dass Alex dachte, ich wollte mich umbringen.

„Was?", stieß ich ungläubig hervor. Nervös rückte ich von ihm ab. Ich wollte nicht das er dachte, mir würde es so schlecht gehen, dass ich mir das Leben nehmen würde.

„Nein, nein, nein", sagte ich eindringlich. Seine Haltung allein verriet mir das meine Antwort ihn nicht überzeugte. Ich gab mich geschlagen. Mir war klar, ich musste ihm die Wahrheit sagen.

„Ok", sagte ich ergebend und holte tief Luft. „Ich sage dir ja, was passiert ist, aber bitte lass es auf sich beruhen okay?", forderte ich von ihm, bevor ich alles erzählte. Mir war nicht wohl bei der Sache, weil ich nicht genau einschätzen konnte wie Alex reagieren würde. Davon ganz abgesehen das Greg abends bei mir war, wenn Alex jetzt noch das mit dem Übergriff wusste, war Greg bei ihm mit der aller größten Wahrscheinlichkeit unten durch. Alex Mimik änderte sich. Vom Arzt zurück zu Alex. Aufmerksam hörte er mir zu. Jedes Wort was ich sagte, saugte er förmlich auf. Alex Körper verspannte sich immer mehr. Seine Hände waren am Ende schließlich zu Fäusten geballt.

„Dann ist er abgehauen", sagte ich zum Schluss.

Erleichterung machte sich in meiner Brust breit. Skeptisch beobachtete ich Alex. Ich konnte seine Auffassung nicht richtig deuten. Dass ich es ihm jedoch erzählt hatte, gab mir ein großes Stück innere Leichtigkeit.

Plötzlich zog er mich in seine Arme. Ich ließ es ohne Widerstand zu.

„Ich hätte für dich da sein müssen", flüsterte er dicht an meinem Ohr.

Ich hatte noch nicht einmal die Arme um ihn legen können, so überraschend war diese Geste für mich. Sanft drückte ich mich ein Stück zurück. Verdattert sah ich ihn an. Machte er sich jetzt etwas Vorwürfe das Greg so ausgerastet war? Ich versuchte tiefer in seine Gefühle zu sehen. Doch das leuchtende blau war durch seine zusammen gekniffenen Augen nur schwer zu erkennen.

Schuldgefühle kamen hoch. Er sollte sich keine Vorwürfe machen. Das alles war nicht seine Schuld.

„Nein Alex. Es war richtig, dass du gefahren warst. Ich war nur zu blind um zu merken, wie Greg drauf war", gab ich offen zu. Mir wurde mehr und mehr bewusst, dass ich Glück im Unglück hatte, das Greg mich nur schubste. Die Panik von gestern Abend kam zurück. Ich konnte Greg nie wieder unter die Augen treten. Nicht ohne die blanke Angst im Nacken.

„Du standest völlig neben dir. Da darfst du blind sein", argumentierte Alex völlig selbstverständlich. Wie konnte dieser Mann so gut aussehen, charmant sein und immer das richtige sagen? Ein Hauch von einem Lächeln flog über seine Lippen. Alex hielt zu mir. Egal was passierte. Die Panik in mir löste sich in Luft auf. Gerade wollte ich mich wieder an ihn herankuscheln, hielt er mich fest. Der Schalter legte sich erneut um. Dr. Bennett war wieder da.

„Darf ich mir das trotzdem mal anschauen?", sagte er besorgt. Ob Berufung oder das Interesse an mir ließ ich Alex seine Arbeit machen. Schließlich schlief ich nach einer eingehenden Untersuchung und frischem Verband in seinen Armen friedlich ein.

Dunkel. Ich falle. Mich fängt jemand.
Meins – hauchte derjenige. Greg. NEIN!

Ruckartig richtete ich mich auf.

„Nein", zischte ich.

Schweiß stand mir auf der Stirn. Ich wischte sie mir mit dem Handrücken ab. Alex bewegte sich neben mir. Wir lagen im Bett. Wie war ich hierhergekommen?

Alex bewegte sich weiter. Im Dunkeln suchte er nach mir. Als er mich schließlich ertastet hatte, zog er mich dicht zu sich ran.

„Ich bin da", hauchte er mir von hinten ins Ohr. Zarte Küsse wanderten meinen Nacken hinunter und ließen mich schnell und traumlos, wieder einschlafen.

Kapitel 13

Es war Freitag. Der Tag dieser Woche, den ich mit Abstand nicht erleben wollte. Ich stand vor dem Spiegel und betrachtete mich. Das schwarze Kleid, welches ich trug, hing viel zu locker an meinem Körper herab. Noch vor einer Woche passte es wie angegossen. Meine Augen wirkten viel zu groß in meinem schmalen Gesicht. Ich gab mein bestes und konnte wenigstens mit dem Make-up meine Augenringe ein wenig verbergen. Doch mein Blick blieb kalt und ausdruckslos. Innerlich hingegen tobte ein großes Gefühlsdurcheinander und doch war deutlich wieder diese Leere zu spüren.

Es klopfte an meiner Schlafzimmertür.

„Ja", sagte ich leise. Alex kam herein. Er trug ebenfalls Schwarz.

„Bist du soweit? Ich soll dir ausrichten das Samantha und Mathew schon losgefahren sind." Ich war Alex dankbar, da er überhaupt für mich da war. Wir waren kaum ein paar Tage zusammen, als dieser schreckliche Schicksalsschlag in mein Leben trat.

„Ok." Gerade noch wollte ich sagen, dass ich soweit bereit war. Doch war ich das wirklich? Konnte man überhaupt bereit für die Beerdigung seines eigenen Vaters sein?

Alex spürte meine Verunsicherung und kam auf mich zu. Er stellte sich hinter mir und betrachtete mich ebenfalls. Zärtlich fuhren seine Hände von hinten über meine Taille, nach vorne an meinen Bauch.

„Du schaffst das. Ich werde dir nicht von der Seite weichen."

Ich ließ den Kopf nach hinten an seine Brust fallen.

„Danke", stöhnte ich wohl darauf Bedacht nicht in Tränen auszubrechen.

Kaum saßen wir in der Kirche, wurde mir übel. Ich wollte nicht hier sein. Am liebsten wäre ich überall, nur nicht hier. Automatisch sah ich mich um, ob ich nicht irgendwo raus rennen oder flüchten könnte. Doch das machte die ganze Sache nicht anders. Mein Vater würde weiter tot bleiben und ich mir ein Leben lang Vorwürfe, dass ich an solch einem Tag einfach weggerannt wäre. Als ich mich weiter so umsah, bemerkte ich das eine ganze Menge Menschen gekommen waren. Alte Freunde von Dad, die ich seit meiner Kindheit nicht mehr gesehen hatte, Kollegen von seiner Arbeit und Nachbarn. Einige Gesichter verschafften mir Erinnerungen. Erinnerungen mit meinem Dad. Schmerzlich kniff ich meine Augen zu. Ich wollte das nicht. Gerade jetzt nicht wollte ich von diesen Gedanken und Erinnerungen überrollt werden. Mein Kopf fiel mir auf die Brust. Ich presste meine Augen noch fester zusammen, damit ich das alles nicht sehen musste. Alex legte sorgsam einen Arm um mich und hielt mich einfach nur fest. Er war heute in jedem Moment einfach für mich da.

Nach ungefähr zwanzig Minuten war die Andacht vorbei. Ich wagte es in der Zeit nicht, mich erneut in der Kirche um zu sehen. Die Blicke der anderen spürte ich wie ein Kratzen im Nacken. Gedanklich versuchte ich mich nicht darauf zu konzentrieren. Dankbar nahm ich die Reaktion meines Körpers an, als sich zum Schutze wieder dieser Nebel über meinen Verstand legte. Ich wusste, dass es falsch war, aber ich konnte und wollte da nichts gegen machen. Alex, ich vermute zumindest das er es war, schob mich weiter. Wir standen am Ausgang der Kirche. Ein Besucher nach dem Anderen nahm meine Hand und beteuerte mir sein Mitleid. Ich nickte nur.

„Amy." Jemand sagt meinen Namen. Die schalldichte Wand war wieder ganz schön dick geworden. Ob ich mich vielleicht soweit zurückziehen konnte, dass ich gar nichts mehr hörte?

Ein Ruckeln, doch ich wollte nicht aus dieser Gefühlswelt raus. Es tat so gut und einfach nicht mehr weh.

„Amy, rede mit mir." Alex Hand strich über meinen Kopf. Seine Lippen berührten mein Ohr, als er mit mir sprach. Erst diese zarte Berührung holte mich zurück. Ich zwinkerte und schaute auf.

„Ich hole den Wagen und dann bring ich dich direkt nach Hause. Ok?" Alex wirkte anders, als die Menschen, die mir gerade noch die Hand gereicht hatten. Von denen kam viel Mitleid, doch von Alex war es mehr Verständnis. Das war schon von Anfang an so. Mitleid bekam ich nicht von ihm, sondern eine Stütze, die ich gerade jetzt so sehr gebrauchen konnte.

Ich fixierte seinen Blick. Vorsichtig nickte ich. Als Alex sich von mir entfernte, zog ich meinen schwarzen Mantel noch enger vor der Brust zusammen. Ein kalter Wind hauchte mir durch das Gesicht. Tränen stiegen auf. Doch es waren keine Tränen für meinen Vater. Die verschloss ich tief in meinem inneren und ließ sie so schnell nicht wieder hoch. Viel zu schmerzhaft würden sie mir über die Wangen rollen.

„Amy" Ich zuckte zusammen. Mit klarem Verstand sah ich Greg von der Seite auf mich zukommen. Ebenfalls komplett in Schwarz wirkte er noch bedrohlicher, als ich ihn in Erinnerung hatte. Mein Atem beschleunigte sich zunehmend, umso näher er kam.

„Lass mich in Ruhe!" Sofort setzten sich meine Beine in Bewegung. Zwar wusste ich nicht genau, aus welcher Richtung Alex mit dem Auto kommen würde, lief ich einfach los. Egal wohin, Hauptsache weg von hier. Denn bei Greg wollte ich im Moment mit Sicherheit nicht sein. Panisch lief ich weiter.

„Warte doch bitte!" Er hatte mich schnell eingeholt. Unsanft zog er mich am Mantel. Ein Blitz durchzog meinen Kopf. Ein Flashback von dem Abend als er auf mich losging. Der Schmerz war überall auf meinem Körper zu spüren.

„Fass mich nicht an", schrie ich panisch. Mehr und mehr Gefühle mit der Angst von dem Abend kam beschleunigt zurück. Meine Beine zitterten, unmöglich weiter zu gehen.

„Aber Amy ich wollte mich nur entschuldigen. Ist dir was Schlimmes passiert? Bitte ich weiß nicht wie das passieren konnte." Mehr und mehr Worte sprudelten aus seinem Mund, doch ich wollte nichts mehr hören.

Wie ein kleines Kind presste ich die Hände auf die Ohren und schloss die Augen. Ich schickte ein Stoßgebet zum Himmel, dass er endlich verschwinden sollte.

„Nein, nein, nein, nein", nuschele ich vor mir hin. Immer wieder sage ich dasselbe Wort. Es hört nicht auf. Warum hört das alles hier nicht auf? Ich wollte niemanden sehen, niemanden hören, ich wollte nur meine Ruhe. Ich will den Nebel. Den heilenden Nebel. Bitte.

Jemand drückt mich an sich – Greg. Ich wollte das alles nicht. Automatisch schlug ich mit meinen Händen in die Luft und stolperte einen Schritt zurück. Fast wäre ich hingefallen, doch plötzlich landete ich in starke Arme. Kraftlos resignierte ich und ließ es zu. Plötzlich schwappte mir ein Duft herüber. Alex – er war es, er war hier, bei mir. Meine Muskeln entspannten sich. Als sich meine Augen öffneten, blickte ich direkt in seine tiefen dunklen Pupillen. Aus unerklärlichem Grund war ich erregt. Wie sehr ich mich jetzt gerne von ihm ablenken und in ihn verlieren möchte. Der Nebel wollte sich soeben vor alles schieben. Doch diesen Anblick wollte ich mit all meinen Möglichkeiten wahrnehmen.

„Alex", flüsterte ich. Seine Lippen öffneten sich leicht. Ob er wohl genauso empfand?

„Komm. Wir bringen dich nach Hause."

Er führte mich zum Auto, welches nur wenige Schritte von uns entfernt stand. Greg war nirgends mehr zu sehen. Ohne den Blick von ihm zu nehmen, fuhr Alex mich nach Hause.

„Danke. Du hast so viel für mich getan die letzten Tage. Ich weiß gar nicht wie ich das wieder gut machen soll", sprach ich, als Alex mir einen Becher mit Tee reichte. Er setzte sich zu mir auf die Couch.

Sein Blick veränderte sich, als er mich von der Seite betrachtete. Mir wurde flau.

„Tu das jetzt bitten nicht." Verkrampft schüttelte ich den Kopf.

„Was denn?", fragte er kurz.

„Dieser Blick. Bitte, ich will…" wie sollte ich ihm das sagen? Am besten direkt heraus. „Ich will kein Mitleid."

Seine Miene veränderte sich sofort. Alex sah kurz weg, bevor er sich wieder mir zu wand und ein offensichtlich schnellen Themenwechsel vorhatte.

„Also kann ich dich beruhigt alleine lassen? Ich würde nach der Arbeit auch direkt wieder vorbeikommen."

Ich verdrehte leicht wütend die Augen.

„Das hatten wir doch schon. Natürlich kannst du mich alleine lassen." Ich versuchte stark zu klingen, auch wenn ich bei dem Gedanken innerlich zerbrach ohne ihn sein zu müssen.

„Na gut." Endlich gab er sich geschlagen. Alex stand auf, gab mir einen Kuss auf die Wange und ging zur Tür.

„Ich melde mich später bei dir okay?"

Ich nickte, dann war er verschwunden.

Es war bereits Abend. Mein Antrieb war nicht sehr groß. Zumindest hielt die Kiste mit den eingeschlossenen Gefühlen stand. Alles blieb verschlossen. Samantha hatte sich heute Abend auf die Fahne geschrieben an meiner Seite zu sein. Sie saß bereits im Halbschlaf neben mir. Alex meldete sich um kurz nach zehn per SMS, dass er noch eine Schicht dranhängen musste, weil schon einige im Weihnachtsurlaub wären, und die Personalplanung das nicht richtig einkalkuliert hatte. Ich schrieb eine aufmunternde SMS zurück, damit ihm die nächste Schicht etwas leichter fiel.

„Du musst nicht die ganze Zeit bei mir bleiben. Geh ins Bett Sam." Ich legte mein Handy auf den Tisch und warf Samantha einen bösen Blick zu. Auch wenn heute mit einer der schlimmsten Tage in meinem Leben war, konnte ich durchaus auf mich selbst aufpassen.

Sie schaute mit halb geöffneten Augen zu mir rüber.

„Ok." Ohne widerstand stand sie auf, gab mir einen Kuss auf die Wange und verschwand ohne weitere Worte in ihrem Zimmer.

Gegen Mitternacht ging ich schließlich ebenfalls ins Bett. Auch wenn ich noch nicht wirklich müde war. Dementsprechend lag ich bestimmt noch weitere zwei Stunden wach und dachte über die verschiedensten Dinge nach. Mein Gehirn stand einfach nicht still. Ich fragte mich für eine kurze Zeit sogar, wie viel Minuten ein Jahr hatte und fing an zu zählen. Nach einer weiteren halben Ewigkeit zwang mich die Erschöpfung letztendlich in die Knie und ich schlief ein.

Dunkel. Egal wo ich hinsah, ich sah nichts!
Mit den Händen tastete ich mich voran, doch auch dort war wieder nichts.
Wo war ich nur?
Plötzlich schubste mich jemand und ich viel. Tiefer und tiefer viel ich in die Dunkelheit. Auf einmal wurde es heller und ich sah den grauen Boden in schneller Geschwindigkeit auf mich zurasen. Kurz vor dem Aufprall wurde alles wieder schwarz.

Kerzengerade saß ich im Bett. Mein Shirt war durchgeschwitzt und klebte an meiner Brust. Benommen sah ich zum Wecker. Es war kurz nach fünf. Da ich wusste, dass ich nicht mehr in den Schlaf finden würde, beschloss ich aufzusehen.

„Guten Morgen", rief ich Samantha zu die noch sehr müde in die Küche kam. Es war erst kurz nach acht.
„Morgen", nuschelte sie.
„Frühstück?" Ich hielt ihr einen Teller mit Rührei und Speck hin. Den Kaffee in der anderen Hand. Endlich wurde sie wach und

setzte sich an den kleinen Küchentisch.

„Willst du nichts essen?", fragte sie und steckte sich den ersten Bissen Ei in den Mund.

„Ich habe schon", log ich. Zwar war es mir möglich so gut wie es ging in den Alltag reinzufinden, konnte ich doch nichts wirklich bei mir behalten. Trotzdem setzte ich mich zu ihr und trank einen Kaffee.

Es dauerte nicht lange, als mein Handy klingelte. Eine SMS von Alex.

Hallo. Hoffe, du hast gut geschlafen. Nein, ich habe so gut wie überhaupt nicht geschlafen. Doch das behielt ich für mich. Ich fahre direkt nach Hause und geh ins Bett. Würde heute Nachmittag gerne vorbeikommen.

Schnell tippe ich ein: Sehr gerne. Ich bin zu Hause und drückte auf Senden.

Das Wochenende verging schnell. Alex musste auch am Samstag eine Nachtschicht einlegen. Dafür hätte er jetzt am Anfang der Woche ein paar Tage Luft. Doch dann musste ich wieder zur Arbeit. Es war Montagmorgen und ich saß in einer völlig überfüllten U-Bahn. Ich freute mich irgendwie sogar darauf zu arbeiten. Denn wenn diese Woche um wäre, hätte ich Urlaub. Die Praxis schloss über die Feiertage für knapp zwei Wochen. Am Donnerstag kommender Woche, war Weihnachten. Bei dem Gedanken raste mein Puls. Weihnachten hatten mein Dad und ich zwar nie so ein großes Ding gemacht, aber wir hatten so unsere Traditionen. Es wurde grundsätzlich bei ihm gefeiert. In seiner kleinen Drei-Zimmer-Wohnung. Er sagte immer, dass die Kinder an den Tagen 'nach Hause' kommen sollten. Und das wäre bei den Eltern zu Hause. Er besorgte den Baum, ein paar Geschenke und ich brachte uns etwas zu essen vom Chinesen mit. Ich musste schmunzeln bei dem Gedanken. Keine Ahnung wie wir an diese Tradition geraten waren, doch es war schön. Denn ich hatte den Abend mit meinem Vater verbracht. Mit meiner Familie. Er war alles, was ich noch hatte. Obwohl Alex in mein Leben getreten war und natürlich auch Samantha einen großen Anteil in meinem Herzen hatte, war es nicht dasselbe. Die Stadt rauschte nur so an mir vorbei. Ich spürte, wie sich Tränen in meinen Augen sammelten. Stur sah ich weiter aus dem Fenster und versuchte, mit zusammen gepressten Lippen, alles wieder unter Kontrolle zu bringen. Ich konnte und wollte es auf keinen Fall riskieren, das an meinem ersten Arbeitstag die Gefühle die Oberhand erhielten.

Wie auf Kommando rief die Roboter Stimme aus der Anlage meine Haltestelle auf. Ich stand sofort auf und quetschte mich durch die Menschen hinüber zur Tür.

Auch dieser Tag ging rasend schnell um und ließ mir somit kaum Zeit in Gedanken zu versinken. Angela und Dr. Carlson hatten zum Glück den Anstand nicht weiter nachzubohren. Nach einer einfachen Beileidsbekundung gingen wir alle wieder an die Arbeit. Angela war froh, dass ich wieder da war. Der Empfangsdienst lag ihr nicht so. Sie unterstütze lieber in den Behandlungen.

„Bis Morgen!", rief Angela und ging zur Tür heraus.

„Ja, bis morgen", rief ich schnell bevor die Tür zu viel. Dr. Carlson war bereits vor über einer Stunde gegangen. Mein Blick fiel auf die kleine Uhr unten am Monitor. Es war bereits halb acht. Es lag allerdings noch so viel Papierkram auf dem Tisch, das ich noch ein wenig weiter arbeitete.

Mein Handy vibrierte. Alex rief an.

„Hi", hauchte ich mit einem Lächeln in den Hörer.

„Hallo. Ich wollte nur mal fragen, wann ich denn vorbeikommen soll? Bist du etwa noch auf der Arbeit?"

Automatisch ging mein Blick wieder auf die kleine Uhr am Monitor. Kurz vor neun. Wie konnte nur die Zeit so schnell vergehen?

„Ähm, oh..." ich strich mir die Haare hinters Ohr. „Ich habe die Zeit voll vergessen. Ich mache jetzt Feierabend."

„Ich hole dich ab. Wir treffen uns am Parkplatz, okay?", lächelte er.

Ich bestätigte ihm den Treffpunkt, erledigte noch schnell die angefangenen Sachen, schaltete alles aus und verließ die Praxis.

Ein schickes schwarzes Auto stand auf dem Parkstreifen vorm Krankenhaus. Obwohl es dunkel war, blitze der dunkle Lack, welcher sanft vom weißen Schnee überzogen wurde, auf. Die letzten Tage war es nur noch am schneien. Eisiger Wind peitschte mir die Haare ins Gesicht. Ich zog meine Jacke über den Mund und lief auf den Wagen zu. Alex stieg aus, sobald er mich sah und kam mir entgegen. Obwohl er ebenfalls seinen dicken Mantel fast bis über beide Ohren trug, konnte ich genau erkennen, wie sehr er sich freute mich zu sehen. Zwar hatten wir uns jeden Tag für eine Weile gesehen, doch kurz darauf musste er zur Arbeit. Die Freude in mir wuchs mehr und mehr umso näher wir uns kamen. Kurz voreinander blieben wir stehen. Es kam mir vor wie im Film. Seine Hand ergriff die meine. Langsam verschränkte er seine Finger mit meinen. Unser beider Atem stießen warme Wolken in die Luft. Ohne ein Wort zu sagen, kam sein Gesicht näher und küsste mich. Zuerst waren seine Lippen kühl. Mit jeder weiteren Berührung erhitzen sich unsere Gesichter zunehmend.

„Hi", flüsterten wir beide am Ende des Kusses.

Hand in Hand gingen wir zum Auto. Er hielt mir die Tür auf und ich stieg ein. Als auch er saß und den Wagen startete, fuhr er in eine andere Richtung, als meine Wohnung lag.

„Wo fahren wir hin?", fragte ich neugierig. Hatte Alex noch etwas geplant?

Er lächelte mich von der Seite aus an.

„Ich dachte heute schlafen wir bei mir", grinste er ein schiefes Lächeln. Erst jetzt fiel mir, auf das ich seine Wohnung noch gar nicht gesehen hatte. Ich lächelte ihn an und nickte.

Kapitel 14

Während der Fahrt, dachte ich darüber nach, wie das mit uns überhaupt soweit kommen konnte. Nach dieser wirklich unglaublich kurzen Zeit waren wir schon so aneinander gewöhnt, wenn nicht sogar ein Stück weit abhängig voneinander. So fühlte sich wahre Liebe an. Ich wollte Alex am liebsten die ganze Zeit bei mir haben. Immer wissen was er gerade tat, dachte oder vorhatte.

„Wir sind da", unterbrach Alex meine Gedanken.

Wir parkten vor einer großen Häuserreihe. Alex ging um das Auto herum, öffnete mir die Tür und half mir raus. Ich sah mich um. Die Straßenlaternen schenkten mir einen kleinen Einblick, wo wir gerade waren. Es war ein wirklich gutes Stadtviertel. Nicht gerade billig. Das wusste ich noch von meiner eigenen Wohnungssuche. Wir blieben stehen. Alex zog aus seinem Mantel den Schlüssel heraus. Ich schaute nach oben. Wir standen direkt vor dem größten Haus. Es überbot die anderen links und rechts von uns bestimmt um das doppelte. Ich schluckte schwer. In diesem Moment wurde mir klar, dass Alex was Geld anging, sich wohl keine Sorgen machen musste. Unbehagen machte sich in mir breit.

„Kommst du?" Erneut durchbrach Alex meine Gedanken und hielt mir die Tür auf. Sofort lief ich ihm nach.

Wir kamen in einen kleinen Vorflur. Die Wände waren weiß. Es sah fast so aus wie im Krankenhaus, würden hier nicht die modernen Akzente dem ganzen eine gewisse Wärme verleihen. Alex drückte auf den Aufzugknopf. Er war sofort da. Wir stiegen ein. Alex gab einen Zugangscode ein und wir fuhren in den zehnten Stock.

„Ist alles okay mit dir?" Zärtlich nahm er meine Hand.
Ich sah ihn an. Mein Herzschlag beschleunigte sich umso höher wir fuhren. Wieso war ich nur so nervös? Es fühlte sich an, als würden Alex und ich gleich das erste Mal alleine sein. Verlegen schüttelte ich den Kopf.
„Ja, es ist alles gut." Alex sagte nichts, sah mich fast ebenso verlegen an wie ich ihn. Erst jetzt bemerkte ich, was ich gesagt hatte. Die Erinnerung an unseren ersten Kuss kam mir in den Kopf. Davor gab es auch die Diskussion, wie oft ich sagen würde, dass es mir gut ginge. Ich musste lächeln.
Er legte eine Hand an meine Wange.
„Wie gerne würde ich in deinen Kopf gucken und wissen was du denkst." Mit dem klang seiner Stimme, reagierte meine empfindliche Mitte sofort. Mein Mund wurde trocken.
'Ping' riss es mich aus der Starre. Der Fahrstuhl war angekommen. Die Tür öffnete sich. Wir gingen zwei Schritte raus und standen direkt in seiner Wohnung. Alex nahm mir

meinen Mantel ab und hängte ihn, zusammen mit seiner Jacke, in einen versteckten Schrank. Der Mahagoni Boden sah aus wie frisch verlegt. Langsam lief ich weiter. Musste ich eigentlich meine Schuhe ausziehen? Doch Alex lief vor, mit seinen Schuhen, also beschloss ich ihm einfach nachzugehen.

Wir kamen in das Wohnzimmer. Es war riesengroß. Im Eingangsbereich des Wohnzimmers stand eine edle schwarze Leder Couch. Vor ihr ein sehr großer Flachbildfernseher. Rechts herum ging der Raum weiter. Dort stand ein massiver großer dunkelbrauner Tisch. Er hatte wunderschöne Marmorierungen von dem Holz. Vorsichtig fuhr ich mit den Fingern darüber. „Wow", flüsterte ich.

„Möchtest du auch einen Tee?", benommen schaute ich auf und nickte kurz. Alex stand in der offenen Wohnküche, die direkt an den Essbereich grenzte. Im Gegensatz zu seiner Couch oder seinem Auto war die Küche Hochglanz weiß. Alles harmonierte so perfekt ineinander. Auch Alex passte perfekt hier rein. Ich hingegen, fühlte mich nicht wirklich wohl. Es war zu gradlinig, zu steril.

„Wohnst du alleine hier?", kam mir ohne nachzudenken über die Lippen. Im nächsten Augenblick bereute ich meine Frage. Alex kam aus dem Küchenbereich auf mich zu und stellte unsere Becher auf den Tisch.

Sein Grinsen wirkte verstörend.

„Ja, ich wohne hier alleine."

Nervös warf ich meine Haare nach hinten.

„Entschuldige, eine blöde Frage."

Alex beließ es dabei. Ich war ihm sehr dankbar. Den kurzen Rest des Abends schauten wir TV und gingen dann ins Bett.

Nein! Rief ich aus vollster Kehle. Aber meine Stimme war weg. Alles um mich herum blieb Stumm und Dunkel. Ich wollte nicht wieder hier sein. Nicht wieder in dieser Dunkelheit, diesem nichts. Bevor ich einen Schritt wagte, ging ich in die Knie und wünschte mich hier weg. Ohne mich zu rühren, tat sich der Boden auf und ich viel und viel, tiefer und tiefer....

Ich zog scharf und viel zu viel Luft in meine Lungen. Alex rührte sich neben mir. Kerzengerade saß ich im Bett. Auch Alex richtete sich auf.

„Amy?!" Seine Stimme klang rau, noch belegt vom Schlaf. Mein Shirt war wieder völlig durchgeschwitzt. Ich wollte es nur noch ausziehen. Ohne auf Alex zu achten, tastete ich nach dem Rand des Bettes und setzte meine Füße auf den Boden. Vorsichtig zog ich mein Shirt über den Kopf. Alex schaltete das Licht an.

„Hast du schlecht geträumt?" Bemüht mir irgendwie zu helfen, redete er auf mich ein.

Wie ein kleines Kind saß ich am Rande des Bettes und nickte ohne ein Wort zu sagen. Er kam zu mir rüber und setzte sich neben mir. Sanft strich er mir feuchte Strähnen aus dem Gesicht. Seine Lippen gaben mir einen sanften Kuss auf die Wange. Ein innerliches Kribbeln durchflutete mich.

„Ich gebe dir ein neues Shirt."

Gesagt getan, stand Alex bereits auf und holte aus seinem Schrank ein Shirt für mich. Ich stand auf und wollte ihm entgegengehen, als mein Kreislauf versagte. Die Tatsache das ich den ganzen Tag noch nichts gegessen hatte und die letzten vier Nächte praktisch überhaupt nicht schlief, forderten ihren Tribut. Alex war sofort neben mir.

„Hey, hey...was machst du denn. Setz dich."

Klick – der Arzt wie er leibt und lebt.

„Es...es geht schon wieder." Das Zimmer drehte sich noch immer ein wenig. Alex zusammen gekniffene Augen sagten mir, dass er noch immer besorgt war. Seine Finger lagen vorsichtig auf meinem Handgelenk.

„Dein Puls ist sehr schwach. Wann hast du das letzte Mal was gegessen?"

Auch der Rest Farbe wich mir aus dem Gesicht. Ich presste meinen Lippen aufeinander.

„Gestern", sagte ich kleinlaut.

Nur mühsam ließ ich es zu und sah Alex direkt ins Gesicht. Wütend und belehrend kniete er vor mir.

„Amy. Ich dachte, du würdest besser auf dich aufpassen. Du musst was essen. Besonders wenn du wie heute, so einen langen

Tag hinter dich bringst." Zum Ende seiner Ansprache war sein Tonfall bereits ruhiger. Ich antwortete nicht.

„Kannst du aufstehen?" Er reichte mir seine Hand. Ich nahm sie und zog mich hoch. Alles im Zimmer blieb, wo es war.

„Ich mache dir was zu essen." Ohne Widerworte zog er mich vorsichtig mit und machte mir etwas zu essen.

Ich saß in einer Decke eingewickelt auf der Couch. Alex hatte Pfannkuchen gemacht. Mir ging es schon besser. Zwar konnte ich nicht mehr als zwei zu mir nehmen, war Alex deutlich beruhigter das ich überhaupt etwas aß.

„Die sind wirklich lecker. Wo hast du das gelernt?" Seine Wangen röteten sich. Schön zu sehen, auch wenn er bestimmt laufend Komplimente wegen seines Aussehens bekam, das er von so etwas noch erröten konnte.

„Danke", sagte er stolz.

„Na nun raus mit der Sprache." Bohrte ich hartnäckig nach.

„Wo hast du das gelernt?" Wieso bist du so perfekt? Dachte ich in mich hinein. Ich legte den Kopf schief und zog eine fragende Grimasse. Alex Gesichtsausdruck veränderte sich. Was war nur los? Ich wickelte mich aus der Decke und lehnte mich zu ihm rüber.

„Hast du etwa auch heimlich als Koch, neben deinem Studium gearbeitet?" Mit dieser kleinen Anekdote, wie das mit den Karatestunden zu seinem Studium, versuchte ich die weiterhin

177

angespannte Situation, zu lockern. Sein Blick war weiterhin versteinert.

„Willst du das wirklich wissen?" Presste er zurückhaltend hervor. Wollte ich das wirklich noch? Mein Kopf nickte bereits und übernahm die Antwort für mich.

„Meine Ex-Frau konnte sehr gut kochen und dabei hab ich mir so den einen oder anderen Trick abgeschaut." Als wäre nichts dabei zog Alex eine Schulter hoch.

Die Bombe war geplatzt. Jeder hatte sein Päckchen zu tragen. Und bei Alex war es, das er schon mal verheiratet war.

„Ex-Frau?", flüsterte ich und plumpste zurück in die Kissen. Plötzlich lag so ein großer Kloß in meinem Hals, das ich kaum noch schlucken konnte.

„Ja." Alex stand auf, nahm unsere Teller vom Couchtisch und räumte sie in die Küche. Ich wusste nicht, was ich machen sollte und blieb somit erst mal sitzen. Kurz darauf kam er bereits wieder.

„Du hast mir nie von ihr erzählt." Als würde ich mich eingraben wollen, zog ich die Decke weit ins Gesicht.

„Es ist auch ein Thema, was ich nicht gerne bespreche." Alex setzte sich beinah ans andere Ende der Couch. Es war ihm sichtlich unangenehm über seine Ex zu sprechen.

„Du brauchst mir nichts zu sagen. Es ist okay. Solange sie nicht gleich in der Tür steht." Irgendwie versuchte ich die Stimmung zwischen uns etwas aufzulockern.

178

Er lächelte – ein Glück verstand er, wie ich das meinte.

„Nein. Das wird sie wohl nicht." Endlich rückte er näher und beugte sich zu mir herüber. Wie eine Katze machte er jede Bewegung bedacht und mit äußerster Vorsicht. Automatisch ging ich ein kleines Stück zurück. Alex kam so nahe, das ich letztendlich auf der Couch lag, er über mir. Ohne das er mich berührte, fing mein gerade noch so langsamer Puls, wie wild anzuschlagen. Seine Lippen kamen näher, jedoch noch immer ohne jeden Kontakt. Ich spürte seinen Atem auf meinen Lippen, meinem Hals, nahezu auf der ganzen Haut. Auch seine Atmung veränderte sich – schneller, wie nach einem Sprint.

Ich hob meine Hand und legte sie an seine Wange.

„Ich", formten meine Lippen.

„Ich liebe dich", sagte Alex und vollendete somit meinen Satz, mit exakt den Worten, die noch fehlten. Das Band war gerissen. Hungrig küssten wir uns, in der Hoffnung sich im anderen zu verlieren. In meinem Kopf spulten sich die Wort 'ich liebe dich' in Dauerschleife ab. Ein unglaublicher Adrenalin Schub setzte meinen Körper in Ekstase.

Ich stoppte Alex kurz. Schwer atmend lag er auf mir. Wir sahen uns tief in die Augen.

„Ich liebe dich auch", flüsterten meine Lippen. Die Worte hatte ich erst nach langer Zeit zu Greg zu sagen können. Und dann auch nur, weil ich dachte es ihm schuldig zu sein. Aber Alex musste ich es sagen, weil es so war. Es war das, was ich wirklich fühlte.

Erneut wurde das Feuer mit diesen Wortfunken angefacht. Von da an ließen wir unseren Körpern freien lauf.

Langsam öffnete ich meine Augen. Eng umschlugen, lagen Alex und ich auf der Couch. Mein Kopf auf seiner Brust, sein Arm hielt mich fest. Erst langsam kamen wir beide wieder zu Atem. „Ich möchte keine Geheimnisse vor dir haben Amy", sagte Alex, wie aus dem nichts, ohne das ich eine Frage stellte. Ich richtete mich ein wenig auf, stütze mich auf den Ellbogen ab und schaute ihn an. Es wurde gerade Tag draußen. Die Morgendämmerung lag auf seinem Gesicht.

Er strich sich mit seiner freien Hand die Haare nach hinten.

„Das will ich auch nicht", antwortete ich nur.

Erst jetzt erwiderte er meinen Blick.

„Ich würde dir gerne von Stacy erzählen."

Sofort war mir klar das, dass der Name seiner Ex-Frau war. Mit trockenen Mund schenkte ich ihm meine ungeteilte Aufmerksamkeit. Kurz darauf begann Alex zu erzählen: „Stacy und ich haben uns auf der Arbeit kennengelernt. Aber in einem anderen Krankenhaus. Sie war Krankenschwester." Er schluckte und löste den Blick von mir. Es fiel ihm sichtlich nicht leicht über alte Zeiten zu sprechen. „Wir haben uns nie viel gesehen. Und mit der Zeit fing Stacy an sich daran zu gewöhnen. Damit ich kein schlechtes Gewissen hatte, kaufte ich ihr alles, was sie wollte. Das ließ sie den anderen Krankenschwestern gegenüber ziemlich raushängen. Sie sagte immer das sie mit dem Oberarzt zusammen sei und ihr keiner etwas zu sagen hatte." Wie gebannt hing ich an seinen Lippen. Zwar wusste ich nicht, wie Stacy aussah, malte ich mir ein Bild vor meinem inneren Auge, wie die beiden voreinander standen und miteinander sprachen. Alex sprach weiter. „Wenn wir uns dann mal sahen, fragte sie mich unter anderem was man bei dem oder jenem Patienten noch machen könnte. Ich gab ihr meinen ärztlichen Rat, obwohl ich in einer ganz anderen Abteilung war, und doch hat sie diesen Rat eigenmächtig umgesetzt."

Noch immer fand ich meine Stimme nicht wieder. Trotzdem war ich entsetzt was Stacy getan hatte. Alex sah noch immer an die Decke und sprach weiter. „Das kam schnell raus und ein Glück ist auch niemand dabei zu Schaden gekommen." Er holte tief Luft. „Wenn ich heute so darüber nachdenke, weiß ich nicht wieso ich das getan hatte. Aber ich ließ mich von ihr überreden umzuziehen und in einem anderen Krankenhaus anzufangen. Nur damit sie auch die Chance auf eine neue Stelle als Krankenschwester hatte. Aber daraus wurde nichts. Ich habe zum Glück schnell wieder einen Job gefunden und sie hatte mir versprochen sich ebenfalls schnell einen zu suchen oder besser ihre Bewerbung abzugeben." Endlich rührte Alex sich. Er nahm meine Hand und verschränkte unsere Finger. Fast als müsste er sich bei mir festhalten. „Ich ging arbeiten und sie machte sich in der Nachbarschaft beliebt. Sie ging auf Partys und kaufte Unmengen an Klamotten. Und ich unternahm nichts, Hauptsache sie verließ mich nicht." Das alles klang wie aus einem schlechten Buch.

„Aber warum?" Es wollte mir nicht in den Kopf das er nach solchen Aktionen von ihr überhaupt noch mit ihr zusammen sein wollte. Im nächsten Moment fragte ich mich, ob es mir vielleicht aus so gehen würde, wenn Greg nicht Schluss gemacht hätte. Wenn er innerhalb unserer Beziehung handgreiflich geworden wäre, hätte ich den Mut gehabt ihn zu verlassen? Oder wäre ich, wie Alex, einfach nur froh nicht alleine zu sein. Schließlich waren irgendwo Gefühle im Spiel.

Überraschenderweise grinste Alex über meine Frage.

„Das hat sehr lange gedauert und ich musste viel Geld in Therapie Stunden stecken, um das heraus zu finden. Letztendlich lag es wohl daran das meine Eltern, so sehr ich sie auch liebe, immer viel gearbeitet hatten und ich viel auf mich alleine gestellt war. Aber der größte Grund war wohl das Baby."

Ich hielt automatisch den Atem an. Meine Augen wurden groß und mein Mund klappte auf.

„Ihr habt ein Kind?", wisperte ich.

Doch Alex schüttelte den Kopf. Er schloss die Augen und holte tief Luft, bevor er weiter sprach. Seine Mimik wirkte voll mit Schmerz. Er wollte mir tatsächlich alles sagen.

„Nein, wir haben kein Kind. Stacy hat es im fünften Monat verloren. Keiner konnte sagen, woran es lag. Sie hatte eine stille Geburt und unsere Tochter wurde beerdigt." Wie auswendig gelernt, sagte er den Satz auf.

„Alex", meine Stimme brach ab. Tränen kamen mir in die Augen. Hätte ich gewusst was für einen großen Verlust er durchgemacht hatte, dann hätte ich bestimmt anders über ihn Gedacht. Wäre ihm in bestimmten Punkten anders Gegenüber getreten.

„Ist schon okay Amy. Es ist wirklich okay. Wie gesagt, ich habe auch deswegen viel mit meinem Therapeuten gesprochen." Das erste Mal sah Alex mir wieder in die Augen. Er fing mich auf. Nur mit seinem Blick. „Aber Stacy kam nie drüber weg", sprach er weiter. „Wir lebten also weiter so wie vorher. Ich ging viel arbeiten. Sie hatte keinen Antrieb sich neue Arbeit zu suchen. Wollte lieber alleine sein. Ich akzeptierte das eine gewisse Zeit. Doch als sie sich auch nach Monaten keine Hilfe suchen wollte und ich machtlos war alleine für sie da zu sein, haben wir uns getrennt."

Stille. Das war eine Geschichte, die mir so nie in den Sinn gekommen wäre. Mir kam es vor, als wenn ich ihn jetzt tatsächlich mit anderen Augen sehen würde. Ich konnte ihn jetzt besser verstehen und wusste das auch er mich verstand.

„Alex, wenn ich das alles gewusst hätte." Mir kam das Bedürfnis mein Verhalten ihn gegenüber zu erklären. Auch wenn ich nicht wusste wieso.

Er lachte leicht auf und nahm mich fester in den Arm.

„Ist schon gut." Ein kleiner Kuss auf die Stirn. „Doch leider war das noch nicht alles." Ich schluckte. Was würde jetzt noch kommen. Gebannt hing ich erneut an seinen Lippen. „Kurz, nachdem wir uns getrennt hatten, hat sie versucht sich in unserer Badewanne das Leben zu nehmen."

Es dauerte bis ich reagierte. Seine Ex Frau hatte versucht sich das Leben zu nehmen?

„Versucht?" Kam schließlich aus meinem Mund. Mitleid kam in mir auf. Das Gefühl, welches ich von anderen so verabscheute, empfand ich plötzlich selber. Ich schüttelte den Kopf.

„Sie hat es nicht geschafft. Ich habe sie noch rechtzeitig finden können." Er machte eine weitere Pause. Sein Blick heftete sich abermals an die Decke. Sanft zog er mich mehr an sich ran. Langsam sprach er weiter. „Seit dem ist sie in einer Klinik in Behandlung. Ich bezahle die Kosten, auch wenn wir schon seit über einem Jahr geschieden sind. Aber irgendwie fühle ich mich noch immer für sie verantwortlich. Verrückt oder?"

Alex senkte den Blick und sah auf mich herab.

„Nein, ich finde das nicht verrückt." Und das war mein voller Ernst. „Ihr wart schließlich verheiratet und hattet ein Kind miteinander. Da ist es klar, dass du für sie Sorgen möchtest, bis es ihr wieder besser geht."

Alex schob mich aus seinem Arm. Wir lagen jetzt direkt

nebeneinander, beide auf den Ellbogen gestützt und sahen uns an. Sanft streichelte er meine Wange, fuhr mir mit den Daumen übers Kinn und wirkte so glücklich, als hätte er soeben ein Geschenk ausgepackt. Das komplette Gegenteil von vorhin.

„Danke das du so viel Verständnis hast. Es gibt nicht viele Menschen die das Verstehen und akzeptieren wie ich das mache."

Ich sagte nichts mehr, sondern gab ihm einen Kuss.

„Du musst dich nicht bedanken. Ich danke dir das du es mir erzählt hast. Ich liebe dich."

„Ich liebe dich auch."

Wir schoben uns wieder ineinander und blieben für einen Moment einfach nur so liegen.

Kapitel 15

Bevor ich an diesem Tag zur Arbeit ging, fuhr Alex mich noch schnell in meiner Wohnung vorbei, damit ich mir noch etwas Neues anziehen konnte. Danach ging es direkt zur Arbeit.

Zielsicher steuerte Alex sein Auto durch die Straßen. Die Rushhour sorgte jedoch, wie jeden Morgen für eine Verzögerung. Das war einer der größten Gründe, warum ich morgens mit der U-Bahn fuhr.

Wir standen vor einer roten Ampel.

„Ich wollte dich übrigens noch fragen, ob du Lust hast mich auf den Weihnachtsball zu begleiten?", fragte Alex.

Ich sah zu ihm herüber. Von dem Fest hatte ich schon gehört. Angela sprach die letzten Tage fast nur noch davon.

„Du meinst den Weihnachtsball wo nur Chefärzte und hoch dekorierte Ärzte hingehen?"

Alex lachte ein wenig auf. Die Ampel sprang auf grün. Er gab Gas, so dass ich ein wenig in den weichen Sitz gedrückt wurde.

„So schlimm ist es überhaupt nicht. Aber da dies mein erstes Jahr als Chefarzt ist, muss ich mich dort sehen lassen." Noch immer lag mein Blick auf ihn gerichtet. Jetzt sah auch Alex zu mir herüber und sprach weiter. „Bitte komm mit."

Er legte den Kopf schief und schaute wie ein kleines Kind. Wie seine Tochter wohl ausgesehen hätte? Bestimmt zauberhaft.

Ich ergab mich letztendlich mit einem Seufzen.

„Na gut", japste ich.

Ein triumphierendes Lächeln schmückte sein Gesicht. Es freute mich, ihm damit eine Freude zu machen. Und womöglich war dies eine gute Gelegenheit, die Feiertage einigermaßen zu überstehen.

„Schönen Urlaub Amanda." Angela stand in ihrer dicken Jacke, eingepackt mit Schal und Mütze, in der Tür. Sie freute sich auf zu Hause, auf ihre Familie und einfach ein paar Tage frei zu haben. Auch ich freute mich. Doch worauf, wusste ich nicht genau.

„Danke Angela. Dir auch." Ich schenkte ihr eines meiner typischen lächeln die ich in den letzten Tagen schon so oft benutzt hatte. Jedem Patienten gegenüber, dem Verkäufer im Coffee-Shop und sogar Samantha und Alex gegenüber verwendete ich dieses aufgesetzte Grinsen. Aber um ehrlich zu sein war mir überhaupt nicht wohl zumute. Mir war klar, dass ich wenigstens Alex gegenüber ehrlich sein musste. Es war wichtig mit jemanden zu sprechen. Doch ich konnte nicht. Ich wollte dieses Gefühl tief in meinem inneren nicht noch einmal fühlen. Ich schüttelte leicht den Kopf. Angela war bereits verschwunden. Ich fuhr den PC herunter, räumte meine restlichen Sachen zusammen und verschloss die Praxis hinter mir. Als ich nach draußen in die Nacht trat, pfiff mir ein eisiger Wind ins Gesicht. Automatisch kniff ich die Augen zusammen. Schnell zog ich meinen Schal höher. Auch wenn es so kalt war und bereits dunkel, musste ich noch was erledigen. Ich wollte an meinen Platz wo ich alles vergessen konnte. Wenigstens für einen Moment.

Der Weg war mir mehr als bekannt. Mir fiel auf das ich in der letzten Zeit kaum noch hier oben war. Ich freute mich richtig. Die letzte Tür ging auf. Hier oben war der Wind noch kälter. Doch anders als unten, genoss ich es von hier oben so begrüßt zu werden.

Wie auf Samtpfoten lief ich in Richtung Dachkante. Der Glasklare Sternenhimmel über mir, zog mich sofort in seinen Bann. Als würde mir für einen Moment alles von den Schultern genommen, sämtlicher Ballast und erdrückende Sorgen und Gefühle, atmete ich zum ersten Mal so tief ein, dass mir die Augen zu vielen. Ich ließ mich auf die Knie sinken und saß einfach nur da. Meine Hose sog sich langsam mit Schnee voll. Doch es war mir egal. Das war es allemal wert. Ich war weder traurig, noch glücklich. Nicht verletzt oder aufgeregt. Endlich Frieden. Das Pfeifen des Windes, das leise Rauschen der Autos, alles wirkte so weit weg. Ich fühlte mich weit weg von allen Problemen, die da unten auf mich warteten.

Stufe für Stufe ging ich weiter die Treppe hinab. Mit jedem Schritt, den ich tat, kam die Last zurück. Meine Schultern und vor allem mein Herz wurden schwer. Ich sah auf meine Uhr. Mehr als eine Stunde war ich oben gewesen. Alex war noch am Arbeiten. Am liebsten würde ich jetzt zu ihm. Doch er sagte mir schon zu Anfang, dass er auf der Arbeit ein anderer war. Nicht ein anderer Mensch, aber eben der Arzt Dr. Bennett und nicht einfach Alex.

Der Fahrstuhl hielt an. Im fünften Stock, wo Alex sein Büro hatte. Die Tür öffnete sich. Ich ging wie ein Roboter zwei Schritte aus der Tür. Sie schloss sich hinter mir. Erst jetzt bemerkte ich diesen Geruch. Es roch steril – zu steril auf dieser Etage. Mir wurde schlecht. Sämtliche Emotionen liefen Gefahr an die Oberfläche zu kommen. Zu oft musste ich dieses Desinfektionsmittel von dieser Station benutzen, wenn ich zu meinem Vater wollte. Ich hielt die Luft an. Sofort drehte ich mich herum und drückte auf den Fahrstuhlknopf. Doch er war schon weitergefahren. Gerade wand ich mich zum Treppenhaus herum, ging hinter mir die große Tür zur Station auf. Ich drehte meinen Kopf und sah das Alex, in Unterlagen vertieft, den Flur betrat. Mein Herz machte einen lautlosen Hüpfer. Erst hob er nur kurz den Kopf, doch bevor er wieder weiter las, bemerkte er das ich es war und kam mit einem Lächeln auf mich zu. „Amy!" Umgehend war er bei mir und gab mir einen Kuss auf die Wange.

Huch – dachte ich nur. Wir waren schließlich auf der Arbeit.

„Hi", murmelte ich.

„Wolltest du zu mir?" Grinste er noch immer wie ein Honigkuchenpferd. Irgendetwas stimmte hier nicht.

„Ähm...ne eigentlich..." Ich wollte es ihm nicht erzählen. Es war mir peinlich. Er sollte nicht wissen, wo ich gewesen war und was im Moment in mir vorging. Viel mehr verunsicherte mich Alex Reaktion. Wieso war er so...mir fiel kein Wort dazu ein. Er war einfach Alex. Wo war Dr. Bennett?

„Wollen wir kurz in mein Büro gehen?"

Ich nickte zustimmend. Alex nahm meine Hand und ging mit mir zusammen durch die Schleuse, um die Ecke herum, direkt zu seinem Büro. Er ließ mir den Vortritt. Langsam ging ich in den Raum. Die Gardinen waren zugezogen, nur die Schreibtischlampe verleite dem Büro ein indirektes, nahezu gemütliches, Licht.

Als die Tür ins Schloss fiel, drehte ich mich herum und sah das Alex gerade dabei war die Tür abzuschließen.

Was sollte das? Fragend zog ich die Augen enger zusammen. Auf Alex Gesicht lag ein unglaublich erotischer Ausdruck. Das wenige Licht hier drin verlieh dem ganzen noch einen ganz besonderen Reiz. Mein Körper reagierte sofort. Meine Knie wurden weich und meine Lippen öffneten sich. Wie ein Jäger schlich er langsam auf mich zu. Ich rührte mich nicht. Bei mir angekommen, musterte er mich ganz genau. Auch ich sah ihn genau an. Es war eindeutig Alex der vor mir stand. Von Dr. Bennett nichts zu sehen. Und trotzdem war noch etwas anders. Seine Augen wirkten kleiner, angespannter. In ihnen sah man das Feuer lodern.

Plötzlich lagen seine Lippen wild auf meinen. Mit der einen Hand hielt er meinen Nacken fest. Er vergrub sich in meinem Haar und zog mir den Kopf leicht nach hinten. Ein leises Stöhnen kam aus meinem Mund. Wie ein Signal wurde Alex immer stürmischer. Ohne die Lippen von mir zu nehmen, öffnete er meine Jacke und streifte sie an meinen Armen hin und her, sodass sie auf dem Boden landete. Mir schwirrte jetzt schon der Kopf. Ich bemerkte das mein Verstand sich einschalten wollte. Das hektische auf und ab von Alex wirkte jedoch zu benebelnd auf meine Sinne. Auf einmal hob er mich an den Hüften hoch, dass ich automatisch meine Beine um seine Hüften schwingen musste. Meine Hände lagen auf seinen Oberarmen. Unter meinen Fingern spürte ich, wie sich seine Muskeln anspannten. Langsam trug er mich zur Liege rüber. Mit einem Ruck setzte er mich ab, drückte mich nach hinten so das er über mir lag.

„Alex", flüsterten meine Lippen.

MOMENT – schrie mein inneres. Was sollte das hier? Zwar liebte ich diesen Mann und doch war das hier anders. Es fiel Alex immer schwer privates an seinem Arbeitsplatz nur zu besprechen. Warum jetzt diese Aktion? Seine Lippen wanderten an meinem Hals herunter und Liebkosten mir das Schlüsselbein. Mein Atem ging stoßartig.

Oh mein Gott, dieser Mann wusste es einfach wie man eine Frau berührte. Wie er mich berühren musste, um von Sinnen zu sein. Stop! Ich rüttelte mich wach.

„Alex", sagte ich deutlicher. Doch er hörte nicht auf. Gerade wollte er seine Hände unter mein Shirt schieben, legte ich meine Hand auf seine und stoppte ihn.

„Warte", flüsterte ich. Erst Sekunden später hörte Alex auf. Seine Küsse an meinem Hals stoppten. Sein Kopf lag nun ruhend auf meiner Schulter.

„Alex." Mit meiner freien Hand strich ich über sein Haar. „Was ist los?", fragte ich vorsichtig.

Er schüttelte seinen gesenkten Kopf. Ich legte meine Hände an seine Wangen, hob ihn etwas an, das er mich ansehen musste. Der Ausdruck auf seinem Gesicht war quälend. So hatte ich ihn noch nicht gesehen. Noch bevor ich etwas sagen konnte fing Alex an zu reden.

„Bitte Amy, ich brauche dich jetzt. Bitte." Seine Bitte war fast ein Flehen. Dieser Schmerz in seinen Augen wurde größer. Was war nur passiert? Das dies nur von meiner Abweisung kam, konnte nicht sein. Ich bekam es langsam aber sicher mit der Angst zu tun.

„Amy", flüsterte er durch seine fast geschlossenen Lippen. Ich konnte ihn nicht so stehen lassen. Wenn etwas passiert war und das war es auf jeden fall, dann würde er mir das später auch noch erzählen. Meine noch immer um seinen Kopf liegenden Hände, zogen ihn sanft zu mir hoch. Ich antwortete nicht, sondern küsste ihn einfach. Das zeigte Alex, das ich seiner Bitte nachging und für ihn da war. Er brauchte mich und endlich war ich diejenige, die auch mal für ihn da sein konnte. Sein Kuss wurde erneut wilder, drängender. Alles ging so schnell, dass es sich anfühlte, als hätte Alex drei Dinge auf einmal gemacht. Er zog sein Shirt aus und schob mir meines mit einem Ruck über den Kopf. Seine Hand vergrub sich erneut in meinem Haar und zog willig dran, sodass ich nach oben schauen musste. Wieder diese Lippen, welche an mir herunterwanderten. Mit seiner freien Hand schob er meinen BH herunter und benetzte mich mit Küssen und leichten bissen. Wie ein Antrieb schoben sich automatisch meine Hüften in seine Richtung. Erneut diese schnellen Bewegungen und unser beider Hosen landeten auf den Boden. Er verschwendete keine Zeit und wir liebten uns so stürmisch wie noch nie.

Beide außer Atem lagen wir da. Alex noch immer über mir gebeugt, seine Stirn an meiner.
„Ich liebe dich. Nur dich. So sehr." Alex Worte verschaffen mir ein wohliges Kribbeln in meinem Bauch.
„Ich liebe dich auch."

Sofort küsste er mich wieder. Doch jetzt eher zärtlich und rücksichtsvoll um mir nicht weh zu tun. Sanft zog Alex sich zurück und half mir auf. Schweigend zogen wir uns an. Sollte ich ihn fragen, was passiert war oder würde er von selbst anfangen zu erzählen? Schließlich wollte ich nichts erzwingen. Und das was hier so eben passiert war, hatte mir zudem durchaus gefallen.

Ich beschloss nichts zu sagen, setzte mich angezogen auf die Liege, und sah ihm zu, wie er seine Schuhe zuschnürte. Er saß an seinem Schreibtisch. Als er fertig war, rollte er mit seinem Stuhl zu mir herüber und nahm meine Hände in seine. Ein wenig schüchtern sah er zu mir auf.

„Es tut mir leid, dass ich dich gerade so", er räusperte sich „überfallen habe."

Im Dunkeln des Lichtes konnte ich nicht erkennen ob Alex rot wurde, aber ich hätte schwören können, dass es so war. Ich lächelte verlegen.

„Ist schon gut. Es war ein schöner Überfall.", neckte ich ihn.

Seine Augen suchten meine. Eine Zeitlang sahen wir uns einfach nur an.

„Ich muss dir was sagen."

Das Kribbeln, welches noch immer in meinem Bauch war, verkrampfte sich. Wollte Alex Schluss machen? Hatte er mich betrogen oder war er vielleicht krank? Noch mehr dieser Negativen Gedanken gingen mir durch den Kopf, ohne sie zu fassen zu bekommen.

„Du kannst mir alles sagen", antwortete ich leise. Ich hoffte, dass er alles gehört hatte. Wollte ich überhaupt eine Antwort?

„Es ist nur", er löste unsere Hände voneinander „Stacy". Aus dem Krampfen wurde ein Schlag in den Magen. Er wollte zu ihr zurück. Von dem wie er mir über sie erzählt hatte und was sie alles zusammen erlebt hatten, war das auch nicht zu verdenken. Er wollte weiter für sie Sorgen. Jetzt vielleicht ganz? Alex unterbrach mein Gedankenkonflikt und sprach weiter.

„Sie hat sich aus der Klinik selber entlassen und ist zu mir ins Krankenhaus gekommen."

Das war eine Antwort, mit der ich nicht gerechnet hatte.

Weiterhin schweigend saß ich da.

„Sie wusste nicht wohin, und somit schläft sie erst mal in meiner Wohnung. Ich konnte sie so nicht stehen lassen."

Immer noch sagte ich nichts. Mein Kopf jedoch arbeitete auf Hochtouren. Er wollte tatsächlich zu ihr zurück. Doch wieso sagte er dann, noch vor wenigen Minuten, dass er nur mich liebte?

„Amy, sag doch was."

Gerade wollte er wieder meine Hand nehmen, zog ich sie weg.

„Amy, bitte. Verlass mich deswegen nicht", quälend schaute er mich an.

„Was?", sprudelte es aus mir raus. Ich stand völlig neben mir. Wieso sollte ich ihn verlassen? Ich dachte, er wollte mit mir

Schluss machen?

„Bitte verlass mich nicht Amy. Ich weiß es ist schwer zu verstehen, dass ich sie bei mir wohnen lasse, nach allem was gewesen ist. Doch ich konnte sie nicht einfach so stehen lassen. Sie hat niemanden." Alex machte eine kurze Pause. „Ich habe gedacht vielleicht kann ich in der Zeit, wo sie bei mir wohnt, mit zu dir in deine WG. Bis Stacy eine eigene Wohnung hat. Natürlich nur, wenn das vor allem für dich und auch für Samantha okay ist?"

Ich strich mir die Haare nach hinten. Alex wollte also gar nicht Schluss machen, sondern bei mir wohnen? Die Schmerzen im Bauch ließen nach. Erleichtert schloss ich meine Augen.

„Sag doch was!" Forderte Alex mich auf. Ich öffnete die Augen wieder mit einem Lächeln. Er ergriff erneut meine Hände, ohne das ich zurückzog.

„Natürlich kannst du bei mir wohnen", sagte ich prompt. „Ich dachte schon du" Ich wollte das nicht aussprechen. Dann wirkte es wieder so real.

Alex rollte dichter zu mir ran. Seine Hände umfassten fester die meine.

„Du dachtest, ich wollte was? Etwa Schluss machen?" Obwohl Alex nur ins Blaue riet, hatte er ins Schwarze getroffen. Ich nickte verhalten. So schnell, dass ich es nicht sehen konnte, zog er mich von der Liege auf seinen Schoß.

„Ich werde dich so schnell nicht gehen lassen. Ich dachte, du würdest wegen der Sache alles mit mir beenden."

Ich schüttelte den Kopf. „Niemals" formten meine Lippen. Ein weiterer inniger Kuss folgte. Nie würde ich diesen Mann wieder gehen lassen. Nicht ohne alles dafür zu tun ihn bei mir zu behalten.

Es fiel mir schwer heute Abend alleine nach Hause zu gehen. Mit dem Wissen, das Alex heute Abend noch zu sich nach Hause ging, um ein paar Sachen zu holen und dort seine Ex-Frau auf ihn wartete. Die ganze Zeit gingen mir diverse Szenarien durch den Kopf. Wie sie über ihn herfiel und er sich voll auf sie einließ. Wie sie knutschend im Bett lagen.

„Hör jetzt endlich auf!", ermahnte ich mich selbst. Ich kramte den Schlüssel aus meiner Handtasche und schloss die Wohnungstür auf. In der Wohnung war alles dunkel. Samantha war entweder noch bei Mathew oder schlief schon. Wobei ich auf das erste tippte.

Ich lag bereits eine halbe Stunde auf der Couch. Immer wieder fielen mir die Augen zu, als es endlich an der Tür klopfte. Mein Herz machte automatisch einen dieser wunderschön, überraschenden Hüpfer. Ich ging zur Tür. Als ich sie öffnete, war ich bereits hellwach.

Alex und ich lächelten uns an. Es fühlte sich gut an, ihn bei mir zu haben. Einfach das wir zusammen waren. Wie ein Puzzle, welches endlich vollständig war.

Die nächsten Tage vergingen ähnlich. Alex hatte Wochenenddienst und kam nur am späten Abend zu mir. Ich wollte ihn auf der Arbeit nicht belästigen und vertrieb mir somit die Zeit mit Einkaufen, aufräumen und Fernsehen. Auch wenn es mir unter den Nägeln brannte, wie Alex mit seiner Ex umging oder was sie so erzählte, wenn er zu Hause war, schluckte ich all die Fragen herunter. Ich wollte nicht aufdringlich wirken. Wenn Alex etwas zu erzählen hatte, dann würde er es freiwillig erzählen. Das hoffte ich zumindest.

Heute war der vierundzwanzigste Dezember. Der Weihnachtsball stand vor der Tür. Ich zog ein dunkelblaues, Knielanges Kleid hervor, welches ich mir für diesen Anlass extra von Samantha geliehen hatte. Als ich es anhatte und meine Haare mir in schönen großen Wellen über die Schultern fiel, sah ich in den Spiegel. Die Frau vor mir wirkte Glücklich. Und das war ich auch. Mit Alex war alles so einfach. Natürlich hatte jeder von uns seine Probleme. Aber auch das würden wir gemeinsam schaffen.
Mein Handy klingelte. Der Alarm ging. Ich nahm es in die Hand. Das Wort ‚Dad' blinkte auf dem Display. Ich hatte vergessen das

Weihnachtstreffen mit meinem Dad aus meinem Kalender zu nehmen. Mit dem Handy in der Hand setzte ich mich aufs Bett. Das Wort blinkte immer weiter. Die Schublade mit meinen Erinnerungen und Gefühlen wurde ein kleines Stück weit geöffnet. Das reichte jedoch aus, um mir heiße Tränen über die Wange laufen zu lassen. Die ersten Tropfen fielen mir auf die Hände. Es klopfte laut an der Tür.

„Mist!", schimpfte ich vor mir hin. Alex war da um mich abzuholen. Ich schnappte mir ein Taschentuch vom Nachttisch und tupfte schnell die Tränen fort. Umgehend machte ich mich auf den Weg zur Tür. Mit der Hand am Türknauf schloss ich noch einmal die Augen, verpackte alle schlechten Gefühle schnell in der großen dicken Truhe in meinem innersten, und atmete tief durch. Alex klopfte erneut. Sofort machte ich die Tür auf. Alex stand vor mir. Er sah umwerfend aus. Im schwarzen Smoking, Fliege und diesem atemberaubenden Lächeln.

„Hi", sagte er und kam auf mich zu. Er wirkte glücklich und ein wenig erleichtert, als er mich sah. Zärtlich gab er mir einen Kuss auf die Wange. Seine Augen zogen sich zusammen, als er sich wieder von mir löste. Er wusste das etwas nicht stimmte. Die Schublade drohte zu platzen. Sofort schlug ich irgendein Thema vor.

„Wie ist das Wetter draußen? Ich hoffe nicht das es zu glatt ist und wir noch pünktlich kommen." Geschickt wand ich mich, während ich sprach, aus seiner Nähe und zog mir meinen Mantel über. Er war sichtlich perplex.

„Ähm, alles gut." Verwirrt sah er mir zu.
„Dann lass uns los", sprach ich sofort weiter, setzte ein Lachen auf und zog ihn an der Hand aus der Wohnung.

Wir fuhren auf eine riesige große Auffahrt. Alles wirkte hier draußen schon ausgesprochen edel. Wie ein Kind schaute ich aus dem Fenster und kam aus dem Staunen kaum noch raus. Alex parkte den Wagen. Vielmehr stand er direkt vor dem Eingang. Ein roter Teppich führte auf direkten Weg in dieses Schlossähnliche Anwesen. Meine Tür ging auf. Alex hielt mir die Hand entgegen und half mir raus. Ich nahm sie lächelnd an. Dann hackte ich mich ein und wir liefen auf eine hell erleuchtete Glastür zu.
„Du siehst unglaublich aus", flüsterte Alex mir ins Ohr. Das hier erinnerte mich daran wie ich oder besser, jede Frau gerne einmal Heiraten würde. Genauso aufgeregt war ich. Hitze schoss mir in die Wangen. Ich sah nervös zu Boden. Auch wenn es Winter war, war mir in meinem dünnen Mantel, dank seiner warmen Worte, überhaupt nicht kalt. Ein weiteres Lachen umspielte meine und auch seine Lippen.

Kapitel 16

Im Festsaal angekommen, begrüßte Alex viele Kollegen mit
Kopfnicken. Einige mit Händeschütteln. Mir waren auch einige
Gesichter bekannt, jedoch sagten mir die Namen kaum etwas.
Langsam schoben wir uns weiter durch die Massen. Ich krallte
meine Hände schon beinahe in Alex Unterarm, damit ich ihn
nicht verlor.

„Möchtest du Tanzen?", forderte Alex mich plötzlich auf.
„Ich", es war mir unangenehm. Denn das letzte Mal wo ich
getanzt hatte, war damals auf der Hochzeit von unseren
Nachbarn und da war ich vierzehn Jahre alt.
Den Satz nicht ausgesprochen, zog Alex mich an der Hand
hinter sich her. Er holte Schwung und drehte mich in seinen
Arm. Ich landete ein wenig hart an seiner Brust. Alex legte einen
Finger unter mein Kinn und hob es leicht an. Sofort versank ich
in diesem atemberaubendem Blau. Und genau das tat ich auch.
Ich verlor mich in ihm und hielt automatisch den Atem an. Erst
als Alex zärtlich meine rechte Hand entlang fuhr und sie fest
umschlang, füllten sich meine Lungen wieder mit Luft. Die
andere Hand von ihm wanderte runter zu meiner Taille und hielt
mich fest im Griff. Er begann sich zu bewegen.
Erstaunlicherweise war es ein Einfaches ihm zu folgen. Wie auf
Wolken schwebten wir über die Tanzfläche. Alex führte wie ein
Gott. Was konnte dieser Mann eigentlich nicht? Um mich herum

schien alles andere verschwunden zu sein. Es war, als wären nur er und ich hier. Als würde die Musik nur für uns gespielt werden. Unsere Herzen schlugen spürbar im selben Takt. Ich genoss diese Gleichheit. Noch mehr Zweisamkeit als in diesem Moment war nahezu unmöglich. Ohne die Augen von dem anderen zu nehmen, tanzten wir so für eine lange Zeit weiter.

„Willst du was trinken?" Alex und ich bahnten uns den Weg zurück zum Tresen.

„Ja", lächelte ich ihm entgegen. Erst jetzt bemerkte ich, wie trocken mein Hals war.

„Miss Rodgers!", hallte es von der Seite. Es war Dr. Carlson – mein Chef.

„Ich hole uns was zu trinken", flüstere Alex mir ins Ohr und verschwand mit einem fast heimtückischen Lächeln auf den Lippen. Flehend sah ich ihm nach. Er konnte mich doch nicht einfach hier stehen lassen? Was sollte ich mit meinem Chef den bereden?

Alex war verschwunden und Dr. Carlson gesellte sich zu mir. Er war sichtlich angetrunken und freute sich sogar mich zu sehen. Er redete die ganze Zeit von seiner Familie und das seine mittlerweile erwachsene Tochter, auf fast jedem College angenommen war. Ich nickte erfreut und sah mich nebenbei nach Alex um. Er war noch immer nicht zurückgekommen. So lange konnte es doch nicht dauern, bis er etwas zu trinken organisiert hatte.

„Es war wirklich schön sie zu sehen, aber ich mach mich mal auf die Suche nach Dr. Bennett.", entschuldigte ich mich förmlich. Dr. Carlson nickte mit einem breiten Grinsen, wand sich ab und sprach gleich mit der nächsten Person weiter, die ihm über den Weg lief. Mit einem Schmunzeln ging ich davon und machte mich auf die Suche nach Alex.

Es dauerte einen Moment, als ich ihn fand. Er stand an der Bar und unterhielt sich mit einer Frau. Sie trug ein langes schwarzes enganliegendes Kleid. Ihr Haar war blond und hörte kurz über den Schultern auf. Erst als ich näher kam, sah ich, dass Alex sie am Ellbogen anfasste und leise zu ihr sprach. Sein Gesichtsausdruck sah wütend aus. Wer war diese Frau und warum sprach er so mit ihr?

Noch während meine Gedanken weiter ihren lauf nahmen, ging ich auf die beiden zu.

„Hallo", sagte ich zögerlich, als ich bei den beiden angekommen war. Erst als ich sprach, bemerkte Alex das ich bei ihnen stand.

„Oh, hallo." Er löste sich von der Frau, nahm seine Hand zurück und legte demonstrativ seinen Arm um mich.

„Darf ich vorstellen", begann Alex prompt. „Amanda das ist Stacy."

Bahm! Wie eine Tür die mir direkt vor der Nase zugeschlagen wurde, traf es mich direkt vor den Kopf. Stacy – die Stacy?

„H-Hallo", stotterte ich. Wie sollte ich mich ihr gegenüber nur verhalten? Wusste sie, dass ich wusste, wer sie war? Wusste Stacy über mich überhaupt Bescheid?

Sichtbar veränderte sich Stacys Gesichtsausdruck. Aus einem kühlen Blick, nahe der Verzweiflung, wurde eine Maske. Wie bei Alex legte sich plötzlich ein Schalter bei ihr um. Ihre Mundwinkel zogen sich unnatürlich nach oben.

„Hi", quietschte sie. Ergriff meine Hand, so schnell, dass ich sie noch nicht einmal richtig ausgestreckt hatte.

„Ich habe ja schon so viel von dir gehört", sprudelte es aus ihr heraus. „Mensch wie hübsch du bist."

Was sollte das denn? Fragend sah ich zu Alex rüber. Seine gerade noch so leuchtenden Augen waren von dunklen Schatten überzogen. Schnell versuchte er diese, für alle, unangenehme Situation zu bereinigen.

„Stacy, ich denke, dann sollte ich dich jetzt besser nach Hause bringen." Die Stimmlage, mit der Alex sprach, war so komplett anders als ich je von ihm gehört hatte. Mich überkam eine schaurige Gänsehaut.

„Ich denke, du hast recht", sagte sie ohne zu zögern. Sie sah Alex an und verschlang ihn praktisch mit ihrem Blick.

„Geh doch schon mal vor zum Ausgang. Ich bin gleich bei dir", sprach Alex mit Nachdruck.

Erneut ohne zu zögern, setzte sie sich in Bewegung. Gerade als sie gehen wollte, drehte sie sich noch einmal zu uns um. Ein triumphierender Ausdruck übersäte ihre Mimik.

„Ach und Amy. Es war nett sie endlich kennengelernt zu haben." Die Falschheit in ihren Worten konnte man praktisch sehen. Ich nickte kurz, dann war sie verschwunden. Mir hatte es komplett die Sprache verschlagen. Die ganze Situation wirkte wie in einem schlechten Film. Erst geht der Prinz mit seiner wahren Liebe auf einen Ball, bis die Böse Hexe, Ex-Frau oder auch Schwiegermutter, alles kaputt machte.

Alex ließ mich etwas los und stellte sich dicht vor mir.

„Es tut mir leid, dass sie hier einfach so aufgetaucht ist", flüsterte er. Erleichtert stellte ich fest das Alex Stimme wieder die alte war. Trotzdem kam er mir fremd vor.

„Aber wieso ist sie denn gekommen?" Automatisch nahm ich ein wenig Abstand und schlang die Arme um meinen Oberkörper. Die ganze Situation verwirrte mich zunehmend.

„Ich habe die Einladung auf dem Küchentisch gelegt damit ich dran denke. Und sie hat gedacht, ich hätte die Karte für sie dort hingelegt."

So simpel es auch klang, war es irgendwie plausibel. Doch er hatte auch keinen Grund mich anzulügen. Sollte ich ihm das tatsächlich glauben? Schließlich war Stacy krank. Oder doch nicht mehr, wenn sie sich schon selbst aus der Klinik entlassen konnte?!

„Amy, ich weiß nicht", begann er sich zu erklären. Im Augenblick wollte jedoch nichts weiter hören. Das war bei weitem genug Drama und Stoff für einen Abend. Ich hob eine Hand und unterbrach ihn.

„Ist schon ok Alex. Bring sie nach Hause und rede mit ihr. Ich nehme mir ein Taxi." Das war für mich im Moment das einzig richtige. Die kleine Auszeit tat mir sicherlich gut, um ein wenig nachzudenken und die ganze Sache sacken zu lassen.

„Aber", mehr konnte er nicht sagen. Er wusste nicht einmal selbst, was er überhaupt sagen sollte. Verlustangst war in seinen Augen zu erkennen. Ich versuchte ihm die Angst zu nehmen.

„Geh", sagte ich schließlich bestimmend und mit erstaunlich kräftiger Stimme. Obwohl mein inneres zersprang, bei dem Gedanken das er gleich alleine mit ihr im Auto sein würde.

Alex nahm mein Gesicht zwischen seine Hände und legte sanft seine Stirn gegen meine. Die Wärme seiner Haut war unglaublich schön. Noch ein letztes Mal für heute zog ich seinen Duft ein. Meine Augen schlossen sich.

Kurz darauf löste er sich von mir. Ich öffnete meine Augen. Wir blicken uns innig an. Das blau, mein geliebtes blau war endlich wieder zu sehen.

„Ich komme so schnell wie möglich zu dir." Versprach er.

Kaum sichtbar nickte ich zustimmend. Dann war er verschwunden.

Zwanzig Minuten später saß ich bereits in einem Taxi auf dem Weg nach Hause. Mein Kopf ließ den Gedanken nicht los, was Alex und Stacy jetzt alles gemeinsam machen würden. Mehr und mehr Szenarien malte ich mir aus. Ich schüttelte den Kopf, um alles zu vergessen. Bewusst dachte ich über etwas anderes nach. Jedoch klappte dies nicht wirklich. Eine warme Träne lief mir über die Wange. Erst als sie mir auf die Hand tropfte, rüttelte mich das ein wenig wach. Ich zwang mich noch stärker, mich zusammen zu reißen.

In meinem Zimmer schlüpfte ich schnell in meinen Pyjama, kämmte mir die Haare locker durch und legte mich aufs Bett. Im schummerigen Licht der Straßenlaternen lag ich da und starrte an die Decke. Mein Kopf stellte mir immer neue Fragen, auf die ich keine Antwort kannte. Stacy sah so anders aus als ich. War sie für Alex noch immer attraktiv? Keine Ahnung wie lange es dauerte, als mir die Augen vor Erschöpfung zu vielen.

Mit Stacys Gesicht vor Augen und dem falschen lächeln, wurde ich aus dem Schlaf gerissen. Ein merkwürdiger Beigeschmack lag mir auf der Zunge. Ich sah auf die Uhr, welche an meiner Decke angezeigt wurde. Es war kurz nach halb sechs. Alex war noch nicht hier. Kurz um sah ich auf mein Handy. Vielleicht hatte ich ihn ja nur nicht gehört. Doch auch dort war keine Nachricht oder ähnliches drauf. Im Wissen, das ich nicht mehr schlafen konnte, stand ich auf, zog meine Sportkleidung an und beschloss Joggen zu gehen. Vielleicht half mir das endlich auf andere Gedanken zu kommen.

Es war schon Wochen her als ich das letzte Mal laufen war. Bevor das mit meinem Vater passiert war, drehte ich jeden Morgen meine Runde. Meine Kondition ließ zu wünschen übrig. Trotzdem lief ich ziellos weiter. Erst als ich in einem Abschnitt der Stadt stand, wo ich genau wusste, dass ich lange nach Hause brauchen würde, machte ich mich auf den Rückweg.

Um zwanzig vor acht bog ich endlich in meine Straße ein. Ich stutze. Alex schwarzer Wagen parkte an der Straße. Er war doch noch gekommen?
Mit einem komischen Gefühl lief ich die Treppe im Haus hinauf. Als ich die Tür zu unserem Flur öffnete, sah ich Alex nervös vor meiner Tür stehen. Er reagierte sofort, als sich die Tür hinter mir schloss.
„Amy", sagte er erleichtert und kam schnellen Schrittes auf mich zu. „Wo warst du nur?"
Ich sah an mir herunter. War es nicht offensichtlich?
„Ich war joggen", antworte ich kurz und knapp. Überrumpelt landete ich direkt in seinen Armen. Auch wenn ich durchgeschwitzt war, schien ihn das nicht zu stören. Mir hingegen war das ein wenig unangenehm. Plötzlich erregte mich

die Nähe. Meine Gefühle spielten verrückt und fuhren Achterbahn. Normalerweise sollte ich wütend auf ihn sein, oder mir Sorgen machen was gewesen war, und wieso er erst so spät zu mir kam. Oder besser so früh am Morgen. Wenn ich allerdings so dicht bei ihm war, ihn überall spürte und dieser Duft - sein Duft - so intensiv auf mich einfloss, setzte alles bei mir aus.

Wortlos löste ich mich mit letzter Kraft von ihm, nahm seine Hand und führte ihn und meine Wohnung.

Alex legte seine Jacke ab. Ich zog mir die Sportschuhe von den Füßen. Mir brannten die Fußsohlen von der weiten Strecke. Das alles nahm ich dankend an. Mein Verstand übernahm wieder einigermaßen die Kontrolle. Gerade als Alex erneut einen Schritt auf mich zuging, drehte ich mich herum.

„Ich gehe eben duschen." Ohne eine weitere Berührung zuzulassen, wand ich mich ab und verschwand im Badezimmer.

Das heiße Wasser prasselte mir über den Rücken. Ich stellte den Temperaturregler noch ein wenig heißer. Es tat gut und lenkte mich von den immer wieder kehrenden Gedanken ab. Würde Alex mir gleich erzählen was los war? Was hatte Stacy wohl gesagt oder getan, dass er so lange bei ihr geblieben war?

Ich achtete nicht darauf wie lange ich unter der Dusche stand. Schließlich drehte ich den Hahn zu und trat heraus. Schnell trocknete ich mich ab und zog mir meine Kleidung über. Ein nervöses Kribbeln lag mir in den Fingern. Ich konnte es kaum noch abwarten und wollte endlich wissen, was Alex zu sagen hatte. Schnell zog ich mir die Hose über. Das war ein wenig zu schnell, sodass ich einen sicheren Griff am Waschbecken suchen musste, um nicht um zu kippen. Der Sport, kein Frühstück, wenig Schlaf. Natürlich machte ich das, besonders nach der letzten Zeit, nicht mehr so einfach mit. Kaum eine Minute später hörte das Badezimmer bereits auf sich zu drehen. Ich trat aus dem Bad und ging herüber ins Wohnzimmer wo Alex, auf der Couch sitzend, auf mich wartete.

„Hey", er strahlte, als er mich sah. Ganz Gentleman erhob er sich kurz von der Couch. Gemeinsam setzten wir uns wieder hin.

„Es tut mir leid, dass ich die ganze Nacht nicht bei dir war." Seine Worte klangen ehrlich. Ich fand es gut das Alex direkt anfing über das Thema zu sprechen. Ich wollte nicht als eifersüchtige Freundin dastehen. „Aber ich wurde vom Krankenhaus angefordert und habe eine lange OP hinter mir." Angestrengt strich er sich die Haare nach hinten. Das war also der Grund, warum er sich nicht zwischendurch gemeldet hatte. Erleichtert sah ich ihn in die Augen. Diese Möglichkeit hatte ich, blind vor Eifersucht, natürlich nicht in Betracht gezogen.

„Ist schon okay." Ich schenkte ihm ein warmes Lächeln. Endlich fühlte ich mich wieder wohl in seiner Nähe.

„Ich", begann er zu reden und zog etwas aus seiner hinteren Hosentasche „hab auch ein kleines Weihnachtsgeschenk für dich."

Mit kokettem Blick hielt er mir eine Schachtel vor die Nase. Wenn mich nicht alles täuschen würde, war das die ideale Größe für einen Ring. Aber nein, das wäre erstens noch viel zu früh und Alex würde mir nicht so einen Antrag machen. Mein Herz schlug immer schneller. Mit jeder Sekunde, die ich wartete, stieg meine Nervosität. Ich spürte die Hitze erneut in meine Wangen zurückwandern.

„Nun mach schon auf", steuerte Alex nach und legte mir die Schachtel in die Hände. Wach gerüttelt von alledem, zögerte ich nicht mehr und öffnete die Schachtel. In ihr lag ordentlich hereingelegt ein Anhänger. Es sah aus wie eine Acht. Meine Augenbrauen zogen sich automatisch zusammen. Was sollte die acht nur bedeuten? Doch ganz gleich was es zu bedeuten hatte, wirkte es durch seine Art jetzt schon wunderschön. Alex legte seine Hand unter meine und zog an dem Anhänger. An ihm hing noch ein weiteres Stück silbernes Band. Der Anhänger war in Wirklichkeit ein Armband.

„Ich fand dieses Symbol passend." Noch während er sprach, nahm er mir die Schachtel aus der Hand, umgriff mein Handgelenk und legte mir das zierliche Kettchen an. Es wirkte nicht zu groß oder aufgesetzt um mein schmales Handgelenk. Es passte perfekt. Es war perfekt – wie Alex. Erst jetzt bemerkte ich, dass es keine acht war, sondern das Zeichen von Unendlichkeit. Meine Miene lockerte sich und die Mundwinkel zogen sich direkt nach oben.

„Es ist perfekt", sagte ich bestätigend.

„Ich hoffe, dass wir auf ewig und bis in die Unendlichkeit füreinander da sein werden." Alex fand genau die richtigen Worte. Sagen konnte ich daraufhin nichts mehr, fiel ihm nur noch um den Hals und schenkte ihm einen innigen und langen Kuss.

Ich saß vor dem Fernseher. Es war bereits die dritte Nachtschicht, die Alex hinter sich hatte. Am Tag blieb er direkt in der Klinik, um dort zu schlafen. Obwohl ich ihn angeboten hatte bei mir zu übernachten, wollte er es nicht, da er sowieso den halben Tag nur verschlafen würde und er nicht wollte das ich mich auf Samtpfoten durch die Wohnung bewegen musste. Zum Mittag schaute er bei Stacy vorbei um ihr, nach seiner Aussage, immer wieder eindringlich zu sagen, dass sie sich eine Wohnung suchen sollte. Aber zwischen den Feiertagen war das wirklich sehr schwierig. Zum Nachmittag gingen wir dann meistens gemeinsam kurz einkaufen oder spazieren. Doch Alex war oft so müde, dass er zum Beispiel einmal auf einer Parkbank eingeschlafen war. Ich ließ ihm die paar Minuten ruhe und kuschelte mich einfach an ihn ran.

Kapitel 17

Heute war Silvester. Ein neues Jahr würde beginnen. Für viele bedeutete das einen neuen Anfang. Ich versuchte ebenfalls die alten Geschichten hinter mir zu lassen und nach vorne zu sehen. Auch wenn ich das alles nicht vergessen würde, gab es gutes und auch viel Schlechtes was in diesem Jahr passiert war.

Mein Handy klingelte. Ich nahm es vom Tisch und sah, dass eine Nachricht von Alex eingegangen war.
,Es wird ein bisschen später. Erklär ich dir nachher.' Mehr stand nicht drin. Ein kurzer Blick auf die Uhr. Es war bereits neun Uhr abends. Noch hatte er ein bisschen Zeit damit wir uns dieses Jahr überhaupt noch sehen würden. Ich stand auf und pustete die Kerzen vor mir aus. Ich hatte uns etwas zu essen gemacht und seit mittlerweile einer Stunde auf ihn gewartet. Jetzt musste er ohne die Romantik auskommen. Auch wenn wir nichts Besonderes machen wollten, hatte ich geplant ihn wenigstens mit einem leckeren romantischen Essen zu überraschen. Egal – der Plan war dahin. Leicht angesäuert, zog ich die Decke, in der ich eingewickelt war bis unters Kinn und streckte die Beine aus. Vielleicht war er ja auch wieder das Krankenhaus? Sagte ich zu meinem inneren Teufel, der erneut bereit war, mir nur schlechtes über Alex ins Ohr zu flüstern.

Ein lautes Klopfen riss mich aus dem Schlaf. Wann waren mir denn die Augen zugefallen? Das alles hatte ich überhaupt nicht bemerkt. Ein Blick zur Uhr, es war zehn vor zwölf.

„Amy", schrie jemand an der Tür. Es war eindeutig Alex, aber er klang anders als sonst.

Ich stand auf. Mit jedem Schritt, den ich weiter auf die Tür zu ging, drehte sich mein Magen mehr und mehr um. Es war fast als hätte ich Angst bei dem was mich erwarten würde. Meine Hand erfasste den Türknauf und ruckartig riss ich die Tür auf, noch bevor Alex erneut dagegen schlagen konnte.

Seine Augen fanden sofort die meine. Er setzte sich in Bewegung und stürmte auf mich zu. Reaktionsartig wich ich ein Stück zurück, als er mich bereits eingeholt und fest umschlungen hatte. Er vergrub seinen Kopf in meinem Haar und drückte mich mit seinen Händen, fester an sich heran. Mir fehlte die Luft.

„Alex!", sagte ich nach Luft schnappend. Er ließ sofort ein wenig ab. Doch noch immer war ich fest in seinem Griff. Ein Hauch von Alkohol schwappte zu mir herüber.

„Hast du etwa getrunken?" In mir tobte ein durcheinander von wirren Gefühlen. Dieser Geruch von Alkohol war kaum auszuhalten. Ich hielt mir eine Hand vor dem Mund. Erst jetzt ließ er weiter von mir ab.

„Tschuldige. Ich" Alex rieb sich das Gesicht. Verzweiflung war darin zu erkennen.

„Sch", meine Hand befreite meinen Mund und legte sich an Alex Wange. Wie ein kleines Kind zog ich ihn zu mir herunter und legte seinen Kopf an meine Schulter. Er ließ es zu und nahm meine Geste dankend an. Zwar wusste ich nicht genau wieso er getrunken hatte, war mir jedoch klar, das es auch für ihn viel zu verarbeiten gab. Noch bis nach Mitternacht standen wir so da. Als die Knaller und Raketen draußen den Himmel eroberten, sagten wir nichts, gaben uns nur einen unglaublich gefühlvollen Kuss. Es war eine andere Art das neue Jahr zu begrüßen. Und trotzdem fand ich es einmalig und richtig in diesem Augenblick.

Der nächste Morgen, war kaum mehr ein Morgen, sondern beinah schon Mittag. Ich hatte nur ein paar ruhige Stunden Schlaf bekommen. Den Rest der Zeit hatte ich damit verbracht, Alex beim Schlafen zuzuschauen. Er sah so friedlich aus. Wir hatten nur einen kurzen Moment vor dem Schlafen gesprochen. Stacy sei wohl davon angefangen, wie es gewesen wäre, wenn ihre Tochter noch leben würde. Was für ein glückliches Leben sie dann doch geführt hätten. Nachdem mir Alex aber schon zuvor viel über die beiden erzählt hatte, lief es schon vor dem Tod der gemeinsamen Tochter schief. Wieso musste sie ihm so ein schlechtes Gewissen einreden? Er war nach der anstrengenden Diskussion mit ihr, an eine Tankstelle gefahren und hätte sich eine Flasche billigsten Scotch gekauft. Noch auf dem Parkplatz, hätte er die Falsche fast in einem Schluck geleert, und war trotzdem noch zu mir gefahren. Meine Augenbrauen zogen sich eng zusammen, als ich daran zurückdachte wie er mir alles erzählte. Wieso setzte er sich nur solch einer Gefahr aus? Was wäre gewesen, wenn er einen Unfall gehabt hätte? Ein Glück war in der Silvesternacht nicht sehr viel los auf den Straßen. Trotzdem stimmte mich dieses Verhalten wütend. Doch mehr wütend auf Stacy, die ihn dazu gebracht hatte, als auf Alex selbst.

Zärtlich ließ ich meine Hand über sein dunkel blondes Haar gleiten. Mein neues Armband, welches ich immer trug, seitdem er es mir geschenkt hatte, funkelte ein wenig. Wie ein Zeichen das ich hier richtig war. Hier neben Alex. Mir wurde warm. Unterbewusst begann Alex sich zu bewegen und nach mir zu greifen. Ich zögerte nicht und schmiegte mich mit dem Rücken an ihn heran. Die Wärme und der ruhige Herzschlag von Alex ließen mich fast fliegen. Man sagte ja, dass die Gefühle weniger werden umso länger man sich kannte. Alles würde eine Art Normalität bekommen. Doch zwischen uns war das nicht der Fall. Meine Liebe zu diesem Mann wurde immer stärker. Ich war jede Minute dankbar, die wir gemeinsam verbringen durften. Leider konnte die Zeit mit einem geliebten Menschen viel zu schnell vorbei sein.

Um zwölf Uhr beschloss ich Alex aus dem Bett zu werfen.

„Aufstehen", rief ich, und wackelte neben ihm auf dem Bett so, dass die Matratze sich zu bewegen begann.

„Mhhhh", grummelte Alex.

Angespornt von meiner kindlichen Seite, stand ich kurzerhand auf, zog die Decke weg und beobachtete ihn. Die Erwachsene Amanda war sofort da. Meine Lippen teilten sich. Wow. Dieser Mann war das Abbild eines Adonis. Was das unglaublichste daran war, dass er in meinem Bett lag und mir gehörte. Nur in Shorts bekleidet setzte das sanfte Sonnenlicht seinen Körper höllisch sexy in Szene. Wieder und wieder ließ ich meinen Blick auf und ab wandern. Jeder Muskel seines Körpers war definiert und doch nicht übertrieben trainiert.

„Willst du noch weiter starren oder kommst du zurück ins Bett?" Ohne das ich es gemerkt hatte, war Alex ganz aus seinem Koma erwacht und sah mich an. Ich fühlte mich ertappt. Verunsichert fuhr meine Hand an meine Wange. Mit jeder Zelle spürte ich, wie das Blut in mir heißer wurde. Alex schaute mich weiter mit so einem Blick an, als wenn er genau wusste, was ich soeben gedacht hatte. Oder hatte ich das laut ausgesprochen? Die Schamesröte stand mir ins Gesicht geschrieben.

Alex Muskeln spannten sich an. Wieder lag mein Blick auf seinen Körper. Er stand aus dem Bett auf und machte einen Schritt auf mich zu. Wie eine Statue rührte ich mich nicht.

„Gefällt dir, was du siehst?", sprach er. Seine Stimme wirkte rau vom Alkohol. Und ich musste zugeben, dass mir das unglaublich gut gefiel in diesem Moment.

Ich nickte.

„Mir auch." Seine Augen wanderten an mir herab. Auch ich trug nur einen BH und Slip. Schüchtern umfasste ich meinen eigenen Oberkörper. Alex nahm meine Hände wieder runter und sah weiter auf mich herab.

„Du bist so einmalig schön. Wenn du das nur auch sehen könntest." So etwas Erotisches hatte noch nie jemand zu mir gesagt. Ohne mühen ließ ich meine Arme an meinem Körper runter hängen. Alex legte seine Hand an meine Wange und fuhr mir mit dem Daumen über meine Lippen. Sie öffneten sich weiter. Wie eine Einladung nahm er es an, küsste mich wild und hart. Damit ich nicht nach hinten über viel krallten sich meine Hände in seine harten Oberarme. Von dem Schmerz angetrieben, schnappte er mich am Po und schwang mich um seine Hüften. Mir stockte der Atem. Trotzdem hörte Alex nicht auf mich innig zu küssen. Schummerig von der wenigen Luft, nahm ich das weiche Bett unter mir dankend an. Momente später verloren wir uns vollkommen ineinander. So könnte ich jedes neue Jahr beginnen.

Es war Montag. Der erste Montag im neuen Jahr und ich musste wieder zur Arbeit. Mit Jacke stand ich vor unserer Tür.

„Ich muss jetzt wirklich los, wenn ich dieses Jahr nicht mit einer Verspätung anfangen will." Tadelnd rollte ich die Augen.

Alex stand vor mir und zog mich demonstrativ an meiner dicken Jacke, fest an sich heran. Auch er hatte schon seine Schuhe an den Füßen.

„Ich mache so schnell ich kann." Schon löste er sich und schnappte sich auch seine Jacke.

Gemeinsam gingen wir zum Auto. Die Stimmung zwischen uns war gelöst. Alex musste noch in der Klinik einige Unterlagen für das anstehende Seminar holen. Morgen würde er bereits fahren. Doch ich sah positiv auf die nächsten Tage. Ich war fest davon überzeugt, besonders nach der letzten Zeit, dass der Abstand uns nur noch näher zusammen bringen würde.

Auf der Fahrt zum Krankenhaus gingen mir sehr viele Dinge durch den Kopf. Alex erzählte mir ein wenig von der Situation mit Stacy bei ihm zu Hause. Leicht säuerlich musste ich feststellen das noch immer keine Wohnung in Aussicht war. Er sei sich auch nicht sicher, ob sie schon soweit wäre. Doch was war die Alternative? So gerne ich ihn auch bei mir hätte und mit ihm zusammen wohnte, wurmte es mich, das er jeden Tag nach oder vor der Arbeit noch Zeit mit ihr verbrachte. Darauf ansprechen wollte ich ihn allerdings nicht. Nach dem was an Silvester mit ihm passiert war, wollte ich ihm nicht noch mehr

Sorgen bereiten. Also schwieg ich meine Meinung weg.

Alex legte eine Hand auf mein Knie und riss mich aus meinen Tagträumen. Ein warmes Lächeln umspielte seine Lippen. Sofort fing es mich und meine Sorgen auf. Ich legte meine Hand auf seine. Sanft streichelte sein Daumen meinen Handrücken. Die bösen Gedanken drängten sich ein wenig nach hinten. Zwar waren sie nicht ganz weg, aber zumindest übernahmen sie keine Oberhand.

„Bis morgen", quietschte Angela und ging in den Feierabend. Ich würde hier ganz sicher noch mindestens zwei Stunden sitzen. Die ganze Büroarbeit, welche im neuen Jahr anstand, war kaum alleine zu bewältigen. Und gerade heute war der letzte Abend, bevor Alex zu seinem Seminar fuhr. Erschöpft machte ich mich schnell daran die letzten Sachen für heute zu erledigen. Ich sollte Dr. Carlson auf jeden fall mal nach einer Gehaltserhöhung fragen.

Um kurz vor acht konnte ich endlich gehen. Es war bereits lange Zeit dunkel draußen. Ich lief schnellen Schrittes über das Krankenhausgelände. Eine drückende Stimmung schwang mit. Ungewöhnlich schnell, kam ich aus der puste und musste mein Tempo verringern. Zunächst fiel es mir gar nicht auf, erst als die

Frau, welche mir entgegenlief, mich leicht streifte, blieben wir beide stehen.

„Oh, Entschuldigung", sagte ich automatisch.

Die Frau sagte nichts, schaute nur unter ihrer dicken Kapuze hervor. Mein Puls schnellte nach oben. Dir Frau vor mir war für mich sofort zu erkennen. Auch wenn ich nur Teile ihres Gesichtes sah. Es war Stacy.

Als wir beide bemerkten, wen wir vor uns hatten, machte sie plötzlich einen Schritt auf mich zu.

„Amanda. Wie schön sie zu treffen." Ihre falsch aufgesetzte Freundlichkeit verschaffte mir einen Würgereiz. Professionell schob ich das Gefühl in den Hintergrund.

„Stacy. Es freut mich auch." Das war meine anerzogene Freundlichkeit, die dort aus mir sprach.

„Dann noch einen schönen Abend", betonte ich kurzerhand und wollte gerade weiter. Mit festem Griff umklammerte Stacys Hand auf einmal meinen Oberarm. Selbst durch meine dicke Jacke war ihr Griff schmerzlich zu spüren.

„Moment noch", sagte Stacy. Sie kam weiter näher und ließ noch immer nicht meinen Oberarm los. „Wollen wir uns nicht ein bisschen unterhalten?!" Der Unterton und die Kälte in ihrer Stimme versetzten mir eine Gänsehaut.

„Ich", ich musste mich räuspern, damit ich weiter sprechen konnte. Panik, Wut, Hass, Angst – das alles versetzte mich fast

wie in eine Art Starre. „Ich wüsste nicht worüber", betonte ich
ein wenig lauter.

„Aber ich." Unter ihrem Schal war ihre Miene ernst. Kühl sprach
sie weiter. „Sie wissen das Alex und ich wieder zusammen
kommen. Sie sind nur eine kleine Puppe für ihn um sich die Zeit
zu vertreiben." Ich ließ die Worte von Stacy einen Moment auf
mich wirken. Doch mir fiel nichts ein, was ich darauf sagen
sollte. Meine stumme Antwort schien Stacy zu gefallen. Prompt
sprach sie weiter um noch einen drauf zu setzten. „Wir sind auch
schon dabei eine neue gemeinsame Wohnung zu suchen."
Mein innerer Geist rüttelte mich wach. Ich löste mich unsanft
aus ihrem Griff.

„Ich werde dann jetzt gehen", presste ich zwischen den Zähnen
hervor ohne auf ihre Aussage einzugehen. Ein gehässiges Lachen
entrann daraufhin ihren Lippen. Davon ließ ich mich nicht
stoppen und drehte ihr den Rücken zu.

„Sie werden schon sehen, dass ich recht habe!", rief sie mir noch
hinterher. Ohne es zu wollen begann ich leicht zu rennen. So
schnell es ging, wollte ich nur noch hier weg.

Erst in der U-Bahn kam ich wieder zu Atem. Was sollte das nur
von Stacy. Und war da etwas, was ich noch nicht wusste?
Umgehend zückte ich mein Handy und schrieb Alex eine SMS.
Normalerweise wollte ich ihm schon direkt schreiben, als ich aus

der Praxis kam, hatte das nach diesem Zwischenfall allerdings völlig vergessen.

Noch immer mit den Gedanken bei Stacy schloss ich die Wohnungstür auf. Samantha war wieder nicht zu Hause und ich somit allein. Wir hatten zwischendurch immer wieder per SMS uns gegenseitig auf den neusten Stand gebracht. Wie gerne würde ich jetzt mit ihr reden. Ihre Meinung zu dem ganzen hören. Wenn ich das alles Alex erzählte, würde dieser sich nur noch mehr unter Druck gesetzt fühlen. Würde er mir überhaupt glauben?

Es klopfte an der Tür. Das konnte nur Alex sein. Ich war ein Stück weit erleichtert mit meinen Gedanken nicht mehr alleine zu sein. Trotzdem wusste ich nicht, wie ich es ihm sagen sollte. Es klopfte erneut. Sofort ging ich zur Tür und öffnete sie. Alex stand mit einer Tüte, die er mir direkt vors Gesicht hielt, vor mir. „Sie haben etwas zu essen bestellt?" Seine Stimme klang warm und unbeschwert. Langsam nahm er die Tüte runter. Sein zauberhaftes lächeln kam dabei zum Vorschein. Mein Bauch begann zu kribbeln. Vielleicht war es aber auch nur der Hunger, der aus mir sprach.
„Hi", sagte ich und machte platz das er eintreten konnte. Ich nahm ihm die Tüte ab und ging sofort in die Küche. Da ich mir

immer noch nicht sicher war wie ich anfangen sollte, hielt ich bewusst ein wenig Abstand zu Alex. Leise folgte er mir in die Küche. Eine ganze Zeit lang stand er an der Türzarge gelehnt da und sah mich an. Ich beobachtete ihn aus dem Augenwinkel. Plötzlich kam er anmutig auf mich zu und schmiegte sich von hinten an mich heran. Ich war gerade dabei die Portionen aus den Behältnissen in Schüsseln zu füllen. Seine starken Hände wanderten über meine Taille hin zu der Mitte meines Bauches. In diesem Moment war mir klar, das ich es ihm erzählen musste. Ich hasste es Geheimnisse vor ihm zu haben. Schließlich würde er von morgen an, mindestens bis zum Wochenende nicht da sein. Und ihm das alles am Telefon erzählen, wäre noch schlimmer.

„Alex", sagte ich und schob vorsichtig seine Hände von meinem Bauch herunter. Ich drehte mich um zu ihm.

„Was ist denn los? Ist etwas passiert?" Sein Blick zeigte mir das mindestens fünfzig Prozent von dem Mann der soeben vor mir stand, der Arzt Dr. Bennett und die anderen fünfzig Prozent mein Freund Alex waren.

Ich legte ihm die Hände auf die Brust, um mir ein wenig Luft zu verschaffen. Er ließ es widerwillig zu.

„Amy?", schon jetzt bereitete ich ihm Sorgen. Was würde er nur denken, wenn ich ihm die Drohung von Stacy erzählte?

„Es ist nur. Heute Abend als ich nach Hause gegangen war, da bin ich Stacy begegnet.", es war raus. Ein kleiner Stein war mir vom Herz gefallen. Doch das war nur der Anfang.

Alex rückte automatisch weiter zurück. Der Arzt war verschwunden. Sorge und Verwirrung machte sich in seiner Mimik breit.

„Hast du mit ihr gesprochen?" Seine Frage war vorsichtig. Ich nickte und begann zu erzählen. Ich sagte ihm, was Stacy zu mir gesagt hatte und wie fest ihr Griff war.

„Zuerst dachte ich, es wäre ein Zufall gewesen. Aber umso mehr ich darüber nachdachte, was sie gesagt hatte, bin ich mir fast sicher, dass sie mich abgepasst hat." Das war zwar nur eine Vermutung von mir, aber ich sah es, als ein zu großen Zufall an das sie mich gerade zu der Zeit antraf.

Angespannt strich Alex sich sein Haar zurück. Auch seine nächsten Worte wählte er mit Bedacht.

„Ich habe mir schon fast gedacht, das sie noch nicht soweit ist. Ich schaute Alex fragend an. Er erklärte sich sofort ohne das ich nachfragen musste.

„Sie hat immer wieder angefangen von früher zu sprechen und wie gut wir doch zusammen passen. Das wir immer noch eine Chance hatten. Gemeinsam als Paar." Ich war im ersten Moment erleichtert das Alex die gesamte Situation ohne große Regung aussprach. Keine Sehnsucht oder ähnliche Gefühle waren zu erkennen.

Mein inneres Teufelchen zwang mich sofort auch die andere Seite der Medaille zu betrachten. Dann hatte Stacy recht. Sie

wollte ihn tatsächlich zurück und Alex hatte es gewusst?
Trotzdem war er jeden Tag bei ihr alleine zu Hause gewesen?
Unbewusst legten sich meine Arme um meinen Oberkörper. Ein
Schauer überkam mich.

„Und was ist jetzt?" Meine Stimme wirkte dünn. Kaum
ausgesprochen, schloss Alex die Lücke zwischen uns, legte mir
die Hände auf die Oberarme und sah mich Gefühlvoll an.

„Amy, ich würde dich nie verlassen. Ich liebe dich so sehr wie
ich noch nie jemanden zuvor geliebt habe."

Die Worte waren Balsam für meine gekränkte Seele. Doch das
war nicht alles, was er sagte.

„Ich werde sie anrufen und das klarstellen. Sie kann dich nicht
einfach bedrohen."

Bevor ich Alex aufhalten konnte, zog er schon das Handy aus
der Tasche und wählte Stacys Nummer. Damit er etwas Ruhe
hatte, ging er rüber ins Wohnzimmer. Ich beschloss meine
Ohren ganz weit aufzustellen und das Essen weiter
vorzubereiten. Leider konnte ich nur einzelne Wörter hören, die
für mich kein Zusammenhang ergaben. Als alles Still war,
schnappte ich mir ein Tablett mit unserem Essen darauf und
ging ebenfalls rüber ins Wohnzimmer. Alex stand am Fenster
und sah hinaus.

„Und?", fragte ich zögernd und stellte das Tablett auf den
Wohnzimmertisch. Er drehte sich um.

„Stacy sagte, dass sie dich ebenfalls getroffen hatte und das du sie bedroht hättest." Mir fiel alles aus dem Gesicht. Mein Blutdruck stieg an. Wie konnte dieses Miststück nur solch eine Lüge erzählen?

„Das", ich schluckte trocken „das glaubst du ihr doch wohl nicht? Oder?"
Sein Gesichtsausdruck war nicht einzuschätzen. Starr stand ich da.
„Nein", beschwichtigte Alex sofort. „Ich weiß wie Stacy tickt und das sie gerne die Tatsachen verdreht so, wie es ihr am besten passt." Alex kam auf mich zu und zog mich auf die Couch. „Ich werde von meinem Seminar aus einen neuen Platz für sie in einer Klinik organisieren. Zwar kann ich sie nicht dazu zwingen dort hinzugehen, aber ich möchte nicht das sie sich zwischen uns stellt." Seine Hand strich vorsichtig eine Strähne von mir hinters Ohr. Mein Herz setzte für einen Moment aus, bevor es noch schneller begann weiter zu schlagen. Wie immer, war es atemberaubend wie er mich in seinen Bann zog. Auch das er hinter mir und unserer Beziehung stand war ein tolles Gefühl.
„Wollen wir dann jetzt essen?", grinste er mit einem schiefen Lächeln.
„Ich", flüsterte ich und setzte mich breitbeinig auf seinen Schoß. Ganz dicht führte ich meine Lippen an sein Ohr. Nur mein heißer Atem streichelte seine Sinne. „Ich hätte da einen andere Idee." Mit meiner Zunge fuhr ich sanft an seinen Hals hinab.

Ein tiefes Stöhnen entrann ihm. Auch er hatte das Essen sofort vergessen. Alex vergrub seine Hände in meinem Haar, löste mein Zopfband. Die großen Locken vielen schwer über meine Schultern. Er umfasste sie und zog meinen Kopf nach hinten so das ich ihm hilflos ausgeliefert war. Seine Lippen und Hände waren überall. Ich verlor mich ganz in dem Gefühl ihn zu fühlen. Alles andere war mir für heute egal.

Kapitel 18

Wir standen bereits um acht Uhr auf. Alex wollte mich zur
Arbeit fahren. Da er noch im Krankenhaus für das Seminar
etwas besorgen musste, nahm er mich direkt mit.
„Ich werde dich vermissen", flüsterte ich und konnte mir ein
Grinsen nicht verkneifen, als ich ihn dabei zusah, wie er seine
Jacke anzog und an gestern Abend denken musste.
Er kam lächelnd auf mich zu.
„Ich dich auch", lächelte er. Ein kurzer Kuss, dann ging es los.

Auf dem Flur ergriff Alex meine Hand. Sie passten so perfekt
ineinander das ich mich jedes Mal aufs Neue wunderte. Verlegen
sah ich ihn an. Die Wärme in meinen Wangen verriet mich.

Als wir nach draußen traten, schien die Sonne schon mit voller
Kraft. Ein wunderschöner Wintertag. Der Frost auf den Bäumen
schmolz und tropfte kaum hörbar von den Ästen.

Ein klangvoller Ton kam aus Alex Auto, als er es über die
Fernbedienung öffnete. Wie ich es von ihm gewohnt, mir aber
immer noch unangenehm war, öffnete er für mich die Tür.
„Die Dame", sagte er förmlich.
„Danke", nuschelte ich, noch immer mit der Hitze in meinen

Wangen, und stieg ein. Er ging ums Auto herum und setzte sich auf den Fahrersitz.

„Dann wollen wir mal", setzte Alex an und steckte den Schlüssel ins Zündschloss. Ich beobachtete ihn genau. Es war wie ein spannender Film, von dem ich einfach nicht genug bekommen konnte.

Erst als er in den Rückspiegel sah, erschrak er sichtlich und zuckte zusammen. Seine Miene verfinsterte sich.

„Stacy!", zischte er.

Stacy? Ich drehte mich herum und erschrak mindestens genauso. Stacy saß auf der Rückbank des Wagens und sah uns abwechselnd an.

„Hallo Alex", hauchte sie in die Luft, dass es gefühlt noch kälter wurde. Sie fixierte Alex. Mir würdigte sie keines Blickes.

„Was willst du?", fragte Alex gedrungen.

„Ich wollte noch mal mit dir reden. Über das was gestern geschehen war. Und über die falsche Schlange, welche sich an dich rangezeckt hat", stieß sie energisch hervor. Alex ging sofort dazwischen.

„Rede nicht so über Amanda!", schoss es wütend aus ihm raus. Seine Stimme verdunkelte sich hörbar. Plötzlich fuhr Stacy mit einem Ruck nach vorne und fauchte zurück.

„Ich werde über dieses Miststück sprechen wie ich es will. Sie hat uns alles genommen, was wir noch hatten!", schrie sie fast.

Alex atmete tief durch. Es war schwer für ihn sich zu zügeln, das

230

konnte ich ganz genau erkennen. Tatsächlich wie ein Zuschauer saß ich daneben und schaute mir den Wortabschlag der beiden an.

„Steig aus!", sagte Alex deutlich. Er schloss kurz die Augen. Die Hände fest ums Lenkrad gefasst, traten seine Knöchel schon weiß hervor. Stacy rührte sich nicht.

„RAUS!", schrie er laut auf.

Aus dem Augenwinkel sah ich nur das Stacy sich bewegte und nach etwas suchte. Kurz darauf machte es klick und etwas Kühles lag an meiner Schläfe. Plötzlich war ich kein Zuschauer mehr, sondern mitten drin. Mir rutschte das Herz in den Schoß als ich realisierte, das es eine Waffe war, die Stacy mir an den Kopf hielt.

„Ich werde nirgendwo hingehen!", sagte sie mit solch einer kalten Stimme das ich eine Gänsehaut bekam. Immer wieder stockte mein Atem. Mein Puls schoss in die Höhe. Es war schwer still zu sitzen. Was wenn ich mich ein wenig bewegen würde, löste sich dann sofort ein Schuss? Todesangst zu haben war das schlimmste was ich je gefühlt hatte. Die Tränen liefen. Ich fühlte mich so schwach und hilflos wie nie zuvor. Zeitgleich lief mein Körper auf Hochtouren und wollte fliehen.

„Stacy", Alex Stimme zitterte. Trotz alledem wirkte sie einfühlsam und sogar auf mich ein wenig beruhigend.

„Bitte Stacy", sprach er weiter, „das will doch keiner von uns. Lass und einfach nach Hause fahren", bot Alex ihr an. Er hob seine Hand. Stacy reagierte sofort. Das kalte Metall bohrte sich fester an meinen Kopf. Ich kniff die Augen zusammen. Mir entrann ein leises Wimmern. Meine Hände krallten sich fester in den Sitz.

„Komm kein Stück näher!", mahnte sie ihn. „Wir werden jetzt alle drei einen kleinen Ausflug machen. Wir werden unsere Tochter besuchen, damit diese Schlampe hier mal sieht, was sie alles ruiniert hat!"

„Ok, dann machen wir das", sagte Alex kurz und startete den Wagen.

Gefühlt fuhren wir bereits eine halbe Stunde durch die Gegend. Doch die Uhr sagte mir, dass wir gerade mal zehn Minuten unterwegs waren. Stacy hielt mir noch immer die Waffe direkt an den Kopf. Alex konzentrierte sich auf das Auto fahren. Wie sollten wir nur alle heile aus dieser Situation rauskommen? Ich überlegte mir mehrere Auswege, doch keiner von ihnen war auch nur ansatzweise umzusetzen.

„Stacy", begann Alex wieder mit dieser ruhigen Stimme. Ich kannte diese Art, wie er sprach. So redete er auch immer mit mir. Es lag viel Gefühl darin.

„Fahr einfach weiter", stoppte Stacy ihn.

„Ich wollte dir nur sagen, das du recht hast", warf er ein. Damit hatte Stacy jetzt nicht gerechnet. Sofort lockerte sie die Waffe an meinem Kopf, überrascht davon, was Alex ihr zu sagen hatte.

„Du hast recht", wiederholte er mit Nachdruck. „Ich bin vor meinen Problemen davongelaufen und habe mich in eine Liebschaft mit ihr gestürzt. Aber", er holte tief Luft. Was passierte hier gerade? „Wir gehören zusammen."

„Wirklich?", quiekte Stacy auf. Ich hatte eine leise Ahnung, was Alex vorhatte. War Stacy so leicht zu täuschen?

„Ich muss noch tanken. Lass uns sie einfach rausschmeißen und zu unserer Tochter fahren. Nur wir beide", verfiel er Stacy praktisch.

Wenn dieser Mann so mit mir sprechen würde, wäre selbst ich dazu bereit alles für ihn zu machen. Ein Glück traf das auch auf Stacy zu. Meine Ahnung schien sich ebenfalls zu bestätigen. Er wollte mich aus der Schusslinie bringen. Ich wollte ihm erst widersprechen, wusste aber instinktiv, dass ich jetzt lieber nichts sagen sollte.

„Oh Liebster!", Stacy wirkte sehr erleichtert.

In den nächsten Minuten steuerte Alex eine Tankstelle an. Wir waren bereits raus aus der Stadt, sodass hier nicht viel los war.

„Aussteigen!", befahl mir Stacy. Ihre Stimme wieder kalt und unberechenbar. Sie drückte mir ein letztes Mal die Pistole an den Kopf. Meine Starre löste sich. Mit zitternden Händen öffnete ich die Tür. Stacy stieg hinter mir ebenfalls aus. Alex folgte uns. Ich sah scheu zu ihm herüber. Er lief um das Auto herum das Stacy zwischen ihn und mir stand. Sein Blick fixierte Stacy, um jede Reaktion von ihr zu sehen.

Stacy, noch immer mit der Waffe in der Hand, sah zu Alex rüber. Er stand dicht bei ihr mit nur ein wenig Abstand.

„Wir gehören zusammen", fixierte er ihren Blick um sie ein letztes Mal in allem zu bestätigen. Wenn ich Alex nicht besser kennen würde, wären seine Worte selbst für mich überzeugend. Was mir allerdings auffiel, war das weder Alex noch Dr. Bennett in diesem Moment vor mir standen. Er war in diesem Augenblick Stacys Ehemann.

Auf einmal drehte sich Stacy zu mir und musterte mich.

„Wir können sie nicht einfach so zurücklassen. Sie würde zur Polizei gehen", schimpfte sie in meine Richtung. Kaum hatte ich realisiert, was Stacy gesagt hatte, ging alles ganz schnell und doch kam es mir so vor, als würde das Szenario vor mir in Zeitlupe stattfinden. Stacy hob den Arm mit der Waffe in der Hand und richtete sie auf mich. Ein ohrenbetäubender Knall, ein Schuss, ging es mir durch den Kopf, löste sich. Ich zuckte zusammen, hielt reflexartig schützend meine Hände über den Kopf. Als ich die Augen wieder öffnete, um das Spektakel weiter zu beobachten, sah ich wie Alex ihr versuchte die Waffe aus der Hand zu nehmen. Er drückte ihre Hand herunter und drängte sie gegen das Auto. Die Hände der beiden waren nicht mehr zu sehen. Alex drückte sie weiter fest gegen den Wagen, die Waffe direkt zwischen ihnen. Erneut erhallte ein lauter Schuss, direkt gefolgt von noch einem.

„ALEX!", schrie ich auf. Wie in Schockstarre blieb ich an meinem Platz stehen. Das nächste was ich dann sah, war, wie Stacys Augen sich weiteten. Langsam ging sie in die Knie. Jeder Muskel in ihrem Körper wurde weich. Alex löste sich von ihr. Stacy rutschte langsam den Wagen herunter, die Waffe noch immer in der Hand. Die Schüsse hatten sie getroffen. Alex, ganz der Arzt, tastete sofort ihren Puls, doch da war schon alles zu spät. Stacy war tot.

Von weiter Ferne hörte ich Sirenen. Die Polizei würde gleich hier sein. Aber das alles war Notwehr. Oder nicht? Musste Alex jetzt ins Gefängnis?

Noch während meine Gedanken ihren lauf nahmen, drehte sich Alex zu mir um. Erleichterung war in seinem Gesicht zu erkennen.

„Amy!", schnell kam er auf mich zu. Mir wurde ganz warm. Auch meine Muskeln wurden weich. Die Anspannung wich aus meinem Körper. Trotzdem blieb ich auf meinen Beinen stehen. Alex stoppte vor mir und sah an mir herunter. Ich folgte seinem Blick und sah ebenfalls an mir herab. Meine rechte Hand hielt meinen Bauch fest. Es klebte an meiner Jacke. Ich nahm die Hand weg und sah jetzt erst, dass ich blutete. Was war passiert?

Ich war doch gar nicht in die Nähe von Stacy und dem Blut gekommen? Meine Gedanken waren noch nicht soweit, als mein Körper schon reagierte. Ich ging in die Knie. Alex stütze mich und legte mich hin. Meine Augen fest auf ihn gerichtet, bemerkte ich das aus Alex, Dr. Bennett wurde. Wie eine Eingebung wurde mir klar, dass es der erste Schuss war, den Stacy auf mich abgegeben hatte. Er hatte mich doch getroffen. Alex öffnete schnell meine Jacke, nahm seinen Schal ab und drückte ihn mir fest gegen den Bauch. Mir wurde kalt, viel zu kalt. Und ich war müde. Am liebsten würde ich schlafen und aus diesem Alptraum aufwachen.

„Amy, bleib schön bei mir. Du musst wach bleiben!", mahnte Alex mich an. Oder Dr. Bennett. Ich wusste nicht, wer von beiden sprach. Alex drückte fester auf meinen Bauch. Ich stöhnte auf. Es tat weh und hielt mich wach. Ich wollte doch nur meine Ruhe.

„Was haben wir?", hörte ich eine fremde Stimme. Meine Augen waren schon so sehr zugefallen das ich nicht sehen konnte, wer da war.

„Schusswunde rechte Bauchseite. Kein Durchschuss. Puls ist schwach aber stabil", Alex Stimme klang hoch professionell. Die Leidenschaft für seinen Beruf war eindeutig rauszuhören. Dann rauschte es in meinen Ohren. Ich wollte weiter Alex Stimme hören. Wissen das er noch da war.

„Alex", formten meine Lippen. Ob es klappte, wusste ich nicht.

Und mir war so kalt. Meine Lippen bewegten sich. Allerdings zitterten sie mehr als das ich sprechen konnte.

„Bitte bleibt wach", hauchte es mir ins Ohr. Alex. Er war noch hier. Jedoch konnte ich nicht dem folgen was er von mir verlangte. Ich war zu müde, zu geschafft von alledem. Seine Worte ließen mich weicher als Watte werden und in einen tiefen Schlaf fallen.

Zuerst fiel mir dieser Geruch auf. Ich wusste, allein wegen der Sache mit meinem Vater, dass ich mich im Krankenhaus befand. Doch wieso? Was war mit mir passiert? Schnell versuchte ich mich an das letzte zu erinnern. Doch es fiel mir schwer einen Gedanken festzuhalten. Mir wurde übel. Komischerweise nahm ich es dankend an das ich Reaktionen von meinem Körper spürte. Das bedeutet, dass ich nicht tot war. Lag ich etwa in Koma?

Die Tür ging auf. Mein Gehör verfolgte ganze genau jedes einzelne Geräusch.

„Dr. Bennett?", fragte eine Frau, vermutlich eine Schwester, nach Alex. Alex! Rief ich innerlich, so laut ich konnte. Er würde mir bestimmt alles erklären können.

„Ja", antwortete er. Seine Stimme klang rau und brüchig. Aber er war hier. Er war die ganze Zeit bei mir. Ich wollte so gerne meine Augen öffnen, schaffte es jedoch nicht.

„Hier sind die aktuellen Werte und das große Blutbild." Die

Stimme der Krankenschwester sagte mir nichts.

„Danke", bestätigte Alex. Er klang so müde und kaputt. Ich wollte jetzt für ihn da sein, ihn in den Arm nehmen. Die Tür fiel ins Schloss. Kaum hörbar kam Alex erneut zu mir rüber.

Ein kühler Lufthauch an meinem Gesicht, dann eine wohlige Wärme. Alex legte sein Gesicht dicht neben meins.

Kurz darauf löste er sich wieder von mir. Ich wollte das nicht. Alex sollte bei mir bleiben. Dieser Wille gab mir endlich den nötigen Antrieb mich zu bewegen. Mein rechter Arm hob sich und viel schnell wieder zurück aufs Bett.

„Amy!", hauchte Alex und war sofort bei mir. Er hielt meine Hand. Ich drückte sanft zu, um ihn zu zeigen, dass ich ihn hören konnte.

„Amy, kannst du mich hören?", flüsterte er. Mein Körper kribbelte. Eine Gänsehaut überkam mich. Meine Lippen teilten sich. Ich wollte seinen Namen sagen. Doch alles war so trocken. Ich schloss meinen Mund wieder und versuchte langsam meine Augen zu öffnen. Es gelang mir zwar nur zögernd, aber es funktionierte. Das Licht hier drin war ein wenig gedämpft. War es etwa schon Abend? Ich hatte jegliches Zeitgefühl verloren.

„Meine Süße, da bist du ja wieder", strahlte Alex, als hätte er gerade die Sonne zum ersten Mal gesehen. Seine eine Hand streichelte meine Wange.

„Hi", flüsterte ich. Zu mehr war die Wüste in meinem Mund nicht in der Lage.

238

Was mir als Erstes auffiel, war das Alex seine Arztkleidung trug.
War aber auch logisch, weil er schließlich als Arzt arbeitete. Also
war ich im St. Katharina Krankenhaus. Erneut schwirrten die
Fragen in meinem Kopf herum, was überhaupt passiert war.
Ich befeuchtete meine Lippen ein wenig mit der Zunge. Doch
auch die war spürbar trocken.

„Was", brachte ich noch gerade hervor.

„Sie mussten dich operieren und leider deine Milz entfernen.
Aber es ist alles gut gegangen", sagte er fast euphorisch und
einfach nur erleichtert.

Mein Puls fing an zu rasen. Operiert?

„Was?", fragte ich erneut. Ich verstand zwar, was er sagte, doch
fehlte mir jeglicher Zusammenhang.

„Wieso wurde ich operiert? Alex, was ist mit mir passiert?", stieß
ich erstickend hervor. Der Schmerz in meinem Bauch nahm zu.
Der Schalter bei Alex wurde umgelegt. Dr. Bennett stand
sichtlich besorgt vor mir.

„Du erinnerst dich nicht?", fragte er zum Verständnis nach. In
meinen Ohren fing es wieder an zu rauschen. Mein Blutdruck
stieg mehr und mehr an. Was war passiert? Und wieso klang
Alex so besorgt? An was konnte ich mich nicht mehr erinnern?

Umso mehr Fragen ich mir stellte, umso verwirrender reagierten
meine Gefühle. Die Luft in meinen Lungen wurde dünner. Ich

versuchte mich ein wenig aufzurichten, bis die Narbe an meinem Bauch mich fast zu zerreißen drohte. Ich stöhnte schwer.

„Amy!", holte Alex mich ins hier und jetzt zurück. Nach wenigen Atemzügen war der erste Schmerz vorüber.

„Was ist das letzte, an das du dich erinnerst?", hackte er umgehend nach. Nur unter weiteren Schmerzen kam die Luft in meinen Lungen zurück. Sie ließen mich kaum einen klaren Gedanken fassen.

„Es ist wirklich wichtig. Bitte versuch dich zu erinnern", setzte Alex nach. Ich versuchte es.

Ein Bild von Alex schoss mir durch den Kopf. Alex und ich waren weg gewesen.

„Wir waren essen", kam es plötzlich aus meinem Mund. Ein paar Bilder wurden klarer. Wie Alex mich an sich ran zog. Ein hemmungsloser Kuss in meiner Wohnung. Das konnte ich ihm nicht sagen.

„Es war", mein Kopf pochte schmerzhaft. Ich kniff die Augen zusammen und fuhr mir an die Schläfen.

Alex setzte sich auf die Bettkante und nahm meine freie Hand in seine.

„Und weiter", er klang traurig. Die Besorgnis war von Trauer überdeckt. Dabei war es eine schöne Erinnerung, die ich an uns hatte.

„Du musstest schnell los. Sam kam nach Hause. Dann bin ich hier aufgewacht", fasste ich die Fetzen zusammen.

Die Falten zwischen seinen Augen wurden tiefer.

„Welches Jahr haben wir? Welches Datum ist heute?", war seine nächste Frage aus seinem Verhör.

Ich wühlte tief in meinem Kopf. Es war immer wie ein Blitz, wenn ich nach irgendwelchen Erinnerungen suchte. Fast als würde mir jemand mit einem Stock auf den Kopf hauen, sodass ich mich nicht erinnern würde.

„Dezember. Aber der Tag", ich schluckte schwer. „Ich weiß nicht genau", so sehr ich mich anstrengte, es wollte mir nicht mehr einfallen.

Alex atmete stoßartig aus. Doch es war nicht erleichternd, sondern angestrengt. Was sollte das hier alles?

„Was bedeutet das? Was ist los Alex? Sag es mir!" Mein Ton wurde ernst. Die körperlichen Schmerzen konnte ich im Moment recht gut hinten anstellen. Ich wollte endlich wissen, was passiert war.

„Amy, das ist nicht so einfach zu erklären." Gerade wollte er aufstehen. Ich griff nach ihm und packte seinen Arm. Zwar war mein Griff nicht feste, blieb er trotzdem stehen und sah auf mich runter.

„Bitte sei ehrlich zu mir", flehte ich vom Bett aus zu ihm rauf. Es fiel ihm sichtlich schwer. Schließlich sprach Alex jedoch aus, was wirklich los war.

„Du hast eine Amnesie Amy. Wir müssen ein MRT machen, um zu sehen, ob wirklich alles okay ist. Aber", er kam wieder näher.

Sein Duft schwappte herüber. Mein Körper reagierte sofort und wurde ruhiger. Wie eine Droge die ich gerade eingeworfen hatte, fuhr mein Puls runter.

„Ich bin mir sicher, es ist nur vorübergehend", flüsterte er sanft. Sein aufgesetztes Lächeln jedoch erreichte mich nicht. Die Schmerzen übernahmen erneut die Oberhand. Es fiel mir schwer mich zu konzentrieren.

„Möchtest du noch etwas gegen die Schmerzen?", fragte er mit seinem Arzt-Ich. Ich nickte. Alex spritzte mir etwas über meinen Zugang am Arm in die Vene. Eine angenehme Wärme verteilte sich in meinen Körper. Meine Muskeln begannen sich zu entspannen.

„Dann ruh dich jetzt aus. Ich komme später noch mal wieder", sprach er und gab mir einen kleinen Kuss auf die Stirn. Seine Lippen waren so weich und warm. Die Berührung floss mir fast bis in meine Beine. Dann ging er aus dem Zimmer und ließ mich alleine mit meinen kreisenden Gedanken. Erst lange später schlief ich ein und viel in einen traumlosen Schlaf.

Kapitel 19

Als ich wieder erwachte war ich alleine. Vorsichtig drehte ich meinen Kopf. Draußen war bereits die Sonne aufgegangen und schien durch das Fenster. Der nächste Tag war angebrochen. Auf den Dächern vor mir war zu sehen, wie der morgendliche Frost noch die Luft durchzog. Automatisch erzitterte ich und zog mir die Decke höher. Meine Gedanken kreisten um alles und nichts. Es klopfte leise an der Tür. Sie ging auf, Rose kam herein.

„Amanda", begrüßte sie mich herzlich.

„Hallo Rose. Wie geht es ihnen?", fragte ich freundlich.

Sie nahm die Patientenmappe vom Ende des Bettes und notierte einige Sachen darin.

„Danke, es geht mir gut. Und auch für sie habe ich eine gute Nachricht. Wir können sie morgen schon auf die normale Station verlegen", sagte sie erfreut.

Ich lächelte ihr zu. Wenigstens würde ich von dieser Station runterkommen. Mir war noch immer nicht ganz wohl bei dem Gedanken das praktisch im Zimmer nebenan mein Vater liegen würde. Ich wollte ihn so gerne sehen. Doch noch besaß ich nicht die Kraft alleine dort hinzugehen.

„Ich schaue später noch einmal nach ihnen", sagte Rose sanft und verließ mein Zimmer.

Als die Ruhe und Stille mich umfesselte, befassten sich meine

Gedanken wieder mit den Ereignissen der letzten Zeit. Wie viel Zeit war überhaupt vergangen? Was war heute für ein Tag? Was würde mich draußen nur erwarten? Was war alles passiert? So viele ungeklärte Fragen. Ich schloss die Augen und wünschte mich im inneren an einen anderen Ort. Am liebsten würde ich jetzt zu Hause unter meiner Decke in meinem Bett liegen und die Welt um mich herum verschließen. Nichts und niemanden mehr sehen. Das ständige Fragen nach meinem Befinden aus dem Weg gehen. Ich fühlte mich, wie am Anfang als ich Alex kennenlernte. ‚Es geht mir gut‘ war mein Standard Satz den jeder zu hören bekam. Erst Alex stieß mich mit der Nase darauf, dass ich zu mir stehen sollte, wie es mir wirklich ginge. Nämlich nicht gut. Und auch jetzt ging es mir nicht gut. Von den körperlichen Wunden abgesehen, war meine emotionale Seite ein Wrack. Ich rutschte ein Stück runter und sah weiter, mit einem Rucksack voller Fragen, aus dem Fenster.

Ein sanfter Kuss auf die Stirn. Meine Lippen formten ein Lächeln. Ich drehte mich ein wenig herum, als ein stechender Schmerz mich in die Realität zurückholte. Noch immer befand ich mich im Krankenhaus. Ruckartig öffnete ich die Augen. Alex saß auf der Kante meines Bettes und betrachtete mich. Mein Halbgott in Weiß. Mein Herz erblühte und schlug schneller. Ich freute mich ihn zu sehen. Bis er einen Blick aufsetzte, wie ich ihn hasste. Es war Mitleid. Mitleid mit mir, meiner Situation. Was noch zu sehen war, das Alex müde wirkte. Erschöpft und gestresst.

„Hallo", er setzte ein Lächeln auf.

„Hi", erwiderte ich.

„Wie geht es dir? Hast du Schmerzen?" Sorgsam nahm er meine Hand.

Langsam setzte ich mich ein wenig weiter auf. Und er hatte recht, ich hatte ziemliche Schmerzen. Die Wirkung der letzten Medikamente musste so gut wie komplett nachgelassen haben.

„Ja, es geht", ich sprach nicht weiter. Warum sollte ich Alex anlügen? Doch ich wollte ihm nicht mehr Kummer bereiten als er sowieso schon hatte. Ich würde Rose später nach Schmerzmitteln fragen.

„Es geht", wiederholte ich.

Alex schien es zu glauben. Er nahm die Patientenmappe vom Ende des Bettes und warf einen Blick hinein. Auch wenn er noch immer müde aussah, sah ich, wie der Schalter umgelegt wurde und Dr. Bennett auf einmal vor mir saß.

„Wir haben die Bilder von deinem MRT und da ist zum Glück nichts drauf zu erkennen", Alex wirkte erleichtert, als er mir die Nachricht mitteilte. Doch in mir wurde der Sturm der Fragen noch größer, tobte wilder als je zuvor.

„Alex", mein Blick war fest auf sein Gesicht gerichtet. Er schenkte mir seine volle Aufmerksamkeit. „Was ist mit mir passiert? Sag mir bitte endlich die Wahrheit." Am Ende des

Satzes wirkte meine Stimme dünn und zittrig. Es war mir allerdings wichtig diese Frage mit meiner vollen Ernsthaftigkeit zu stellen.

„Amy", stoßartig atmete er aus. Das Gefühl wie er meinen Namen aussprach, wirkte kümmerlich. Meine Kraft war aufgebraucht. Sein gerade gezeigtes Mitleid war wie ein Schlag in den Magen. Ich spürte, wie mir die Farbe aus dem Gesicht lief. Mir war klar das dieser Ausdruck von Alex hatte nichts Gutes zu sagen hatte. Mühsam sah er mich an und sprach weiter.

„Ich darf dir nicht zu viel sagen. Du musst versuchen dir Zeit zu geben, dass du dich selbst wieder dran erinnerst. Ich kann dich auf dem Weg lediglich begleiten", erklärte er. Doch mit der Antwort konnte und wollte ich mich nicht zufriedengeben.

Hitze durchfuhr meinen Körper. Reflexartig nahm ich mein Glas vom Nachtschrank neben mir und schleuderte es mit all meiner angestauten Wut durch den Raum, wo es laut klirrend am Boden aufschlug und in tausend Teile zersprang. Es kam mir vor, als würde ich neben mir stehen und die Situation selbst beobachten. Ich sah mir selbst zu, wie ich Alex anschrie. Ich wollte doch nur wissen, was passiert war.

„Niemand will mir hier irgendetwas sagen. Ich bin doch kein kleines Kind. Das ist mein Leben, mein Körper. Ich will verdammt nochmal wissen, was geschehen ist!", schrie ich, bis ein lautes Schluchzen aus meiner Brust kam. Das alles hier war viel zu viel. Wie ein kleines Bündel machte ich mich auf meinem

Bett so klein wie möglich und weinte nur so vor mir hin. Alex tröstete mich mit seiner Nähe. Zärtlich legte er seine Hände auf meinen Rücken und strich beruhigend auf und ab. Auch wenn er noch immer nicht mit mir sprach, tat es gut, dass er in diesem Augenblick bei mir war.

Minuten später, als ich meinen Körper wieder komplett unter Kontrolle hatte, fand ich auch meine ruhige, normale Stimme wieder.
„Tut mir leid", entschuldigte ich mich für mein Verhalten. Meine Nase war geschwollen vom vielen Weinen.
„Du brauchst dich nicht entschuldigen", sagte Alex sanft und schob mich ein Stück von sich weg. Er suchte meine Augen.
„Ich weiß, das es falsch ist, dir bestimmte Dinge zu sagen. Aber ich denke, dass du doch ein paar Sachen wissen musst", kam er mir entgegen.

Die darauffolgenden Minuten waren die schlimmsten meines Lebens. Alex erklärte mir, dass wir bereits Anfang Januar hatten und mein Vater schon Ende November gestorben war. Ich konnte es mir nicht vorstellen das mein Herz schon einmal so zerrissen wurde und ich dennoch lebte.

Der erste Tag auf einem normalen Zimmer war angebrochen.

Die Nacht war ruhig. Nur hier und da lief eine Nachtschwester über die Gänge. Ich hingegen fand keine Ruhe. Zwar wusste ich jetzt, dass mein Vater gestorben war, was ich ja eigentlich sowieso wusste, hatte ich dennoch das Gefühl zu ihm zu wollen. Mich von ihm zu verabschieden. Es war Irrsinn, denn schließlich hatte ich auch das bereits hinter mir. Aber genau das wollte ich in diesem Moment. Dieser innere Kampf mit mir selbst verzerrte viel Kraft. Entschlossen von dem Vorhaben den Friedhof aufzusuchen, zog ich mir, so gut es ging normale Kleidung an. Ich wusste das Alex heute früh eine OP hatte. Die Frühvisite war auch bereits durch. Beste Gelegenheit sich auf den Weg zu machen. Ich schaute kurz aus dem Fenster und sah an den gefrorenen kahlen Bäumen das ich die dicke Winterjacke für meinen Ausflug auf jeden Fall benötigte. Langsam zog ich mir meine schwarze dicke Daumenjacke über. Der Schmerz, welcher permanent meinen Körper durchzog, war weites gehend auch ohne Medikamente auszuhalten. In meine Turnschuhe schlüpfte ich, ohne sie vorher zu öffnen. Als ich soweit fertig war, öffnete ich vorsichtig die Tür. Die Visite war ein Glück noch immer unterwegs. Deswegen waren die Schwestern kaum auf den Gängen zu sehen. Vorsichtig wagte ich einen weiteren eingehenden Blick in den langen grauen Gang. Die Gruppe der Visite gingen gerade in das nächste Patientenzimmer am Ende des Flures. Dort musste ich ebenfalls entlang. Somit war dies die perfekte Gelegenheit, denn sie würden einige Minuten darin verbringen. Ich atmete tief ein und zuckte leicht zusammen. Meine Narbe spannte noch sehr. Gesammelt nahm ich all meinen Mut zusammen und lief aufrecht und selbstbewusst den Flur entlang. Ich fiel kaum als Patient auf, sondern wie eine ganz normale Besucherin. Je weiter ich jedoch den Gang entlang lief, schlug mein Puls schneller. Ich konnte den Fahrstuhl schon sehen. Als ich ihn sogar erreicht hatte und den Knopf drückte, ertönte sehr schnell das erlösende Ping. Noch im selben Moment als die Fahrstuhltür sich öffnete, sah ich im Augenwinkel, wie die Schar von Menschen aus dem Patientenzimmer kamen. Mir stockte der Atem. Ohne nach vorne zu schauen, betrat ich sofort den Fahrstuhl. Mir kamen einige Besucher entgegen, welche mich jedoch nicht weiter beachteten. Die Tür ging zu, mein Puls fuhr etwas runter. Ein Lächeln huschte über mein Gesicht. Meine Flucht war gelungen. Doch eigentlich war ich keine Gefangene, sondern lediglich vor Alex geflüchtet. Und bevor die Schwestern oder anderen Ärzte ihm gesagt hätten das ich auf eigene Faust raus wollte, wäre er sofort angerauscht gekommen und hätte mir eine lange Predigt gehalten wie unvorsichtig das von mir wäre. Genau das war es, was mir so sehr die Kraft nahm. Da ich schon nichts mehr von den letzten Wochen wusste, wollte ich wenigstens jetzt über mein Leben bestimmen. Es musste etwas Schreckliches passiert sein das ich angeschossen wurde. Aber was war es das Alex mir nicht erzählen wollte?

Mit diesen Gedanken machte ich mich auf zum Friedhof. Jetzt erst nach Hause zu gehen wäre zu riskant gewesen Sam über den Weg zu laufen. Ich brauchte einfach etwas Zeit für mich. Zeit alleine, um auch meine Gedanken frei zu bekommen. Sonst würde ich mich nie an alles Erinnern.

Der Weg zum Friedhof wirkte befreiend. Es tat gut die frische Luft in den Lungen zu fühlen. Die Bewegung lockerte meine steifen Muskeln. Auf dem Friedhof angekommen, wusste ich nicht direkt, wo das Grab von meinem Vater zu finden war. Woher denn auch? Schließlich hatte ich vergessen, dass er gestorben war. Und auch wann er gestorben war. Allein diese Gedanken zu denken, kam mir surreal vor. Die Gedanken mich nicht an die letzten Tage von meinem Vater erinnern zu können, trieben mir die Tränen in die Augen. Ich bekam eine Gänsehaut vor Angst und gleichzeitiger Wut. Wut unberechtigterweise auf Alex, weil er mir nicht mehr verraten hatte. Aber ich wollte überhaupt nicht auf ihn wütend sein. Angestrengt hob ich mein Kopf in den Himmel und versuchte zwinkernd die Tränen wegzublinzeln, auf das sie nicht überlaufen würden. Als ich mein Blick jedoch wieder auf die Grabmäler vor mir wandern ließ, schlug es mich fast um. Ich lief geradewegs auf ein Grab zu, auf dem der Name meines Vaters eingraviert war. Er war am neunundzwanzigsten November letztes Jahr gestorben. Es zwang mich in die Knie. Meine Hose zog die Feuchtigkeit der kalten Erde auf und war schnell durchnässt.

„Dad", zitterten meine Lippen kaum hörbar. Das weitere Stoppen der Tränen war nicht möglich.

„Dad, es ist", ein Schluchzen „es darf nicht sein."

Ich wollte mich erinnern. Die Wut in mir wurde größer. Die Wut auf mich selbst auf mein Gedächtnis, welches nicht mehr vorhanden war. Völlige Hilflosigkeit überflutete mich.

„Du dämliche Erinnerung. Wieso hast du mir das genommen?", fluchte ich ins nichts. Schmerzlich raufte ich mir die Haare und fuhr mir wieder und wieder, teilweise hart, über den Kopf.

„Ich will doch nur wissen, was genau passiert ist", flehte ich. Daraufhin kam kein weiteres Wort mehr aus meinem Mund. Lediglich Schluchzer und unregelmäßige Atemzüge durchdrangen meinen Körper für die nächsten langen Minuten, welche ich weiter so dasaß.

Das viele Weinen, meine Verletzungen und die emotionalen Gefühlsausbrüche verleiten mir alles ab. Kraftlos erhob ich mich. Mein Kopf schwirrte. Ein kleines Stück von mir entfernt war eine Bank. Ich setzte mich drauf. Was sollte ich jetzt nur tun? Zu Alex wollte ich nicht. Er wusste alles, ich wusste nichts. Es fühlte sich ungerecht an, das alle anderen Bescheid wussten, nur ich nicht. Selbst Sam, mit der ich seitdem ich wach war, zweimal telefoniert hatte, sagte nichts. Auch auf mehrmaliges flehen hin, blieb sie hart. Sie sagte immer das Alex es aus ärztlicher Sicht für besser hielt, wenn ich eben nicht so viel wüsste, sondern selbst draufkommen musste.

„Greg", flüsterte ich. Wir hatten uns immer alles gesagt. Zwar war es nicht so schön von Alex ihn damals aus der Kneipe zu werfen, aber das war ja schon fast über zwei Monate her. Hatten wir zwischendurch überhaupt nochmal miteinander gesprochen? Ich zog mein Handy aus der Jackentasche und scrollte im Telefonbuch auf Gregs Nummer. Ich zögerte instinktiv. Wieso, wusste ich nicht. Irgendwie fühlte es sich falsch an. Wahrscheinlich Alex gegenüber, weil Greg mein Ex-Freund war? Schließlich wählte ich doch seine Nummer und hielt mir das Telefon ans Ohr.

„Hallo?", rief jemand in die Leitung. Gregs vertraute Stimme überzog meinen Körper mit einer angenehmen Wärme.

„Greg, Hi. Hier ist", ich schluckte „Amy."

„Hey, Amy. Was, also wie geht es dir?", Gregs Stimme klang angespannt. Er zögerte hörbar.

„Ist alles ok Greg?", platze es aus mir raus.

„Ja, ja. Natürlich. Ich war nur überrascht, dass du dich meldest. Wegen dem Unfall, du weißt schon. Es freut mich natürlich. Aber was kann ich denn für dich tun?" Greg sprach überrascht und ohne Punkt und Komma. Mein Herz schlug schneller. Greg wusste was von dem Unfall. Das war die Chance mehr zu erfahren, wenn Alex ihn nicht auch geimpft hatte mir nichts zu erzählen. Ich schloss die Augen und fuhr mir mit der Hand an meinen Kopf. Das alles fühlte sich falsch an und doch wusste ich nicht, welcher Ausweg der richtige aus meiner Situation war.

„Kannst du mich vielleicht am Friedhof abholen? Du weißt schon, wo Dad", meine Stimme brach ab. Ich vollendete den Satz nicht. Zwar hatte ich es gerade noch mit eigenen Augen gesehen, war ich noch nicht soweit es auszusprechen.

„Du bist nicht mehr im Krankenhaus?", hackte er überrascht nach. Seine Sorge war durch das Telefon zu hören. Es war wie früher. Er sorgte sich. Zumindest soweit er konnte. War es doch falsch ihn angerufen zu haben?

„Greg, ich. Vielleicht rufe ich doch lieber ein Taxi", hilflos suchte ich nach anderen Lösungen.

„Nein!", viel Greg sofort ins Wort. „Ich hole dich ab. Gib mir zehn Minuten okay?", bot er mir an.

„Danke", sagte ich ein Stück weit erleichterter und legte auf. Noch nicht ganz aus der Hand gelegt, vibrierte mein Handy bereits erneut. Das Wort ‚Alex' blinkte auf dem Display hin und her. Auch jetzt schlug mein Herz schneller, nur nicht vor Freude, sondern vor Angst. Was würde er von meinem Verhalten nur denken? War es kindisch? Oder konnte er es doch verstehen? Ich musste wenigstens kurz mit ihm sprechen. Das war ich ihm schuldig. Ich wischte über das Display und nahm den Anruf entgegen.

„Alex", sagte ich zögerlich.

„Amy", er wirkte sehr erleichtert.

„Wo bist du?", hackte er sofort nach. Mein Gewissen trat mich im inneren mit Füßen. Wie konnte ich mich nur von Greg abholen lassen, anstatt einfach Alex zu fragen? Der Blick, den Alex allerdings immer mit sich rum trug, dieses Mitleid, hielt mich auf Abstand. Zudem diese Ungewissheit. Es fühlte sich an wie Verrat das Alex mir nichts erzählte. Und jetzt hatte ich die Chance etwas über die letzten Wochen zu erfahren. Vielleicht würde es mir auch helfen mich zu erinnern.

„Amy?" In Alex Stimme lag viel Nachdruck.

„Ja", flüsterte ich nur.

„Wo bist du? Ist alles okay bei dir? Geht es dir gut?", schoss es wie ein Feuer durch das Telefon. Diese vielen Fragen. Ich schloss die Augen und umklammerte mit festerem Griff mein Handy.

„Ja", zischte ich in den Hörer. „Es ist alles gut. Ich brauchte nur etwas Zeit und ich war, also ich bin noch bei meinem Vater", sagte ich angestrengt. Ein kurzer Moment der Stille lag in der Luft. Alex atmete hörbar schwer ein und aus.

„Ich werde dich sofort abholen", bot er sich an. Mein Gewissen klopfte mit einem Vorschlaghammer an. Jetzt war der Moment gekommen, wo ich Alex offenbaren musste das ich meine Ex Freund anstatt ihn angerufen hatte.

„Ich werde bereits gleich abgeholt. Greg holt mich gleich ab. Ich brauche einfach", Alex ging mir dazwischen und ließ mich nicht aussprechen.

„Amy, das ist nicht dein Ernst!", panisch redete er auf mich ein.

„Bei dem was er dir angetan hatte?", redete Alex ohne mehr
Informationen preis zu geben.

„Für die Sache mit den Drogen hatte Greg sich entschuldigt.
Das war auch sein voller Ernst. Also lass", fauchte ich zurück.
Wieder konnte ich nicht aussprechen. Mit jedem Mal schürte das
mehr und mehr die Wut in mir.

„Amy, es geht doch nicht um die Drogen. Greg er", Alex
stoppte. Erneut wollte er mir nicht sagen, was passiert war.

„Alex. Es wäre jetzt der richtige Zeitpunkt mir endlich mal die
Wahrheit zu sagen. Ich hasse dieses ganze Rätselraten, was in
den letzten Wochen passiert war. Bitte. Sag es mir!", forderte ich
ihn auf, endlich Klartext zu sprechen.

Stille. Alex überlegte genau was und wie er es sagen sollte.

„Er hat dich geschlagen Amy", mehr sagte er nicht. Eiskalt
spürte ich, wie die Worte, welche Alex sprach, mir durch die
Adern flossen. Mir klappte der Mund auf. Der Friedhof um mich
herum kam mir plötzlich so klein vor.

„Das kann nicht sein. Doch nicht Greg. Er", mir fehlten die
Worte. Mein Kopf pochte. Alle meine Nerven in meinem
Körper spielten verrückt. Aber das was Alex sagte, konnte nicht
stimmen. War er vielleicht nur Eifersüchtig?

„Wie kannst du nur sowas behaupten?", flüsterte ich. Es war ein
innerer Kampf mit mir selbst. Doch wieso sollte Alex mich
anlügen?

„Doch es stimmt! Amy, bitte warte auf mich und ich komm und hol dich ab", Alex Atem ging schneller.

„Amy?", ertönte eine Stimme hinter mir. Ich erschrak dermaßen das ich beinah von der Bank viel. Greg stand neben mir und hielt mich sanft am Arm fest. Mit dem Handy am Ohr, die schrecklichen Vorwürfe in meinem Kopf und den direkten Blick in diese Augen gerichtet, blieb ich starr und atemlos. Es konnte nicht wahr sein das Greg mir weh getan hatte? Zwar war er, wenn er Alkohol getrunken hatte etwas ruppig, doch niemals zuvor zu mir. Alex rief noch etwas durch das Telefon, welches ich nicht verstand. Ich legte auf, stand von der Bank auf und ließ mich mithilfe von Greg, wortlos ins Auto bringen.

Die Autofahrt dauerte nicht lange. Ich signalisierte Greg das ich nicht reden wollte. Mein Kopf drohte zu zerspringen. In Gregs Apartment angekommen, nahm ich den vertrauten Duft und die gemütliche Umgebung dankend an. Es fühlte sich ein Stück weit wie zu Hause an. Greg berührte mich am Arm. Ich zuckte zusammen. Meine Narbe machte sich ebenfalls bemerkbar. Sofort ließ er ab. War es wirklich möglich, dass er mir wehgetan hatte?

„Hast du vielleicht eine Schmerztablette?", fragte ich, um Abstand zwischen uns zu bringen. Er nickte und ging rüber ins Bad. Als ich die Jacke abgelegt und die Tablette eingenommen hatte, legte ich mich auf die Couch. Das gute, wenn man sich schon so lange und gut kannte wie Greg und ich, war das wir einander fast immer wussten, was der andere gerade brauchte. Greg deckte mich mit einer weichen Wolldecke zu. Noch im selben Augenblick schlossen sich meine Augen und ich schlief ein.

Kapitel 20

Es war dunkel als ich erwachte und langsam meine Augen öffnete. Wie lange hatte ich geschlafen?

„Hey Schlafmütze", neckte Greg mich von der Seite. Er saß am anderen Ende der Couch und sah mich an. Ich richtete den Blick auf ihn.

„Hey", sagte ich leise und rückte etwas hoch. Mein Gesicht verzog sich schmerzlich, als meine Narbe sich deutlich bemerkbar machte. Greg war sofort bei mir und half mir hoch. Im selben Moment flog ein stechender Schmerz durch meinen Kopf, was den Schmerz von meiner Narbe in den Hintergrund rücken ließ. Vor meinen Augen war ein greller weißer Blitz zu sehen, der mich zurück in die Kissen vielen ließ.

„Amy?", stieß Greg hervor. Seine sorgenden Worte ließen in mir den Wunsch nach Alex wach werden. Ich bereute es jetzt schon, mich nicht bei ihm gemeldet zu haben.

Ich stöhnte auf. Ein weiterer Schmerz und Blitz, der spürbar was in meinem Kopf zurechtrückte. Diese Situation, welche ich hier mit Greg durchlebte, war mir so bekannt. Mein Handgelenk begann zu pochen. Verschwommene Bilder wurden vor meinem inneren Auge immer klarer. Greg wie er außer sich vor Wut war. Wie er mich wütend in meiner Küche über den Tisch warf. Mein Herzschlag beschleunigt sich. Sämtliche Fluchtinstinkte wurden in mir geweckt. Das war eindeutig eine Erinnerung. Alex hatte recht gehabt.

„Amy?", sagte Greg erneut. Er war so nah – zu nah. Mein Puls schlug noch schneller. Ich stand wackelig auf. Stolperte etwas und hielt mich am Sessel vor mir fest. Viel zu schnell schossen weitere Erinnerungen zurück. Wie ein Kinofilm den man im Super Vorspultempo ansah. Mir wurde schlecht. Als wäre ich zu schnell Achterbahn gefahren. Der Raum begann sich zu drehen.

„Geh weg!", rief ich

„Amy warte doch!", Gregs Stimme wirkte erdrückend. Fast als hätte ich ihn ertappt, bei dem was gewesen war.

„Nein! Lass mich einfach in Ruhe!", sagte ich mit einem erstickenden laut. Schnell fuchtelte ich mit den Armen vor mir rum. Taumelnd machte ich mich auf den Weg zur Tür, schnappte mir so gerade noch meine Jacke und ging raus. In meinen Ohren hörte ich das Blut rauschen. Es war alles viel zu Laut. Greg folgte mir ein Stück. Nahm ich wenigstens an, da eine tiefe Stimme hinter mir irgendetwas rief.

„Geh weg!", rief ich instinktiv wieder und wieder. Erst als ich aus dem Haus war, wurde es ruhiger. Die frische Luft tat gut und verschaffte mir ein Stück weit Klarheit. Wackelig lief ich in die Nacht. Weitere Lichtblitze flogen mir vor den Augen hin und her. Warum konnte ich es nicht lassen und musste zu meinem Dad. Die Trauerfeier – es kam tief in mir zum Vorschein. Wie Alex mich hielt. Die Gefühle, welche Panik ich besaß, als Greg auf mich zu kam. Der Schmerz über den Verlust von Dad. Ein

Hitzeschwall trieb mir Schweiß auf die Stirn. Zittrig zog ich mein Handy aus der Jackentasche. Nach mehreren Versuchen die Sperre aufzuheben, gelang es mir schließlich. Ich tat das was ich schon viel früher hätte machen sollen und wählte Alex seine Nummer.

„Amy!", nahm Alex den Anruf nach gerade einmal klingeln entgegen. Die Erleichterung seine Stimme zu hören, zog mir den Boden unter den Füßen weg. Ich ließ mich auf die Knie fallen. Im Dunkel der Nacht interessierte es hier sowieso niemanden was auf den Straßen passierte. Keine Menschenseele war weit und breit zu erkennen.

„Amy, wo bist du?", hauchte er ins Telefon. Diese paar Worte rührten mich tief zu Tränen. Er wollte tatsächlich noch immer für mich da sein, obwohl ich ihn so hintergangen hatte.

„Alex", flüsterte ich. Heiße Tränen liefen mir an meinem eh schon erhitztem Gesicht herab. Mir wurde schummerig. Es ging kaum noch Luft in meine Lungen. Meine Hand fuhr an meine Kehle.

„Alex. Ich, ich", weiterhin flach atmend kniete ich auf dem Boden.

„Amy, hör mir zu. Beruhig dich. Ich bin gleich bei dir. Sag mir, wo du bist!", forderte er.

Neben dem Rauschen und Alex seiner Stimme klingelte es

gefährlich laut in meinen Ohren.

„Amy, was siehst du? AMY!", schrie Alex durch das Telefon. Ich zwang nach oben zu sehen, das brachte meinen Kreislauf ein wenig auf Tour. Die Gebäude um mich herum waren mir sehr vertraut. Zumindest soweit ich es in der Dunkelheit erkennen konnte. Ich war in der Westminster Street. Da war ich mir ganz sicher.

„Westminster", hechelte ich in das Micro von meinem Handy.

„Amy, hör mir zu. Ich bin gleich da. Leg nicht auf. Rede mit mir. Oder hör mir zu. Hörst du mich?"

Es tat weh. Nicht nur der rein körperliche Schmerz, sondern auch das, was ich Alex angetan und zugemutet hatte.

„Mh", bestätigte ich, richtig reden war nicht möglich.

Die nächsten Minuten waren wie durch ein Tal aus Lava zu laufen. Mir war viel zu warm. Das Blut in meinen Adern kochte. Der Boden unter meinen Knien schmolz dahin. Alex redete ununterbrochen am Telefon auf mich ein. Plötzlich fuhr ein Auto in der Dunkelheit um die Ecke. Viel zu schnell. Das musste Alex sein. Ich brauchte ihn, wollte ihm nah sein, brauchte Luft. Seine Luft. Er sprang aus dem Wagen. Mein Wimmern wurde lauter, umso näher er kam. Das Handy viel mir vor Erleichterung aus der zittrigen Hand.

„Alex", wimmerte ich. Seine Anwesenheit brachte mich beinah zum hyperventilieren. Es fühlte sich falsch an so schnell zu atmen, aber es war, als würde mein Körper von selbst reagieren. Es tat weh dagegen anzukämpfen. Warum konnte das nicht alles aufhören? Dads Tod, die ganze Sache mit Greg und dann noch dieser Überfall. Auch dann kamen die Erinnerungen plötzlich wie überfahren zurück.

„Stacy", stieß ich hervor. Sie war tot. Alex hatte sie erschossen, um mir zu helfen. Ich krümmte mich. Mein Kopf platze fast. Ich spürte genau, wie er auseinandergerissen wurde. Der Schmerz zog mich letztendlich komplett zu Boden.

„Amy", Alex stützte mich, damit ich nicht komplett auf dem kalten Pflaster lag. Sein fester Griff nahm mein Gesicht hoch. Mir blieb die Luft weg.

„Hör mir zu und mach die Augen auf", befahl er mir. Ich reagierte erst nicht. Alex wiederholte seine Worte. Es klang ernster. Mehr nach Dr. Bennett als nach Alex.

Endlich spielte auch mein Körper mit und ich öffnete die Augen. Mir war nicht klar, dass ich sie überhaupt geschlossen hatte.

„Ich bin hier und dir kann nichts mehr passieren", flüsterte Alex mit sanfter Stimme, nicht Dr. Bennett.

„Komm", sagte Alex und half mir hoch. „Ich bringe dich zurück ins Krankenhaus."

„Nein!", schnellte es mir aus dem Mund. Es war das erste, was mir einfiel. Leicht lehnte ich mich von ihm ab. Ich wollte nicht wieder ins Krankenhaus. Dort hatte ich das Gefühl vollkommen verrückt zu werden.

„Bitte", flehte ich ihn an. Alex sah mich unter emotionalen schmerzlich an. Bei allem was geschehen war, verlangte ich auch noch von einem Arzt, mich in so einer Situation nicht in ein Krankenhaus zu bringen. Wobei ich in seinen ärztlichen Händen doch so oder so am besten aufgehoben war. Und genau das war es auch, was ich wollte und gerade jetzt brauchte. Ich brauchte ihn. Ich wollte am liebsten jetzt zu ihm nach Hause.

„Zu dir, bitte", flüsterte ich und lehnte mich mit Nachdruck zu ihm rüber. Auch auf die Gefahr hin dort an Stacy erinnert zu werden. Doch Sam wollte ich jetzt nicht begegnen. Zudem war bei mir zu Hause die ganze Sache mit Greg passiert. Ich wollte an einem weites gehend neutralen Ort.

„Aber", Alex stoppte sich selbst und brach den Versuch schnell ab mich umzustimmen.

„Komm, ich fahre dich zu mir", bestätigte er ergebend.

Wie im Nebel ließ ich mich erlösend von Alex zu ihm fahren. Noch im Auto schlief ich ein. Ohne Sorge, ohne Schmerzen.

Ruhe umgab mich. Es war unglaublich schön und ich genoss es, so gut es ging. Ich wusste, dass ich wach war und mich bei Alex befand. Vorsichtig drehte ich mich ein wenig herum. Doch den Versuch brach ich sofort ab. Mir tat der ganze Körper weh. Nicht nur die Kopfschmerzen, sondern auch die Narbe und sämtliche Glieder zerrissen sich bei jeder Bewegung aufs Neue.

Dir Tür ging auf. Ohne weiter auf irgendwelche Schmerzen zu achten, richtete ich mich auf.

„Alex", flüsterte ich. Er kam mit einem Becher in der Hand ins Zimmer.

„Guten Morgen. Konntest du dich ein wenig erholen?", fragte er vorsorglich nach. Ich nickte kurz. Mir fiel sofort auf das er einen gewissen Abstand einhielt. Was auch gut war. Zwar hatte Alex mir geholfen, wo ich ihm auch sehr dankbar war, lag da dennoch etwas zwischen uns. Es war ein Gefühl von Unverständnis.

„Wieso hast du mir das mit Stacy nicht erzählt?", schnellte es aus mir raus. Langsam zog ich meine Beine an und beobachtete Alex ganz genau. Er stellte den Becher auf eine kleine Kommode an der Wand und setzte sich ans Ende vom Bett.

„Es war zu deinem eigenen Schutz", presste er mit zusammen gebissenen Zähnen hervor. Das Leid in seiner Stimme war deutlich zu hören. Ein paar Sekunden saß ich einfach nur da und dachte über seine Antwort nach. Jedoch verstand ich sie nicht. Wie sollte es mir helfen, nicht zu wissen was passiert war? Meine Augen verengten sich zu Schlitzen. Langsam schüttelte ich den Kopf.

„Alex, ich verstehe nicht", sagte ich hilflos.

Er atmete stoßartig aus. Für einen Moment wand er den Blick ab, bevor er sich wieder fest auf mich konzentrierte.

„Amy, es hatte einen Grund, warum dein Kopf abgeschaltet hatte. Es war so viel, einfach zu viel in letzter Zeit passiert. Das mit deinem Dad, mit Greg und zu allem Überfluss noch das mit Stacy", erklärte er. Seine Stimme schwang von Leid in Schuldgefühle über. Moment mal. Machte er sich etwa vorwürfe? Noch als meine Gedanken ihren lauf nahmen, sprach Alex weiter. „Ich wollte dich schützen, um genau so eine Situation wie gestern zu vermeiden. Wenigstens dieses Mal wollte ich alles richtig machen", stieß er vorwurfsvoll sich selbst gegenüber hervor. Nervös fuhr er sich mit seinen Händen durch seine Haare. Nach dieser Aussage war mir klar, dass er sich alle Schuld für die Geschehnisse der letzten Wochen aufladen wollte.

„Alex, du kannst nichts dafür was Stacy getan hat", sagte ich mit logischem Verstand. Mit festem Blick fixierte ich Alex Augen. Es fiel ihm schwer mich weiter anzusehen.

„Ich werde es mir so schnell nicht verzeihen können, dass ich sie erneut in mein, in unser Leben gelassen habe", gestand er mit Tränen in seinen Augen. Er wirkte so leer.

„Bitte sag das nicht. Das hätte jederzeit auch so passieren können. Sie war krank", als ich die Worte aussprach bemerkte ich erst, dass das skurrile an der Sache war, dass ich einem hoch dekorierten Arzt so etwas sagen musste.

Darauf sagte Alex nichts. Trotz der Nähe von gestern, stand eine große Mauer zwischen uns. Er machte sich große Vorwürfe, was Stacy anging und ich hatte innerlich noch immer die Distanz, weil er mir nicht die Wahrheit gesagt hatte. Zudem der Abstand von seiner Seite, dass ich ihn so hintergangen hatte und Greg anrief anstatt ihn. Meinen Ex, anstatt den Mann, den ich über allen Maßen liebte. Dass ich Alex nicht geglaubt und tatsächlich gedacht hatte das er mich anlügen würde, was die Sache mit Greg anging, verschaffte auch mir ein ungutes Gefühl.

„Ich denke, ich werde gleich nach Hause fahren", war das vorerst letzte, was ich zu diesem Thema zu sagen hatte. Die anstehenden Tränen auf meiner Seite hielt ich unter Schmerzen zurück.

Zunächst reagierte Alex nicht. Seine Augen wurden lediglich schmaler.

„Ich werde dich bringen", bot er sich schließlich an und stand auf. Ich schüttelte den Kopf.

„Nein, ich werde Sam fragen, ob sie mich abholen kann. Ich denke, dass ein wenig Abstand uns beiden ganz guttut", fasste ich zusammen und sprach das aus, was wir beide innerlich gedacht hatten.

Je länger dieser Satz im Raum lag, umso mehr Schmerzen waren in Alex Mimik zu erkennen.

„Willst du", er sprach den Satz nicht aus. Ich wusste, was er fragen wollte und schüttelte demonstrativ den Kopf.

„Ich brauche einfach etwas Zeit. Etwas Ruhe für mich", warf ich ein.

Mit einem Nicken bestätigte er, dass er mich verstanden hatte.

Die Mauer wurde ungewollt noch größer. Alex verließ daraufhin wortlos das Schlafzimmer und ließ mich alleine mit meinen Gedanken.

Es klopfte laut an der Tür. Ich zuckte zusammen. Sam kam herein. Es war schön sie zu sehen.

„Hi", flüsterte sie.

„Hi", erwiderte ich und stellte mich zittrig auf die Beine.

„Wie geht es dir?", fragte sie vorsichtig. Ohne das sie es wollte erschien dieser Blick in ihren Augen. Der Wunsch doch lieber alleine zu sein, wurde wieder größer.

„Gut", sagte ich müde und versuchte das alles so schnell wie es ging hinter mir zu lassen.

Ich zog meine Jacke über, Sam nahm meine Handtasche. Gemeinsam verließen wir das Schlafzimmer. Ich sah mich um, konnte Alex jedoch nicht entdecken.

„Er wollte in die Klinik", sagte Sam, als sie meinen fragenden Blick sah. Stumm nahm ich die Antwort hin.

„Ich", begann Samantha auf der Autofahrt, zögerlich zu sprechen. „Ich muss dir da", erneut eine Pause. „Also ich muss da noch mit dir reden Amy."

Verwundert sah ich sie an. Was war denn mit ihr los? Die sonst so redselige Samantha Jones, plötzlich so wortlos?

„Was ist denn los?", hackte ich nach.

Sie atmete stoßartig aus. Ihre Lippen wussten nicht, welche Worte sie zuerst sprechen sollten. Mir wurde mulmig. Was war nur mit ihr?

„Sag schon!", herrschte ich sie unbeabsichtigt etwas zu hart an.

„Also ich werde wohl mit Mathew zusammenziehen", sagte sie kleinlaut.

Jetzt war ich es, die Wortlos neben ihr saß.

„Wow", brachte ich so gerade noch hervor. Dann begann mein Hirn unter pochenden Schmerzen weiter zu rattern.

„Aber", stotterte ich so wie sie gerade auch. „Also, du bist dir sicher? Ich meine ihr seid ja noch nicht so lange zusammen", appellierte ich an ihre Vernunft.

Mein Blick fixierte ihren. Sie parkte den Wagen, wir waren zu Hause angekommen. Dann sah sie mich an und ich erkannte, ohne dass sie auch nur ein Wort sagte, wie überzeugt sie war und dass es wahre Liebe sein musste.

„Ja, ich war mir noch nie sicherer", sagte sie lächelnd.

Die Kopfschmerzen ließen nach. Wenn Samantha sich so sicher war, konnte ich sie mit einem guten Gefühl gehen lassen.

„Und wann?", fragte ich.

Nervös wühlte sie in ihrer Tasche herum.

„Ja, ähm", sie wühlte weiter. „Ich habe soweit schon einiges rüber gebracht. Die Tage werde ich die letzten Sachen holen", ihre Stirn zog sich in Falten.

Mir fiel ein Stein vom Herzen, ohne das ich es wollte. Ich hatte also die nächste Zeit tatsächlich meine Ruhe, wie ich es mir so sehr gewünscht hatte. Doch wie sollte ich jetzt reagieren? Schließlich konnte ich ihr schlecht meine Freude zeigen.

„Ich freue mich wirklich für dich", mehr bekam ich nicht raus. Stieg aus, lief gefolgt von Samantha, in Richtung Wohnung.

Kapitel 21

Der Abend war gekommen. Draußen war es bereits dunkel. Ich stand in der Küche und kochte mir einen Tee. In Gedanken sah ich aus dem kleinen Küchenfenster und ließ meinen Beutel auf und ab ins Wasser tunken. Plötzlich klopfte es an der Tür. Mir fiel die Tasse laut klirrend aus der Hand. Der heiße Tee verteilte sich in der gesamten kleinen Küche.

„Mist!", fluchte ich leise vor mir her. Ich beschloss das alles kurz liegen zu lassen und erst einmal an die Tür zu gehen.

Kaum geöffnet, kam mir ein Duft – der Duft – entgegen. Sofort wusste ich, dass es Alex war. Mein Körper reagierte umgehend. Ich lächelte, mein Puls fuhr runter.

Als wir uns in die Augen sahen, verzogen sich auch Alex Lippen zu einem leichten Schmunzeln.

„Hallo", sagte er. Obwohl es nur ein kleines Wort war, überzog sofort eine Gänsehaut meinen gesamten Körper.

„Hi", sagte ich brüchig.

Er machte, ohne zu zögern, einen Schritt auf mich zu. Das holte mich ins hier und jetzt zurück. Ich ging einen Schritt zurück und ließ ihn den Eintritt. Alex bemerkte meinen Rückzug.

Enttäuschung zeichnete sich auf seinem Gesicht ab. Erst jetzt bemerkte ich das er meinen Koffer in der Hand hatte. Er stellte ihn ab. Umgehend wanderten seine Hände in seine Jackentasche. Zögerlich stand er da.

„Ist alles in Ordnung? Ich habe gerade etwas Krachen gehört?",
fragte er nach.

Ich schloss die Tür und ging, während ich sprach, rüber in die
Küche.

„Mir ist nur eine Tasse heruntergefallen", erklärte ich neutral.

Alex folgte mir. Ich schnappte mir ein Lappen und wollte gerade
das Missgeschick aufräumen, nahm Alex ihn mir wieder aus der
Hand.

„Lass mich", bot er sich an. Wir beide hielten den Lappen fest.
Mir war klar, dass dies der Moment war, wo wir reden mussten.
Es gab kein vor und kein zurück mehr.

„Alex", ich schluckte schwer. Die Tränen, welche bereits in den
Startlöchern standen, waren kurz davor überzulaufen. Mein
Kopf schaltete ab und setzte alle Gefühle außer kraft. Ich wollte
nichts mehr fühlen. Kein Schmerz, keine Wut oder Trauer. Aber
auch keine Liebe, Verlangen und Zuneigung mehr.

„Amy", sagte er schmerzlich. Vorsichtig legte er seine freie Hand
an meine Wange. Ich zuckte zusammen und ging erneut etwas
auf Abstand.

„Tu das nicht. Verschließ dich nicht", redete er auf mich ein.
Meine Hand ließ den Lappen los. Ich wollte hier weg. Ich wollte
nicht über all das reden. Konnte es nicht einfach vorbei sein?
Alex folgte mir umgehen ins Wohnzimmer.

„Amy, bitte. Renn nicht wieder weg!"
Ruckartig drehte ich mich um. Mir wurde schummerig. Am

liebsten würde ich mich jetzt übergeben.

„Lass mich bitte in Ruhe. Ich will doch einfach nur meine Ruhe haben. Lasst mich alle einfach nur noch in Ruhe!", schimpfte ich aus tiefster Brust. Die Worte platzen nur so aus mir raus. Es kam, wie bei Sam im Auto, alles viel zu hart aus meinem Mund.

Minuten oder auch nur Sekunden, ich konnte es nicht abschätzen, vergingen in dem wir voreinander standen, ohne was zu sagen.

„Ist es das, was du willst?", fragte er unbeeindruckt von meiner Stimme.

Ich nickte. Genau das ist es, was ich will. Alleine sein, meine Ruhe, eine Pause von alledem.

Alex machte einen weiteren Schritt auf mich zu, ich ging erneut etwas zurück.

„Ich gebe dir so viel Zeit, wie du willst. Schließlich ist das alles meine Schuld. Ich habe nie gewollt das so etwas passiert. Ich hätte dich nie in so eine Gefahr bringen sollen. Es tut mir leid", entschuldigte er sich plötzlich bei mir.

Verwundert stand ich vor ihm. Er gab sich noch immer die Schuld an allem? Aber er konnte doch nichts dafür.

„Nein", mein Kopf schüttelte sich automatisch und hörte überhaupt nicht mehr auf.

„Das ist nicht deine Schuld. Du kannst nichts dafür, egal wie oft du dir das einreden willst!", herrschte ich ihn an. Mein Verstand schaltete sich ein letztes Mal ein. Ich sah, wie sehr er sich Vorwürfe machte. Wie sehr auch Alex unter all dem litt.

„Du kannst nichts dafür das Stacy sowas getan hat. Das ist vor allem nicht das einzige, wieso ich gerade etwas Raum für mich brauche", gestand ich.

Die Falten zwischen seinen Augen zogen sich mehr und mehr zusammen. Ich versuchte es ihm zu erklären. „Es ist einfach alles etwas viel die letzten Wochen gewesen. Mein Dad, die Sache mit Greg und Stacy. Das alles hat so viele Gefühle in mir ausgelöst", ich schob mir die Hände in die Haare. Wie sollte ich das alles nur in Worten erklären? „Dann die Gefühle für dich. Es sind so viele Dinge die auf mich einprasseln, ohne dass ich es steuern kann. Ich brauche einfach mal eine Pause von alledem. Ich möchte einfach mal", mir fielen die Hände runter. Erschöpft stand ich da. „Ich möchte einfach nur eine Pause."

Alex kam erneut auf mich. Das war das erste Mal, dass ich nicht zurückzog. Sanft umfasste er meine Schultern, strich hoch zu meinem Haar und legte es mir hinters Ohr. Mir fielen die Augen zu. Ich war so müde. Am liebsten würde ich mich jetzt in ihn verlieren.

„Ich gebe dir die Zeit. Du sollst nur wissen, dass du nicht alleine bist. Es ist nicht einfach das erlebte zu verarbeiten. Vielleicht solltest du dir Hilfe suchen?", schlug er vor.

Sofort schaltete ich auf kalt. Was wollte Alex? Ich sollte mir

Hilfe suchen? Ich brauchte einfach nur etwas Ruhe. Zeit für mich um alles zu Ordnen.

„Du solltest jetzt gehen", sagte ich kühl ohne ihm eine Antwort zu geben. Schnell ging ich zur Tür und öffnete sie. Alex folgte mir Wortlos.

„Denk darüber nach. Ich bin jederzeit für dich da."

Dann verschwand er durch die Tür. Ich schloss sie etwas zu laut. Mit der Hand am Türgriff konnte ich es nicht mehr zurückhalten. Meine Tränen liefen über. Das war vorerst das letzte Mal das ich meine Gefühle und Emotionen raus ließ.

Zwei Wochen sind seither vergangen. Ich habe wieder angefangen zu arbeiten, was wirklich guttat. Da eine Menge liegen geblieben war, konnte ich durch viele Überstunden die Tage gut herumkriegen. Samantha hatte sich zwischendurch gemeldet und wollte sich mit mir treffen. Nur ich brauchte noch Zeit. Es war zu schön einfach alleine zu sein. Alex meldet sich ebenfalls regelmäßig. Nur fragt er nicht, wie es mir ging, sondern berichtet von seinem Tag und hoffte, wie er es immer nannte, dass auch ich glücklich war. Es tat gut zu wissen, dass er sein Leben lebte. Das niemand mehr durch mich verletzt oder in irgendwelche Schwierigkeiten gebracht wurde.

Es war Montag. Vor der heutigen Arbeit musste ich noch zur letzten Untersuchung. Endlich würde ich das Kapitel

abschließen können und alles hinter mir lassen was diesen
Vorfall betraf.

Im Wartezimmer vor der Ambulanz wartete ich mit drei anderen
zusammen. Erleichtert musste ich feststellen, dass ein anderer
Arzt heute Bereitschaft in der Ambulanz führte. Ich war mir
nicht sicher, ob ich schon bereit war Alex gegenüber zu treten.
„Miss. Rogers?", rief mich eine junge Arzthelferin auf und
begleitete mich in einen kleinen Untersuchungsraum. Obwohl
nicht viel Platz war, kam viel Licht durch das große Fenster
herein. Eine Liege, ein Schreibtisch und ein kleiner Schrank
befanden sich hier drin.
„Es tut mir leid, dass sie so lange warten mussten. Wir hatten
gerade noch ein Notfall rein bekommen", entschuldigte sich die
Arzthelferin kurz.
„Kein Problem", erwiderte ich freundlich. Dr. Cornelius wusste
schon bescheid das ich heute später kommen würde. Besonders
nachdem ich die letzten zwei Wochen so viele Überstunden
gemacht hatte, hatte ich was gut bei ihm. Lächelnd
verabschiedete sich die junge Frau und schloss die Tür. Kurz
darauf flog die Tür wieder auf. Ich zuckte zusammen. Mein Puls
raste.
„Entschuldigen sie das sie", der Doktor hörte auf zu sprechen.
Diese Stimme. Ein klarer Blick reichte, um mich zu
vergewissern, wer vor mir stand – Alex. Ich dachte, er wäre

heute nicht in der Ambulanz? Mein Puls, von dem Schreck sowieso beschleunigt, fing mehr und mehr an zu rennen. Die Hitze in meinen Wangen sagten mir, dass ich rot wurde. Sichtbar wurde der Schalter von Dr. Bennett auf Alex umgelegt.

„Amy", flüsterte er sichtlich erfreut.

„Hi", hauchte ich. Auch ich freute mich. Es war schön ihn wieder zu sehen. Meine Gefühlsschublade flog auf. Zum Glück kamen nur die schönen Gefühle raus. Unser beider Körper reagierten zeitgleich. Ich ließ meine Tasche fallen und machte einen Schritt auf ihn zu. Er tat dem gleich. Unsere Lippen traten hart aufeinander. Meine Hände vergruben sich in seinem Haar. Mir fiel auf das es etwas länger geworden war. Sein Duft hüllte mich ein. Er schob mich zurück bis ich mit den Kniekehlen an der Liege stand. Mein Kopf schaltete vollkommen ab. Nur mein Körper reagierte instinktiv. Der Abstand zwischen uns hatte beiden nicht geschadet. Niemand von uns empfand weniger als vorher für den anderen. Freude durchfuhr jede einzelne Faser meines Körpers. Alex lächelte unter den Küssen, ebenfalls glücklich einander wieder zu sehen, zu fühlen, zu riechen, zu schmecken. Plötzlich klopfte es an der Tür, zeitgleich ging sie auf. Alex fuhr zurück. Ich setzte mich auf die Liege. Die junge Frau von gerade kam zurück in den Raum und legte eine Mappe auf den Tisch. Als sie wieder aus dem Zimmer war, tauschten wir einen verlegenen Blick. Auf einmal fingen wir beide an loszulachen. Auch wenn wir beide nicht wussten, was so komisch war, lachten wir gemeinsam. Es fühlte sich gut an. Ich hatte das Gefühl, es brachte uns wieder ein Stück näher zusammen.

„Amy", Alex versuchte den Schalter zu Dr. Bennett umzulegen. Was ihm nach kurzer Zeit auch gelang.

„Leg dich bitte hin, ich möchte mir kurz deinen Bauch anschauen", erklärte er professionell. Ich tat, was er sagte und legte mich hin. Von hier unten sah er unglaublich aus. Genau an diesen Mann habe ich mein Herz verloren. Er war mein sicherer Hafen, an dem ich mich anlehnen konnte, in den ich mich in Sicherheit wiegen wollte. Dunkel blonde Strähnen vielen ihm ins Gesicht. Meine Lippen öffneten sich. Die Wärme seiner Hände durchströmte meinen Körper, obwohl er nur meinen Bauch berührte.

„Es ist alles okay soweit. Wie", Alex machte eine Pause. Ich wusste, er musste das Fragen, und er wusste, dass ich so was nicht leiden konnte.

„Wie geht es sonst?", fragte er schließlich nach. Zärtlich zog er mir meinen Pulli nach unten und half mir auf. Ich stand wieder auf meinen Füßen, Alex dicht vor mir.

„Es geht so. Ich kann", stoppte ich mitten im Satz. So ehrlich war ich zu niemanden in letzter Zeit. Auch wenn innerlich sich alles dagegen wehrte die Wahrheit zu sagen, konnte ich vor Alex nichts verbergen. Wir gehörten zusammen und das wollte ich.

„Ich kann nur nicht abschalten, nicht richtig schlafen", mein

Hals zog sich zusammen. „So alleine ist das schwer."

Bevor Alex antwortete, schluckte er sichtbar. Seine Lippen bebten etwas.

„Körperlich ist alles soweit wieder verheilt. Und für alles andere", auch er sprach nicht zu Ende. Erneut schob er mir meine Haare zurück und legte mein Gesicht in seine Hände. Ich ließ es ohne Schwierigkeiten zu.

„Komm zu mir zurück. Ich will und werde immer für dich da sein", gestand er offen und direkt. Diese Art von Liebeserklärung brachte mein Herz zum Schmelzen. Alex war alles, was ich jetzt noch wollte. Zwar war die Zeit alleine schön gewesen, konnte und wollte ich ihn jetzt nur noch bei mir haben. Ich sagte nichts, sondern küsste ihn einfach. Erneut ging die Tür auf und die junge Arzthelferin kam erneut herein. Alex und ich ließen uns davon nicht beeindrucken. Am Rande nahm ich wahr, dass sie sowas wie -Entschuldigung- murmelte und wieder verschwand. Als die Tür wieder zufiel, ließen wir voneinander ab.

„Gehen wir heute Abend etwas essen? Ich hole dich ab nach deiner Arbeit?", fragte er mit einem strahlenden Lächeln.

Überglücklich sah Alex zu mir runter. Sein Blick umschloss mich vollkommen. Bedingungslos verlor ich mich in ihm.

„Gerne", antwortete ich nur, nahm meine Tasche und ging, nach einem letzten kurzen Kuss, aus dem Raum direkt zur meiner Arbeit.

Schnell tippte ich Alex eine Nachricht das ich in einer halben Stunde fertig wäre. Eine ungewohnte Leichtigkeit beflügelte mich an diesem Tag. Ich hatte das Gefühl, mein Leben sei wieder ein Stück weit geordneter.

Pünktlich schaltete ich die letzte Lampe aus und ging zur Tür. Soeben als ich den Griff herunterdrückte, klopfte es. Ich zuckte stark zusammen und wich automatisch ein Stück zurück. Alex öffnete die Tür und trat ein. Ich hielt mir die Hand an der Brust. Es fühlte sich beinah so an als würde mir mein Herz herausspringen wollen.

„Hi. Bist du fertig?", fragte er mit einem hörbaren Lächeln. Im fast dunklen Raum erkannte Alex meine Reaktion ein Glück nicht richtig. Ich ergriff seine ausgestreckte Hand. Gemeinsam gingen wir hinaus.

„Du hast ein neues Auto?", fragte ich und zog eine Augenbraue hoch. Noch immer Hand in Hand liefen wir auf einen weißen schicken Wagen zu.

„Ja, ich konnte das alte einfach nicht mehr sehen", geschickt wich Alex meinem Blick aus. Er musste es nicht weiter erklären, ich wusste genau warum.

Der Weg zum Restaurant kam mir sehr kurz vor. In dieser

Gegend der Stadt war ich nicht oft, da hier alles ziemlich teuer war.

„Und du weißt wirklich wo du hinwillst?", hackte ich neckisch nah.

Alex lachte auf.

„Ja, das weiß ich", antwortete er. Als wäre es das normalste von der Welt, legte Alex seine Hand auf meine und drückte ein wenig zu. Es wurde immer einfacher seine Berührung und Nähe zuzulassen.

Das Essen war unglaublich lecker. Zwischen diesen ganzen teuren Schicki-Miki Läden gab es ein kleineres normales Restaurant. Es schmeckte köstlich und machte unglaublich satt.

„Dann bring ich dich mal nach Hause", sagte Alex und startete den Wagen.

Vor meiner Wohnung angekommen stellte Alex den Wagen ab, ging ums Auto herum und öffnete mir die Tür.

Ich genoss jeden Moment mit ihm. Wir haben so viel miteinander geredet wie schon lange nicht mehr und es tat gut.

„Willst du noch mit hoch?", polterte es aus mir raus. Das war eindeutig nicht mein Verstand, der da sprach. Wir hatten doch heute erst wieder zueinander gefunden. War das wirklich eine so gute Idee? Auch Alex zögerte und wusste nicht, was er sagen sollte.

„Also nur auf ein Kaffee", ergänzte ich schnell.

Ein Lächeln tat sich in seinem Gesicht auf. Gemeinsam gingen wir hoch.

Kapitel 22

Die Stunden vergingen nur so. Als ich das letzte Mal auf die Uhr
sah, war es bereits weit nach Mitternacht. Nur für einen kurzen
Moment musste Alex zur Toilette. Ich bemerkte überhaupt nicht
das ich eingeschlafen war. Erst als mich etwas hochhob, erschrak
ich.

„Schlaf weiter. Ich bringe dich ins Bett und fahr dann los",
flüsterte er leise. Mir fielen die Augen wieder zu. Mein inneres
schrie mich an. Ich wollte jetzt nicht alleine sein. Am liebsten
würde ich Alex an mir festbinden. Er sollte bleiben.

Noch als meine Gedanken ihren lauf nahmen, legte Alex mich
auf etwas Weichem ab. Wir waren im Schlafzimmer
angekommen. Überraschend musste ich feststellen wie schwer
und müde ich war. Schon lange nicht mehr, hatte ich so sehr das
verlangen zu schlafen. Endlich konnte ich überhaupt wieder
einschlafen. Das war die letzten Wochen unmöglich gewesen.

„Bleib, bitte, bitte", flehte ich ihn an.

Sanft streichelte Alex mir meinen Kopf. Ich ergriff seine Hand
und hielt sie so fest ich konnte.

„Ich möchte endlich wieder schlafen können", flüsterte ich. Wie
betrunken eröffnete ich ihm meine schlimmsten Ängste.

Innerlich schlug ich die Hände über den Kopf zusammen, doch

das war mir im Moment egal. Mein Körper brauchte Alex um endlich wieder klar zu kommen. Vielleicht wäre es die letzten Wochen doch besser gewesen, wenn er bei mir gewesen wäre? Würde es mir dann jetzt schon bessergehen? Jetzt war es jedoch zu spät an früher zu denken. Ich wollte ihn jetzt bei mir haben und er war hier. Also ließ ich ihn nicht mehr los.

„Oh Amy", flüsterte Alex zärtlich. Auf einmal war seine Hand weg. Gerade wollte ich rebellieren, aufschrecken nach ihm greifen, senkte sich die Matratze hinter mir. Alex Duft hüllte mich, wie auch seine starken, warmen Arme fest ein. So schnell, dass ich es nicht sehen konnte viel ich erneut in einen tiefen Schlaf.

Mein Herz schlug wie wild in meiner Brust. Meine Hand fuhr mir an den Bauch. Ich riss die Augen auf. Schweiß stand mir auf der Stirn. Genau diese Situation kannte ich bereits. Jede Nacht seit dem Angriff verlief ähnlich. Ich sah zur Uhr. Es war kurz nach halb vier. Ich hatte vielleicht etwas mehr als zwei Stunden geschlafen. Die Erfahrung der letzten Wochen zeigte mir allerdings, dass es unnötig war jetzt weiter versuchen zu schlafen. Ich drehte mich auf die andere Seite und betrachtete Alex. Er schlief tief und fest. Seine Haare lagen wild durcheinander. Im sanften Licht der Straßenlaternen war es wie ein kostbares Bild das man betrachten, aber nicht anfassen durfte.

Die Sonne ging langsam auf. Jede noch so kleine Mimik von Alex beobachtete ich die letzten zwei Stunden. Ich stellte mir vor, wie unsere Zukunft wohl aussehen mochte. Was würden wir noch erleben?

Mit zwei Bechern Kaffee kam ich zurück ins Schlafzimmer. Ich stellte sie auf den Nachttisch ab und legte mich zurück ins Bett. So vorsichtig wie es ging, strich ich mit meinem Zeigefinger sanft über Alex Wange. Die Berührung kribbelte an meiner Fingerspitze. Er bemerkte es und begann sich zu bewegen. „Guten Morgen Schlafmütze", säuselte ich leise. Er öffnete die Augen. Als er mich sah, veränderte sich sein Blick. Als würde er ein Geschenk vor sich sehen, etwas Unglaubliches was in diesem Moment wahr geworden sei, strahlte er übers ganze Gesicht. Ohne es kommen zu sehen oder etwas zu sagen, kam Alex auf mich zu, zog mich eng zu sich heran und küsste mich so willig wie gestern im Untersuchungszimmer. Er drehte mich herum das er über mich lag. An meinem Oberschenkel spürte ich wie sehr er mich begehrte. Mein Mund wurde staubtrocken. Ohne darüber nachzudenken, zog ich ihn sein Shirt über den Kopf. Sein heißer Körper presste sich fest auf meinen. Viel zu lange musste ich meiner Droge widerstehen. Ich wollte und brauchte ihn, jetzt und hier. So schnell es ging, leicht ungeschickt und unkontrolliert, vielen wir übereinander her.

Erschöpft ließen wir uns in die Kissen fallen. Erneut schlug mein Puls viel schneller als gewollt. Was in diesem Fall aber einen ganz besonderen Grund hatte.

Alex stütze sich auf seinen Ellbogen neben mich ab und sah mich glücklich an.

„Mit so einer morgendlichen Begrüßung würde ich gerne öfter aufwachen", stieß er hervor.

Wir lachten gemeinsam auf. Als wir beide verstummten lagen unsere Blicke noch immer aufeinander. Wieder so ein magischer Moment.

Zärtlich fuhr Alex mit seiner freien Hand jede Stelle meines Körpers nach. Ich schloss meine Augen. Die Spur folgte meinem Hals, herunter über die Wölbung meiner Brust, wieder rauf über mein Gesicht, herunter an meinem Arm über meine Hand an meinen Bauch.

Ein heller Blitz schoss mir plötzlich durch den Kopf. Ich schmeckte Angst auf meiner Zunge – Panik. Das Bild wie Alex vor mir stand und auf meinen Bauch schaute. Rotes Blut floss mir durch die Hände.

Ruckartig setzte ich mich auf und hielt mir meinen Bauch. Benebelt von den Bildern, welche mir noch immer im Kopf herumirrten, sah ich herunter auf meine Hände. Blut, alles war voll davon. Was sollte das? Die Kugel, ich spürte die Kugel in meinem Bauch. Ich begann zu husten. Es tat so weh.

„Amy!", rief Alex. Er würde mir helfen. Doch es tat so weh.

Erneut musste ich husten. Ich würgte fast. Tränen liefen mir über die Wangen.

„AMY", schrie Alex. „Hör mir zu, es ist nicht echt. Es ist vorbei!"

Es ist vorbei. Es ist vorbei. Es ist vorbei. Wieder und wieder kam mir dieser Satz in die Ohren. Dann wurde ich umschlungen, fest gepackt gehalten und getröstet. Dabei überschwemmte mich Alex Duft. Erst jetzt konnte ich die einzelnen Duftnoten erkennen, was ihn so außergewöhnlich machte. Der herbe Duft von starker Schokolade, Vanille und Kirsche. Es beruhigte mich umso mehr ich darüber nachdachte. Alex war bei mir. Wir hatten alles hinter uns gelassen und konnten endlich neu anfangen.

„Alex", wimmerte ich durch meine zitternden Lippen.

„Ich bin hier", sagte er mit fester Stimme. Er war mein halt, meine Festung.

Er löste mich leicht von sich. Wir sahen uns an.

„Ist das schon öfter passiert?", fragte er, oder besser der Arzt in ihm.

Ich schüttelte den Kopf. Wieso kam das jetzt nach dieser Zeit zurück?

Alex zog mich wieder an sich ran und hielt mich einfach nur fest.

Frisch geduscht ging es mir schon deutlich besser.

Alex wartete in der Küche auf mich und hatte Frühstück

gemacht. Besorgnis lag in seinem Blick. Doch es war nicht Alex, sondern Dr. Bennett der vor mir saß.

„Wir müssen reden", sagte er leicht kühl. Seine Mimik änderte sich nicht. Und auch ich musste zugeben es nach dem erlebten von heute Morgen, so nicht weitergehen konnte.

„Ja du hast recht. Ich glaube ich muss mir helfen lassen", fiel ich ihm fast ins Wort.

Überraschung setzte ein. Mein Alex kam zurück. Gerade wollte ich mich setzten, nahm Alex meine Hand und zog mich auf seinen Schoß.

„Ich helfe dir, wenn du magst", bot er mir abermals seine Hilfe an.

Ich küsste ihn.

„Geh nie wieder weg. Bleib bei mir. Für immer", war meine Antwort.

Jetzt war es Alex dem die Farbe aus dem Gesicht wich. Ich lachte auf. Auch ich musste anscheinend auf ihn aufpassen.

„Meinst du", er wusste nicht, was er darauf sagen sollte. „Wie meinst du das?", hackte er überfahren nach.

Mein Grinsen wurde breiter.

„Ich weiß nicht genau wie. Ich weiß nur, dass ich immer bei dir sein möchte. Du bist mein Anker, mein Halt, meine Stütze. Und ich möchte nie wieder ohne dich sein. Wenn ich nach Hause kommen möchte, ich das du da bist, dass wir gemeinsam einschlafen und aufstehen. Ich möchte diejenige sein, die für

287

dich genauso da ist wie du für mich. Egal wann."

Tränen sammelten sich in seinen Augen. Das waren die
ehrlichsten Worte, die ich je gesprochen hatte. Erstaunlich stark
kamen sie aus meinem Mund. Und doch wusste Alex nur zu gut,
wie zerbrechlich ich im Moment war.
„Ich liebe dich", antwortete Alex und gab mir damit die
Bestätigung, das auch er so dachte.
„Ich liebe dich auch."